宗　棍

今野　敏

集英社文庫

宗棍
SOKON

1

少年が一人、駆けてきて言った。

「向こうの通りで、トゥクがやられている」

松村《まつむら》は、その少年に尋ねた。

「相手は誰だ？」

「崎山《さきやま》のサンラーだ」

首里《しゅり》崎山のサンラーは体も大きく、乱暴者で有名だった。素行が悪く、恐れられている。首里の少年たちの間では、知らぬ者はいない。

たしか、相手は十四歳。松村よりも一つ年上だ。だからといって、ひるんではいられない。仲間が自分を頼って駆けつけたのだ。

トゥクという名の友達を助けないわけにはいかない。

「行こう」

松村は駆けだした。

首里特有の坂道を進むとすぐに突き当たりで、右に行くとサンラーの姿が眼に入った。二人の仲間を連れている。彼らも乱暴者だ。サンラーは徒党を組んで悪さを働くのだった。

トゥクの着物は泥まみれになっていた。顔面を殴られたらしく眼の下が腫《は》れている。仲間の二人がトゥクを両側から捕まえている。

「トゥクを放せ」

声をかけると、サンラーが顔を向けた。

「松村か……」

少年たちはたいてい、童名《ワラビナー》で呼び合っているが、松村だけは別だった。彼は、首里の少年たちから一目置かれ、姓で呼ばれることが多かった。

「トゥクは俺《ワン》の友達だ。そういう真似《まね》は許さん」

仲間たちが不安げにサンラーの顔を見る。彼らは、松村を恐れているのだ。サンラーは、大声を出した。

「うるさい。引っ込んでろ」

松村は言った。

「トゥクを放せと言っている」

「そうしてほしいのなら、土下座をするんだな」

「嫌だと言ったら？」

「決まってるだろう」

サンラーが笑みを浮かべた。松村は、つぶやいた。

「しょうがないな……」

サンラーがじりじりと、松村に近づいてきた。すると、二人の仲間もトゥクを突き飛ばし、サンラーに加勢する様子を見せた。

トゥクを解放するという目的は、すでに果たした。だから、その時点で引きあげてもよかった。だが、松村にその気はなかった。

戦いたいのだ。

サンラーとは何度かやり合っている。後れを取るとは思えない。だが、三人同時にかかってくるとなると、少々やっかいだと、松村は思った。

右の仲間が打ちかかってきた。拳《こぶし》を握りしめ、松村の顔面を狙《ねら》っている。松村は、左腕でその攻撃を受けると、すぐさま右の拳を突き出した。その拳が顔面を捉える。

次の瞬間、左側にいたやつが摑《つか》みかかってきた。

こいつは相撲が強いな。松村はそう思いながら、右足で相手の左脛《ひだりずね》を蹴《け》った。相手は手を放して、うずくまった。

その隙《すき》に、サンラーが攻撃してきた。右の拳を飛ばしてくる。松村は、難なくそれを受け外し、やはり右の拳を顔面目がけて突き出す。

ぐしゃりという感触があった。サンラーの鼻を捉えたのだ。

「うわ……」

サンラーはのけぞり、鼻血を出しはじめた。

最初に打ちかかってきたやつが、再び拳を振り回してくる。松村は、それをよけてすぐに、相手の腹に右の拳を打ち込んだ。

相手は、「ぐう」という声を洩《も》らして崩れ落ちた。

サンラーが腕で鼻血を、ぐいとぬぐって、再び松村の前に立った。

こいつ、死んでもいいのか。

松村がそう思ったとき、通りの向こうから声がした。

「これこれ、何をやっておる」

見ると士族《サムレー》の恰好《かっこう》をした人が立っている。

サンラーとその仲間は、すぐさまその場から走り去った。逃げるきっかけがほしかったのだ。

ふと、気づくと、トゥクや松村を呼びに来た少年の姿もない。松村はただ一人、取り残された恰好だった。

サムレーが近づいてくる。おそらく、往来で喧嘩《けんか》などしたことについて説教でもしようというのだろう。

やれやれ、ワンだけが叱《しか》られるのか。

松村はそう思い覚悟を決めた。

サムレーは、立派な体格をしていた。年齢は三十代半ばくらいだろうか。どんなに厳しく叱責《しっせき》されても、しばらく頭《こうべ》を垂れていればそれで済む。嵐《あらし》が過ぎるのを待っていればいい。

松村は、そう考えていたが、サムレーの眼を見たとたん、そんな考えが吹っ飛んでしまった。なんと恐ろしい眼をしているのだろう。そう感じた。

睨《にら》んでいるわけではない。むしろ、穏やかな眼差しだ。しかし、その奥には射すくめるような光があった。松村は、ただ茫然《ぼうぜん》とサムレーを見ているしかなかった。蛇に睨まれた蛙《かえる》とはこのことだ。

サムレーが言った。

「童《ワラビ》、強いな」

「もう童ではありません。松村と申します」

「そうか。だが、惜しいことに、強いが荒い」

サムレーの眼を見ているだけで、気持ちが萎《な》えていきそうになる。松村は、負けまいと踏ん張って言った。

「荒いですか？　でも、戦いなら荒くていいと思います」

「荒いと、相手も自分も傷つけることになる」

「戦いなのですから、傷つくのは当たり前でしょう」

「そうかな……。どれ、ちょっと遊んでみるか」

「遊ぶ……?」

「私《ワン》に鉄拳《ティジクン》を打ち込むことができたら、褒美をやろう」

それまで眼力に圧倒されていたが、その言葉に松村の血がかっと熱くなった。

「ワンの手《ティー》は荒いので、傷つくことになりますよ」

「どうかな。さあ、来なさい」

松村はいきなり、相手の腹に拳を叩《たた》き込もうとした。目上の人の顔面を殴るわけにはいかなかった。

あれ……。

空が見えた。自分が地面に倒れていると気づいた。

松村は、何をされたのかわからなかった。

そんな、ばかな……。

松村は跳ね起きて、身構えた。サムレーは、笑顔を見せている。だが、やはりその眼は底光りしている。

松村は、声を上げながら、左、右と、続けざまに拳を突き出した。サムレーの体がゆらりと動いた。

腕を搦《から》め捕られたように感じた。そして、再び地面に転がされていた。松村は、尻餅《しりもち》をついたまま、ぽかんとサムレーを見上げていた。

「どうした？　褒美がほしくないか」

サムレーにそう言われた松村は、起き上がる気力もなくしてこたえた。

「ほしくても、いただくことはできそうにありません」

「もう諦《あきら》めたのか？」

松村は、ようやく立ち上がり、着物の埃《ほこり》を払うのも忘れて言った。

「何をされたのか、まったくわかりませんでした」

「あなた《ウンジユ》は怪我《けが》をしたか？」

「いいえ。倒されたのに、痛くもありませんでした」

「ワンは怪我をしているか？」

「ワンの拳が届いていないのですから、怪我をされるはずがありません」

サムレーはうなずいて言った。

「手が好きなのだな？」

手とは、戦いの技のことだ。松村は即座にこたえた。

「はい《ウー》」

「誰かに習っておるのか？」

「一人で工夫しています」

「そうか……」

サムレーは、笑顔になった。すると、威圧感のあった眼が急に優しげになった。「では、ワンのもとに習いに来るか？」

「え……？」

松村は戸惑った。たしかに、このサムレーの手は見事だ。だが、どこの誰かも知らずに、手を習いに行くとこたえるわけにはいかない。

迷っていると、近くの造り酒屋から、老齢の男が出てきた。どうやらその造り酒屋の主人のようだ。彼は、サムレーを見ると、丁寧に頭を下げて言った。

「これは、照屋《てるや》様」

「おお、酒屋《シマー》か」

「どうなさいました。その者が何か悪さを……」

「いやいや、見所があるので、手を教えようかと言っていたところだ」

シマー屋と呼ばれた商人は、目を丸くした。

「あい……。有名な照屋親雲上《ペーチン》から手を習えるとは、なんとも果報者ですな」

松村は、あっと思った。このサムレーが、有名な武士《ブサー》の照屋なのか。シマー屋は「親雲上」と呼んだが、正しくは「筑登之親雲上《チクドゥンペーチン》」だ。

照屋筑登之親雲上寛賀《かんが》。その名は島中に広く知られている。彼が使うのはただの手ではない。唐国《からくに》の手なのだという。

松村はたちまち興味を持った。着物の乱れを直し、埃を払うと、松村は言った。

「手を教えてください」

シマー屋はうなずいて、照屋筑登之親雲上に言った。

「おっしゃるとおり、見所のありそうな若者《ニーセー》ですね。将来が楽しみです」

照屋筑登之親雲上が、松村に言った。

「まだ、カタカシラを結っていないな？　ならばまず、親の許しを得ることだ」

まだ元服前だという意味だ。松村はこたえた。

「ウー」

「その上で、鳥小堀《トンジュムイ》のわが家を訪ねてきなさい」

「わかりました」

照屋筑登之親雲上は、シマー屋にうなずきかけると、悠々とその場から歩き去った。

シマー屋が松村に言った。

「ニーセー、照屋親雲上が誰かに手を教えるなど、滅多《めった》にないことだ。ありがたく思えよ」

「ニーセーではありません。松村といいます」

「なに、おまえ《ヤー》が噂《うわさ》の松村か。ニーセーたちの間では、負け知らずだということだな」

「でも、照屋筑登之親雲上には、まったく歯が立ちませんでした」

シマー屋が笑った。

「それは当たり前だ。しかし、噂の二人が師弟となるのか……。これは、なんとも面白い」

そう言うと、彼は店に戻っていった。

首里山川《やまがわ》村の自宅に向かいながら、松村は考えた。

照屋筑登之親雲上は、ワンにいったいどんな技を使ったのだろう。気がついたら倒されていたのだ。誰か見ていた者がいたら教えてほしいと思った。だが、あの場には見物人などいなかった。

突いていった腕を巻き込まれたように感じたのを覚えている。普通、手をやっている者は、突かれたら相手の腕を弾《はじ》くように受ける。だが、照屋筑登之親雲上は違った。受けながら、松村の腕を巻き込むような動きをしたようだった。

そんな技は見たことがなかった。照屋筑登之親雲上のところに行けば、その手が学べる。そう思うとわくわくした。

松村は、首里山川の自宅に戻ると、さっそく父の宗福《そうふく》のもとに行き、言った。

「今しがた、照屋筑登之親雲上にお会いしました」

父親は、勤めから戻ったばかりで、着替えている最中だった。

「なんだ、カミジャー。挨拶《あいさつ》もせずに」

カミジャーは、亀千代《かめちよ》のことで、松村の童名だ。

「あい、申し訳ありません。父上《ターリー》、お帰りなさいませ」

着替えを済ませた父が松村の前に座って言う。

「照屋筑登之親雲上にお目にかかったと？」

「はい。手を拝見しました」

「それは、貴重な体験だな。照屋筑登之親雲上は、滅多なことでは、手を披露しないと聞いている」

「不思議な手でした」

「親国《ウヤグニ》の手と聞いている」

親国とは清国《しんこく》のことだ。昔から、島の人々は清国を親国と呼んでいる。

「ワンは、強いが荒いと言われました」

父は、片方の眉《まゆ》をつり上げた。

「照屋筑登之親雲上に、何か失礼なことをしたのではあるまいな？」

「そんなことはしておりません。ただ……」

「ただ、何だ？」

「首里の酒屋通りで、崎山のサンラーたちと立ちました」

立つというのは、戦うということだ。父は、表情を曇らせて溜《た》め息をついた。

「ヤーはもう子供ではないのだ。通りで喧嘩をするなど、恥ずかしいとは思わないのか」

「トゥクがサンラーたちに捕まってひどい目にあっていたのです。助けないわけにはいきませんでした」

「そんなことをしていると、いつか痛い目にあう。ヤーは手をやりたがっているようだが、手とは喧嘩に使うものではない」

「実は、そのことなのです」

「そのこと、とは……？」

「照屋筑登之親雲上に、手を教えてくださいとお願いしました」

父は目を丸くした。

「身の程知らずな……」

松村は父を見つめて、さらに言った。

「ターリーの許しが出たら、ご自宅をお訪ねすることになっています。お許しをいただきたいと思います」

父は腕組みをした。

「手など習って、これ以上乱暴者になってはかなわん」

「乱暴者になどなりません。照屋筑登之親雲上の手は、そのようなものではありませんでした」

「そのようなものではない……？」

「ワンの鉄拳はどうしても照屋筑登之親雲上には届きませんでした。鉄拳が届く前に、ワンはひっくり返されていたのです。お互い怪我をしませんでした。照屋筑登之親雲上の手は、そういう手です」

「アキサミヨー……」

父は、すっかり驚いた様子で言った。「ヤーは、照屋筑登之親雲上に手を出したのか？　何ということを……」

「そうではありません。鉄拳を打ち込むことができたら、褒美をくれるとおっしゃったのです」

「それで、ヤーはかかっていったのか。あきれたものだ」

「ワンの手が届かないだけではありません。なんだか、力を吸い取られたように感じました」

「力を吸い取られた……」

「ウー。何をされたのか、まったくわかりませんでした。すごい手です。ワンは、ぜひとも照屋筑登之親雲上の手を学びたいのです」

父はしばらく、腕組みをしたまま考え込んでいた。松村は、どきどきしながら、返事を待っていた。

やがて、父は言った。

「きちんとした師について修行をすれば、ヤーの乱暴も収まるかもしれんな……」

松村は、訴えかけるように言った。

「一所懸命に稽古《けいこ》をします」

「せっかくの縁だ。お断りするのも失礼だろう」

松村は、ぱっと顔を輝かせた。

「……では、お許しいただけるのですか？」

「ただし、ヤーはカタカシラ結いもまだだ。きちんと礼を尽くすこともできまい」

「カタカシラ結いを、待たなければならないということですか？　ワンは、今すぐにでも稽古を始めたいのです」

「カタカシラ結いだけではない。もう一つ、条件がある」

「条件？　それは何です？」

「それは科《コー》に受かることだ」

松村は、表情を引き締めた。

科とは、親国の科挙にならったもので、首里王府への登竜門だ。合格すれば、王府の役人として働くことになる。

松村は言った。

「科に受かってご覧に入れましょう。しかし、それとは別に、弟子入りの件は、すぐにお許しいただきたいと思います」

「それくらいの我慢ができないでどうする。照屋筑登之親雲上に弟子入りしたからには、この先、長い長い修行の日々が待っているのだ」

松村は、それ以上反論はできなかった。「ウー」と言うしかない。

父は続いて言った。

「では、明日にでも、照屋筑登之親雲上をお訪ねして、事情を説明してこよう」

「え、ターリーが行かれるのですか？　ワン一人で行けます」

父がかぶりを振った。

「カタカシラ結い前のニーセーだ。ターリーがいっしょに行ってちゃんとご挨拶しないと失礼に当たる」

「はあ……。そういうものですか」

「当然だ。明日、勤めから戻ったら行こう」

「ウー」

2

翌日の夕刻、松村は父とともに、首里鳥小堀《トンジュムイ》の照屋筑登之親雲上宅を訪ねた。

思ったより小さな屋敷だった。有名な照屋寛賀なら、もっと大きくて立派な屋敷に住んでいるものと、松村は勝手に思い込んでいた。

だが、考えてみれば位は筑登之親雲上だ。親方《ウエーカタ》や親雲上《ペーチン》のような屋敷に住めるわけではない。

照屋筑登之親雲上自らが、玄関まで出てきて言った。

「これは、わざわざのお越し、痛み入ります」

父が言った。

「このカミジャーが、失礼なことをしたのではないかと心配しております」

「いやいや、なかなか見所のあるご子息です。まあ、お上がりください」

「いえ、ご挨拶にうかがっただけですから、ここでけっこうです」

松村の父は、玄関で事情を説明した。

話を聞き終えた照屋筑登之親雲上が言った。

「なるほど、よくわかりました。お考えはごもっともです。私のほうは、いつまでもお待ち申し上げます」

　松村の父は深く頭を下げた。

「恐縮です」

　松村も慌てて、それにならった。

「ただし……」

　照屋筑登之親雲上が言った。「ワンも王府に仕える身ですから、いつ何時、どこに赴任することになるかわかりません。ご子息が無事に科を通られたときに、ワンは首里にいないかもしれないのです。それをお含みおきいただきたい」

　松村はすぐに言った。

「どこにおいででも、必ずお訪ねします」

　照屋筑登之親雲上は笑った。

「その言葉、ありがたく思いますよ」

　松村の父が言った。

「では、私《ワッター》たちはこれで失礼します」

　すると、照屋筑登之親雲上が言った。

「お待ちください」

　松村と父は、思わず照屋筑登之親雲上の顔を見た。彼は、言葉を続けた。

「すぐに手《ティー》の稽古を始めることはできないということですが、稽古の前に、やっておいてほしいことがあります。それをこれからお教えしたいのですが……」

父が言った。

「それは、まことにありがたいことです。では、ワンは一足先に失礼することにします。カミジャーをよろしくお願いいたします」

「かしこまりました」

父が丁寧に礼をしてから帰っていった。

松村は、緊張していた。あれほど照屋筑登之親雲上の手を学ぶことが楽しみだったのに、いざ二人きりになると、なんだか恐ろしい。

照屋筑登之親雲上が言った。

「庭に回りなさい」

玄関に向かって左側が庭になっているようだ。松村は言われたとおりにそちらに向かう。

濡《ぬ》れ縁があり、その前が庭になっていた。庭の端には井戸がある。照屋筑登之親雲上が濡れ縁から庭に下りてきた。

「さて、正式に手の稽古を始める前に、これをやっておきなさい」

照屋筑登之親雲上が、足を肩幅に開いた。そして、両手の拳を突き出すように、腕を前に伸ばした。そのまま、腰をまっすぐに下ろしていく。腰が膝《ひざ》と同じくらいの高さまで下りた。

いったいこれは何だろう。松村は、疑問に思った。ただ腰を下ろすだけだ。それが何になるのだろう。

照屋筑登之親雲上は、もとの姿勢に戻ると言った。

「さあ、やってみなさい」

松村は、見たとおりにやってみた。

「こうですか？」

「もっと腰を落として」

「はい」

「よし、いいだろう」

松村はそう言われて、腰を上げた。

やってみたが、その恰好の意味がわからず、きょとんとしていた。照屋筑登之親雲上が言った。

「では、今度はワンといっしょにやってみよう」

「ウー」

二人で同じように、両方の拳を前方に突き出し、腰を落とした。最初は、どうということはなかった。だが、すぐに松村の脚は震えはじめた。

膝も足首もがくがくする。

照屋筑登之親雲上を見ると、腰を深く落としたまま、平気な顔をしている。その下半身は微動だにしない。

松村は耐えられずに、膝を伸ばして腰を上げてしまった。

照屋筑登之親雲上は、相変わらず腰を落としたまま、言った。

「もう音《ね》を上げたか?」

松村は慌てて、また膝を曲げて腰を落とした。だが、すぐにまた脚が震えはじめた。我慢などできない。すぐに腰を上げてしまった。照屋筑登之親雲上は平気な顔で、同じ姿勢を続けている。

簡単に見えることでも、やってみるとできないものだ。松村はそう思った。そして、照屋筑登之親雲上に比べて、自分の肉体がいかに脆弱《ぜいじゃく》かを悟ったのだ。

照屋筑登之親雲上がようやく腰を上げて言った。

「これは、親国の言葉で馬歩《マーブー》と言う。ワンのところに手を習いに来るまで、この馬歩の鍛錬を続けるのだ」

「馬歩ですか?」

「そうだ。馬にまたがったような恰好なので、そう呼ぶのだ」

「これを練習すると、どうなりますか?」

すると、照屋筑登之親雲上は言った。

「どうなるかは、やればわかる。そういうことを、師に尋ねるものではない」

照屋筑登之親雲上は腹を立てたのだろうか。

だが、松村はひるまない。

「どうしてですか？　何のための練習か、ちゃんと理解できていれば、どんなに辛《つら》くても進んでやることができます。その逆だと、つい手を抜きたくなります」

「カミジャーといったな」

「はい。亀千代といいます」

「おまえは理屈っぽいな」

「そうでしょうか。わからないことは、わかるまで人に尋ねる。そう決めています」

「それは、ヤーのよいところでもあるのだろう。わかった。説明しよう。そこに立って腹に力を入れなさい」

「ウー」

松村は言われたとおりにした。

照屋筑登之親雲上が、右の掌《てのひら》をそっと松村の腹に当てた。次の瞬間、そこで何かが爆発したように感じた。

松村の体は、後方に吹っ飛び、庭に転がった。あまりの衝撃に声も出ない。

またしても、何をされたのかわからなかった。打たれたのではない。拳でも掌でも、打たれればわかる。照屋筑登之親雲上は、ただ掌を腹に触れただけのように見えた。

彼が言った。

「馬歩をしっかりやれば、こういうことができるようになる」

松村は起き上がって言った。

「こういうことというのがわかりません。何をされたのか、わからないのです」

「修行が進めばわかる……。そう言いたいのだが、カミジャーはそれでは納得しないだろうな」

「しません」

「ワンは今、勁《ジン》を使った」

「ジン……？」

「そうだ。親国の手では勁を大切にする。筋肉の力とは違う、独特の力だ」

「馬歩をやると、そのジンが使えるようになるのですか？」

「馬歩はその第一歩だ。勁には、いろいろな種類がある。前方に発するもの、四方に発するもの、糸を腕にまとわりつかせるように発するもの……。その基本が、身を沈めて勁を養うことだ」

説明を聞いてもさっぱりわからない。

だが、説明を聞かなければ、もっとわけがわからなかっただろう。ただ腰を落として立つだけのことが、どうして手の練習になるのか理解できない。

今はわからないが、いつかはわかるかもしれない。そう思い、松村は言った。

「わかりました。では、正式に入門できるときまで、鍛えておきます」

「科に受かることに加えて、馬歩がちゃんとできているかどうかを、入門の条件にしよう」

「ウー」

こうなれば、できるだけ早く科に受かることだ。普通は、何度も受けてようやく受かるもののようだ。何度受けても受からず、結局諦める者もいると聞く。

松村は、自宅に戻ると、その日から勉強を始めた。

明日からやろう、とは考えない。思い立ったら、そのときから始めないと気が済まない質《たち》なのだ。

それまで科のことなど真面目《まじめ》に考えたことがなかったので、勉強はなかなかはかどらない。だが、照屋筑登之親雲上の手を学びたい一心で、科のための勉強に邁進《まいしん》した。

一方で、馬歩の鍛錬も続けた。

最初は、三十数える間も立っていられなかった。だが、朝夕続けるうちに、次第に立っていられる時間が伸びてくる。

単に足腰が丈夫になっただけではない。見えない台に座っているような不思議な感覚を味わえるようになってきた。

最初は、ふわふわとした空気の塊の上に腰を乗せているような感じだった。それが、次第にしっかりした感覚に変わっていく。

その感覚が生まれてから、馬歩を続けられる時間が飛躍的に伸びた。そうなると、練習も楽しくなってくる。

時には、馬歩をしたまま漢籍を朗読することもあった。いつの頃からか、それが当たり前になってきた。家の中でも庭でも、松村は馬歩のまま書物を読み、それを暗誦《あんしょう》した。そんな日が過ぎていった。

「ヤーもいよいよカタカシラ結いだな」

父の宗福にそう言われて、松村はこたえた。

「これで、照屋筑登之親雲上に手をお教えいただくのに、一歩近づいたのですね」

「なんだ、ヤーは手のことしか考えられんのか?」

「もちろん、科のための勉学にも励んでおります。親国の書物を学ぶことは、照屋筑登之親雲上の手を学ぶ上でも役に立つと思います」

「手を学ぶのに役に立つ……?」

「ウー。照屋筑登之親雲上の手は、親国の手だということですから」

「なるほどな……」

父は少々あきれたように、そう言った。

数えで十五歳になり、松村はカタカシラを結った。元服だ。それを機に、名乗《なのり》を宗棍《そうこん》とした。唐名《からな》は武成達《ぶせいたつ》だ。

名乗が決まったからといって、日常がそう変わるわけではない。家族は相変わらず童名《ワラビナー》で呼んでいるし、友達の多くは「松村」と呼んでいる。

ただ、髷《まげ》を結うとさすがに気持ちが引き締まった。照屋筑登之親雲上に手を習うための、父・宗福の条件は二つ。カタカシラ結いと、科の合格だ。

その条件の一つはこれで達成できたわけだ。あとは、科に合格するだけだ。松村宗棍は、いっそう勉学に力を入れ、同時に馬歩の鍛錬を続けた。

それからまた一年ほどが過ぎたある日、道でトゥクに会った。崎山のサンラーにいじめられていた少年だ。

「やあ、なんだか久しぶりだな」

「ああ、そうだな」

昔は、友達に会ったらいっしょにどこかに遊びに行きたくなったものだ。だが、今はまったくそんな気分にならない。

トゥクが宗棍の頭を見て言う。

「去年、カタカシラを結ったのだったな」

「ああ、そうだ」

「……となれば、次は嫁取りか」

「おい、仕事に就くのが先だろう」

「噂を知っているか？」

「噂？」

「与那原《よなばる》の鶴《チルー》だ」

女性の名だ。

「チルー？　誰だそれは」

「与那原の地頭代《ジトウデイー》の娘だ」

地頭代といえば、領主に代わって領地を治める役人だ。つまり、代官のことだ。

「その娘にどんな噂があるんだ？」

「手が強い」

宗棍は、一瞬言葉に詰まり、それから笑い出した。トゥクがむっとしたように言う。

「何がおかしい」

「強いと言っても女《イナグー》だろう」

「だから、噂になっているんじゃないか。これまで、立って負けたことがないという」

「負けたことがない？　いったい誰を相手にして、そんなことを言ってるんだ？」

「地元の男衆《イキガー》が挑んで、誰も勝てなかったというんだ。それで、最近では首里や那覇《なは》の男衆もはるばる戦いを挑みに行くらしい」

「まさか……。でも、それが本当だとしたら、闘牛の牛のような女なのだろうな」

「それがだな……」

トゥクは、大切なことを話すときのように声をひそめた。「五尺三寸（約一六〇センチメートル）と、女としては大柄だが、とてつもない美人《チユラカーギー》だというんだ」

「ふうん……」

宗棍は興味を引かれた。健康で若い男性が女性の話題に興味を持たないはずがない。だが、宗棍は見栄を張って、わざと関心がない振りをした。「まあ、ワンには関係ないな」

トゥクがさらに言う。

「父上《ターリー》の地頭代は、もし、チルーに勝てる男がいたら、嫁にやってもいいと言っているらしい」

「嫁に、だと？　それはまた、ずいぶんと軽薄な話だな」

「どうせ勝てる者がいないと踏んでいるのかもしれない。それにね……」

「何だ？」

「もし、チルーに勝てる者がいたら、それは相当に手をやっている者だろう。ならば、士族の家柄に違いない。強くて家柄がよければ、嫁にやるのに申し分ないだろう。たぶん、そういう計算があるんだ」

「なるほどなあ。トゥク、ヤーはなかなか頭が回るな」

「いやあ、大人たちの受け売りだ」

トゥクが、急に真顔になって言葉を続けた。「ワンは思うんだ。チルーに勝って、嫁にできるのは、ヤーだけじゃないかと……」

宗棍は驚いて言った。

「どうしてワンが……」

「ヤーは、去年カタカシラを結った。嫁をもらってもおかしくはないだろう」

「年が釣り合わないかもしれない。だいたい、そのチルーというのは、いくつなのだ？」

「今年十五になったというから、ヤーの一つ下だ。年は釣り合っている。ヤーのターリーは地頭で、チルーのターリーは地頭代。家柄も申し分ない」

「結婚というのは、そういうものではあるまい」

「そうかなあ。俺たち《ワッター》の間では、しきりに話題になっているのだがな……」

友達同士で、勝手に宗棍が嫁取りをする話になっているということだ。

「ばかばかしい」

「ワンは面白いと思うんだがなあ……」

「ワンは忙しいんだ。じゃあな」

宗棍は、トゥクと別れて歩き出した。

嫁取りのことなど、考えたこともなかった。宗棍の頭の中には、照屋筑登之親雲上に手を習うこと、そして、そのために科に合格することしかなかった。

自宅に戻ると、庭に出た。そして、馬歩になって書物を読みはじめた。だが、困ったことになかなか集中できない。書物に書かれていることが頭に入ってこないのだ。

勉学の基本は四書五経で、すでに宗棍は、論語や孟子などは諳《そら》んじるくらいに読み込んでいるのだが、今日は進まない。

実は、トゥクの言っていたことが気になっているのだ。

女のくせに、誰にも負けたことがないというチルー。彼女はいったい、どんな手を使うのだろう。

体力に劣る女が、男に勝つというのだから、よほど優れた技を使うに違いない。その技を見てみたい。

とてつもない美人だと、トゥクは言った。背丈は五尺三寸。その姿も見てみたい。

そう言えば、馬歩と科のための勉学を始めてから、誰とも戦っていない。これでは、すっかり手が鈍《なま》ってしまう。負け知らずだというチルーと戦ってみるのもいいかもしれない。

宗棍はそんなことを思いはじめた。

3

トゥクから話を聞いた翌日、宗棍は朝早く与那原に出かけた。地頭代の屋敷はすぐにわかった。かといって、訪ねていくわけにもいかない。

チルーに会いに来た理由を話せば、すぐに立ち合うことになるだろう。負けるとは思えないが、万が一ということがある。

村ではかなう男がおらず、最近では首里や那覇からも挑む者が来るという。それでもまだ、チルーは負けたことがないのだ。

その姿を一目拝みたいのはやまやまだが、その前に、まずは相手のことをよく知らなければならない。彼を知り己を知れば、百戦殆《あや》うからずと、孫子も言っている。

宗棍は、チルーと戦ったことがある人に話を聞こうと思った。地頭代の屋敷の周辺では危険なので、そこを離れて村の広場のほうに行った。

ガジュマルの木の下で、老人二人が茶を飲んでいる。一人は太っており、一人は痩せている。宗棍はそこに近づき、言った。

「おじいさん《タンメー》、ちょっと、お話をうかがっていいですか?」

太っているほうの老人が言った。

「あい、わし《ワン》はタンメーなどと呼ばれるような者ではないよ。ただのじいさん《ウスメー》だ」

もう一人が言う。

「この若者《ニーセー》は士族なんだよ。だから、私たちのことをタンメーと呼ぶんだ」

太っている老人が言った。

「ワッターに何の用だね」

「地頭代の娘のチルーさんについて、うかがいたいと思いまして……」

二人の老人は笑った。痩せているほうの老人が言う。

「見たところ、あなたは首里あたりからやってきたようだな」

「はい。首里山川から来ました」

「気持ちはわかる。ワンも若ければ、チルーに挑んでみたかったな」

太ったほうの老人が痩せた老人に言う。

「おまえなんか、相手になるものか」

宗棍は尋ねた。

「本当に、そんなに強いのですか？」

宗棍の問いに、太った老人がこたえる。

「ワンも、戦いをこの眼で見たわけではない。だが、チルーに負けた男は一人や二人ではないのだ」

「しかし、いくら強いと言っても女でしょう。イキガーが本気になったらかなわないのではないですか？　チルーに負けるのには、何か理由があるのでしょう。例えば、その見かけにだまされて、つい油断してしまう、とか……」

「最初のうちはそうだったかもしれんよ」

痩せたほうの老人が言う。「だがな、噂が広まってからは、誰もが本気で戦いを挑んだはずだ。だが結局、勝てなかった。まだ、誰もチルーには勝っていないんだ」

「納得できません」

宗棍は言った。「油断せずに立ち合えば、負けるとは思えません」

二人の老人は、また笑った。

太ったほうの老人が言った。

「ならば、立ち合ってみることだな。勝てば嫁にもらえるぞ」

「そういう噂を聞きましたが、それは本当の話なのでしょうか？」

「地頭代は本気のようだ」

痩せたほうの老人が言う。

「ウンジュは、そのつもりで来たのではないのか？」

「嫁にもらうかどうかは考えておりません。どんな手なのか興味があるのです」

太ったほうの老人が笑った。

「嫁にもらえれば儲《もう》けものだぞ。チルーは誰もが認める美人だからな」

正直に言うと、その気がまったくないわけではない。だが、宗棍はそれを悟られたくなかった。だから、ことさら生真面目な顔をして言った。

「チルーさんと立ち合った人に、話を聞いてみたいのですが、どなたかご存じありませんか」

太ったほうの老人が言う。

「知ってるとも。この先に住んでいるマツの息子のジラーが、ついこの間立ち合ったばかりだ」

宗棍は二人の老人に、丁寧に礼を言ってからその場を離れ、教えられた家を訪ねた。家の前にいた若者に、宗棍は言った。

「マツさんの家のジラーという人を探しているのですが……」

若者が、不審げに宗棍を見て言った。

「ジラーはワンだが、何の用だ？」

「チルーと立ち合ったと聞きました。その話を聞かせていただきたいのです」

ジラーがチルーを嫁にすることになったという話は聞いていない。つまり、ジラーも負けたということだ。

イナグーに負けた話をするのは嫌がるのではないだろうか。そう訝《いぶか》ったが、杞憂《きゆう》だった。ジラーは、うれしそうな顔になって言った。

「おお、その話を聞きに来たか。まあ、座れ」

ジラーは薪《まき》の束を指さした。宗棍は言われたとおり、そこに腰を下ろした。ジラーは、切り株に座って語りはじめた。

「ワンは、正式に戦いを申し込んだ。チルーの父上の地頭代が立会人だ。戦いは日が落ちてからだった。地頭代のお屋敷の前にある広場がその場所だ」

「腕に覚えがおありなのですね？」

「ウーよ。この村でワンにかなう者はいないと思っていた」

「手をおやりですか？」

ジラーは顔をしかめた。

「サムレーでもないのに、ちゃんとした手なんか習えないよ。でもな、いろいろな人から聞いて、手について工夫はしている」

要するに、自己流の手ということだ。

「チルーは手をやるのですね？」

「ああ。誰に習ったか知らないが、立派な手をやる」

父が地頭代なのだから、武士の知り合いがいても不思議はない。チルーは、そういう人たちから習ったのだろう。

「あなたは見るからに俊敏そうで、力もありそうだ。イナグーに負けるとはとても思えないのですが……」

ジラーは自慢げな顔になった。

「ヤーはなかなか見る目があるな」

宗棍のおだてに乗ってきたのだ。

「なのに、チルーに負けたのですか？　それが不思議でなりません」

「縛りのない立ち合いなら負けなかったと思う」

「縛り……？」

「ああ、そうだ。チルーとの戦いには約束事がある」

「どんな約束事ですか？」

「掛け試し《カキダミシー》だ」

「何です、それは」

「お互いの右手の親指のつけ根のあたりを触れ合わせるんだ。手を掛けた状態だな。そこから、速く相手を突いたほうが勝ち。そういう約束事だ」

「ははあ……。それを掛け試しというのですか」

「ワンは拳の速さには自信があった。だが、どうしてもチルーに打ち込むことができなかった。逆に、ワンは脇腹《わきばら》を打たれてその場で悶絶《もんぜつ》した」

つまり、腕を交差させて、互いの手首の親指側を触れ合わせた状態で用意をする。そこから、どちらが速く打ち込むかを競うわけだ。

なるほど、チルーの負け知らずにはそんな理由があったのだ。全力で打ち合えば、いくら強いとはいえ女性に勝ち目はない。相手は腕自慢の男たちなのだ。

もし手数で勝ったとしても、体の大きさや体力で負けてしまう。実戦とはそういうものだ。

だが、速く打ったほうが勝ちという約束で勝負をすれば、話は違ってくる。

「相手と触れ合っている手で攻撃をするんだ」

ジラーがさらに説明をした。「互いに手を掛けたところから、素速く打ち込もうとする。チルーはそれをことごとく外してしまうんだ」

「外すというのは？」

「触れ合っている手で防御されてしまう。何度打ち込もうとしても、すっと外されてしまうんだ。まるで、力を奪われるような感じだ」

「力を奪われるような感じ……」

それは、照屋筑登之親雲上と立ち合ったときに感じたことと同じだった。つまり、チルーは照屋筑登之親雲上と同じような手を使うということなのか……。

「その掛け試しというのを、ワンとやってみてはくれませんか？」

宗棍がそう言うと、ジラーはうれしそうな顔になった。

「ヤーはワンと勝負をするというのか？」

「掛け試しをやってみたいのです。拳を打ち込んだほうが勝ちなんですね？」

「口で言うより、やったほうが早い」

ジラーが立ち上がった。宗棍も腰を上げた。

二人は向かい合い、互いに右手を前に出した。その手を交差させ、親指のつけ根のあたりを触れ合わせる。

　宗棍とジラーは、手を掛け合った状態で睨み合っていた。

　先に打ち込むなど簡単なことだ。宗棍はそう思って、右手を、くるりと返すようにして、ジラーの腹に打ち込もうとした。

　その瞬間に、ジラーの手の甲で手首を押さえられた。宗棍の攻撃は外されていた。

　なるほど、こちらの攻撃を悟られたら、すぐに外されてしまうな……。

　今度は、ジラーが打ち込んできた。腕自慢だけあって、その拳は速かった。だが、宗棍もその攻撃を外すことができた。互いに手を触れ合っているので、防御もしやすい。

　再び宗棍が打ち込んだ。ジラーは、それを外すと、左手で宗棍の右腕を押さえ、触れ合っていた右手で打ち込んできた。

　両手を使ってもいいということだ。

　ならば、足を使ってもいいのだろうか。そう思ったが、右手を触れ合った状態だと、なかなか蹴りが出せなかった。蹴りを出そうとした宗棍は、たやすく右手を取られ、バランスを崩されてしまった。

　ジラーが言った。

「なかなかやるじゃないか」

　宗棍はこたえた。

「そちらも、やりますね」

また、ジラーが打ち込んでくる。たしかに拳は速いが、宗棍が対処できないほどではない。攻撃をそらしてやると、今度はジラーがたたらを踏んだ。

ジラーがさらに掛け試しを続けようとする。宗棍は手を出さなかった。

「このくらいにしておきましょう」

「なんだ、勝負はまだついていないぞ」

このまま続ければ自分が勝つと、宗棍は思った。

すでにジラーの戦い方もわかっていた。拳の打ち込みはたしかに速い。だが、攻撃が単調だ。

しかし、ばか正直にそれをジラーに伝える必要はない。宗棍は言った。

「いや、とてもかないそうにありません」

「なんだ、これで終わりか？」

「ウー。勘弁していただきたいです」

ジラーも手を引っ込めた。

「そうだな。お互い、怪我をしてもつまらん」

「おっしゃるとおりです」

「それで、ヤーもチルーと勝負をするつもりか？」

「ウー。そんなに強いのなら、ぜひ手合わせしてみたいと思います」

「ワンが勝てないんだから、誰も勝てないさ」

「負けるのを覚悟で挑んでみますよ」

「まあ、せいぜい頑張るんだな」

「ウンジュの他に、チルーと戦った人をご存じありませんか？」

「もちろん知っている」

ジラーは、タルーという名の村の若者を紹介してくれた。宗棍は、その家を訪ねた。

タルーは、大柄な若者だった。宗棍が訪ねていき、ジラーに紹介されてきたと言うと、胡散臭《うさんくさ》げな視線を向けて言った。

「チルーの話か？」

「ウー。よろしければ、戦いの様子など詳しくうかがいたいと思いまして……」

そう言いながら、宗棍はタルーの体格を観察していた。すごい力こぶだった。腕も脚も太い。ただ、その仕草《しぐさ》を見ていると、素速くはなさそうだった。

タルーが不機嫌そうに言った。

「詳しくも何も、あっという間にやられてしまった」

「掛け試しですか？」

「ああ、そうだ。手首を合わせてからの突き合いだ。ワンは、力で拳を押し込もうと思ったが、だめだった。拳を出そうと思ったとき、逆にチルーに打たれてしまった」

ジラーが俊敏なのに対して、タルーは力自慢の様子だ。つまり、チルーは素速い相手にも力の強い相手にも対処できるということだ。

「ウンジュなら、どんな相手もひねり潰《つぶ》してしまいそうですが……」

宗棍は、ジラーのときと同様に、相手を持ち上げてみた。それでもタルーは相変わらず不機嫌そうだった。

「ワンもそう思っていたさ。でも、チルーには通用しなかった。あいつは不思議な手を使うんだ」

「不思議な手……」

「ウー。チルーと手を合わせると、なんだか力を吸い取られるような気がする」

「ほう……」

タルーはジラーに比べると口が重かった。聞きたいことは聞けたと判断した宗棍は、タルーに礼を言い、与那原を離れることにした。

首里への長い道のり、宗棍はずっとチルーの手のことを考えていた。

あらかじめ、戦ったことのある者たちから話を聞けてよかった。いきなり勝負を挑んだら、宗棍も負けていたかもしれない。

ジラーと実際に「掛け試し」をやってみたのも役に立った。ジラーの実力を知ることで、チルーの腕前も想像することができる。

タルーは、「なんだか力を吸い取られるような気がする」と言った。宗棍の興味は募った。

もしかしたらチルーは、照屋筑登之親雲上と同じような手を使うのではないか。その思いがますます強まってきた。

照屋筑登之親雲上の手は、親国の手だと言われている。いつどこで、それを学んだのか、宗棍は知らない。だが、普通の武士がやる手とは違う。それをチルーが知っているとしたら、それはなぜなのだろう。

いや、チルーが照屋筑登之親雲上と同じ手を使うとは限らない。考え過ぎかもしれない。

だが、ジラーが言った「力を奪われるような感じ」というのも、タルーが言った「力を吸い取られるような気がする」というのも、宗棍が照屋筑登之親雲上に対して感じたこととまったく同じなのだ。

これまで宗棍は、いろいろな相手と戦ってきた。まあ、言ってみれば子供の喧嘩に過ぎないが、それでも場数は踏んでいる。

にもかかわらず、照屋筑登之親雲上と手合わせしたときのような感覚は初めてだった。他にそのような手を使う者は一人もいなかったのだ。だから、その手は特別なものだと思っていた。

照屋筑登之親雲上の手がわかれば、チルーの手もわかる。宗棍はそう思った。

だが、まだ弟子入りをしていない。いや、弟子であっても、手の秘密をおいそれと教えてくれはしないだろう。自分で考えるしかなさそうだ。

照屋筑登之親雲上は、馬歩をやれと言った。それが、勁のもとになるのだと……。ならば、馬歩がチルーの手の秘密を解く鍵にもなるのではないか。

宗棍は、戦うことも好きだが、考えることも好きだった。必死に考えてこたえを見つけたときの喜びを知っている。

そして、理屈に合わないことが嫌いだった。どんなことにも、原因があり結果がある。理に合わないことをすれば、戦いに勝つこともできない。

宗棍はそう信じている。だから、世の理《ことわり》を考えることが大切なのだ。

馬歩をやれば、足腰が安定する。それはすぐにわかる。そして、しっかりした足腰が勁を生むということも、まだ実感はないが、何となく理解できる。

だが、それが、力を吸い取るような技術と、どう関係しているのかがわからない。

気がつくと、雲行きが怪しく、風も強くなってきた。

一雨来そうだ。宗棍は、帰宅の足を速めた。


その日の夜は、やはり雨になった。

宗棍は、部屋で科のための勉強をしていたが、雨足が速くなったのを感じて立ち上がり、縁側に出てみた。庭を雨が叩いている。風も強い。

やがて、雨が弱まり、たちまち小降りになった。だが、風は収まらない。

しばらく庭の様子を眺めていた宗棍は、木の枝が風に揺れるのを見て「おや」と思った。

なぜかその動きが気になった。枝は、元が太く先に行くほど細くなっている。当たり前のことだ。そして、風に揺れているのは先の細い部分だ。それも当然のことだ。

なぜ、ワンはそんなことが気になっているのだろう。

風に揺れる枝の動きをじっと見つめた。

やがて、宗棍は、はっと気づいた。

もし、枝の根元も先端と同様に細ければ、ぽきりと折れてしまうだろう。根元が太いから、どんなに風に吹かれて大きく揺れても、枝は折れないのだ。

風は相手の力だ。もし、足腰が弱ければ、たやすく相手の力にやられてしまう。だが、足腰がしっかりしていれば、どんなに相手が強くて上体が揺さぶられても、倒されることはない。

枝が風に吹かれても折れないのは、柔軟さのおかげだが、その柔軟さは根元の太さによって発揮されるものだ。同様に戦いにおいても、相手の力を受け流すのには柔軟さが必要だが、それは足腰の強さによって支えられるのだ。

馬歩は、力を発するためだけではなく、力を吸い取るように受け流すためにも役に立つのだ。

宗棍は、それに気づくと居ても立ってもいられず、雨でぬかるんでいる庭に下りた。

幸い雨はすでに上がっている。

足をしっかりと踏ん張り、上体を前後左右に揺らしてみた。最初はどうにもぎこちなかった。妙なところに力が入り、なかなかうまくいかない。

宗棍は、再び風に揺れる枝を見つめた。その動きの特徴を捉え、それを体で表現しようとする。

両手は枝の先端だ。もっと柔らかく繊細に動かさなくてはならない。

足腰は枝の根元だ。どっしりと動かずに……。

そのうちに、足腰に力を入れ過ぎてはいけないということに気づいた。踏ん張るのではなく、餅《もち》のように粘ることが大切なのだ。

馬歩のままではいけない。膝を柔軟に使うのだ。その粘りを生むのが、馬歩で培った足腰の強さなのだ。

ようやく柔らかな動きのコツがつかめそうだと思ったとき、縁側から母の声がした。

「カミジャー、何をしているのです」

宗棍はこたえた。

「母上《アヤー》、手の稽古です」

「何もこんな雨の中でやらなくても……」

「雨はもう止んでいます」

「だからといって、泥んこの中で……。ウンジュは子供ですか」

言われて、ようやく足が泥まみれなのに気づいた。

「あ、すいません」

「足を洗ってから上がりなさい」

「はい」

母はあきれた様子で台所のほうに向かった。

宗棍は言われたとおり、井戸から桶《おけ》に水を汲《く》みそれを縁側のところまで持っていって、足を洗った。部屋に戻ると、科のための勉強を再開した。

だが、なかなか文章が頭に入ってこない。チルーのことが気になるのだ。音読をしながらも、つい戦いのことを想像してしまう。

力をうまく受け流す方法については理解できた。だからといって、チルーに勝てるとは限らない。チルーは、その方法に熟達しているし、攻撃もなかなか鋭そうだ。

宗棍は、さらに考えた。

何か決定的に優位に立てる方策はないものか……。

そんなうまい方法があれば、もうすでにチルーは誰かの嫁になっているだろう。

だが、不敗のチルーといえども、何か弱点はあるはずだ。チルーの弱み……。イキガーたちを次々と手玉に取るチルーの弱点は何だろう。

宗棍は、書の音読の途中に、「あっ」と大声を上げた。

すると、部屋の戸が開いて、父の宗福が顔を覗《のぞ》かせた。

「どうした、カミジャー」

「は……？　何がでしょう？」

「孟子を朗読していたと思ったら、妙な声を出しおって」

「あ、書の言葉に感銘を受けまして」

「それは殊勝なことだが、本当か？」

「もちろんです」

「今日は朝早くからどこかに出かけていたようだな。どこに行っていた」

「与那原に行ってきました」

「与那原？　何用だ？」

「地頭代の娘のチルーの噂を聞いて行ってみました」

父は目を丸くした。

「あきれたやつだ。そんなことをしている場合ではないだろう」

「勉学にも精を出しておりますし、照屋筑登之親雲上に言われた馬歩もしっかり稽古しております」

「さらに励め。科は難関だぞ」

「ウー」

父が戸を閉めると、宗棍は、書の音読を続けた。だが、頭の片隅でまったく別なことを考えている。あることを思いついたのだ。それでつい声を上げてしまったのだった。

きっとこれは有効だ。ワンはチルーに勝てる。

そう思うと、すぐにでも与那原に飛んでいきたくなる。明日の朝、父が出勤するまで待つのだ。そして、与那原の地頭代に会いに行こう。

そう心に決めると、ようやく落ち着いてきた。それからしばらく、宗棍は勉強を続け、夜が更けぬうちに床に入った。

4

翌朝、計画どおり宗棍は、父の宗福が出かけるとほどなく与那原に向けて出発した。一里あまりの道のりがもどかしい。自然と急ぎ足になっていた。

与那原の地頭代の屋敷に着いたのは、昼前のことだった。下働きらしい男に来意を告げると、玄関で待つように言われた。ほどなく、恰幅《かっぷく》がよく立派な身なりの男が現れた。彼が地頭代だった。

宗棍は、きちんと礼をして名乗った。すると地頭代は言った。

「ほう、首里の山川からおいでですか？」

「はい《ウー》。噂を聞いて参りました。私《ワン》も腕試ししてみたいと思います」

地頭代は笑みを浮かべて言った。

「チルーを嫁にほしいということですか？」

「まだお目にかかったことがないので、それは何とも……。ただ、ワンは負け知らずのチルーさんにお手合わせをお願いしたいだけです」

「では、会ってやってください」

地頭代はそう言うと、奥に向かってチルーの名を呼んだ。

「父上、何でしょう」

そう言って現れた女性は、噂どおりの美しさだった。女性にしては背が高いが、意外に体つきはほっそりとしている。色白で目が大きい。

「こちら、松村宗棍さんだ。おまえと手合わせがしたいのだそうだ」

チルーは宗棍を見て頭を下げた。

「チルーと申します」

宗棍は胸が高鳴り、頬が熱くなるのを感じていた。

ワンとしたことが、どうしたというのだ……。

地頭代がチルーに言った。

「挑戦を受けようと思うがどうだ？」

「異存はございません」

地頭代が宗棍を見て言った。

「手合わせは、日が暮れてから人目を避けてやることになっている。それでよろしいな？」

何度も挑戦を受けているので、地頭代はすっかり慣れている様子だった。宗棍はこたえた。

「ウー。けっこうです。では、暗くなるのを待ちます」

「いや、こちらにも心の準備というものがある。後日にしていただけないか」

宗棍は、今すぐにでも勝負がしたかった。だが、無理強いはできない。

「わかりました。では、明日はいかがでしょう？」

地頭代が笑って言った。

「あなたはせっかちなようだな」

宗棍はこたえた。

「自分ではそうは思いませんが……」

「いいだろう。明日、日が落ちてから訪ねてくるがいい」

「ウー」

宗棍は、ちらりとチルーを見た。彼女は余裕の表情に見えた。

その日は自宅に戻り、科のための勉強と馬歩の鍛錬をした。早く勝負の結果を出したい。そう思うと、勉強にも鍛錬にも身が入らない。

夕刻に父が帰宅して、宗棍に言った。

「今日もどこかに出かけたそうだな？」

「ウー」

「与那原ではなかろうな」

「与那原です」

父の宗福は大きく溜め息をついた。

「ワンも噂は知っている。地頭代の娘のチルーだろう。そんなことにうつつを抜かしている場合ではないのだ」

「今日、会ってきました」

「会った？　誰に？」

「地頭代とチルーさんに」

父は目を丸くした。

「何と……」

開いた口がふさがらないという顔だ。

宗棍は言った。

「正式に勝負を申し込んできました。もし、ワンが勝てば、チルーさんを嫁にもらうことになるかもしれません」

「よ、嫁だと……」

「はい。ワンも去年カタカシラを結いましたので、別に問題はないと思います」

「祝言《しゅうげん》というのは、そういうものではない」

「わが家は地頭で、先方は地頭代。家柄も申し分ないと思いますが……」

父はたじたじとなっている。

「まさかヤーが嫁取りのことを考えているとは……」

正直に言うと、勝負がしたいというのが第一だ。だが、チルーを一目見て、宗棍はすっかり気に入ってしまったのも事実だった。

「明日の夜、手合わせをしてきます」

宗棍の言葉に、父の宗福はまたしても驚いた顔になった。

「なんと、明日……。なんとも急なことだ……」

「ぐずぐずしていたら、他の人が勝負に勝ってしまうかもしれません」

「急《せ》いては事を仕損ずると言うぞ」

「先んずれば人を制すとも申します」

父は、しばらく唸《うな》っていたが、やがて言った。

「祝言とあらば、ワンか母上も同行せねばなるまい」

今度は宗棍が慌てた。

「その必要はありません。勝負に親が付きそうことなど、どこの世界にありますか」

「それはそうだが……」

「結果は報告いたします。ワンが負ければこの話はそれまでです。もし、勝てたら、祝言のことは改めて話をすればいいと思います」

父はまた唸った。

約束どおり、翌日の夕刻に家を出た。与那原に着く頃にはすっかり暗くなっていた。屋敷を訪ねると、すぐに地頭代が出てきて言った。

「勝負における決め事はわかっているな？」

宗梶はこたえた。

「ウー。掛け試しですね」

地頭代はうなずく。

「では、家の前の広場で待っていてくれ」

宗梶は言われたとおり、広場に向かった。

すっかり日が落ちて、あたりは真っ暗だ。屋敷の窓にぼんやりとした明かりが見えるが、広場までは届かない。

月も出ていない。雲がかかっているのか、星も見えなかった。自分の手も見えないほどの闇だ。

なるほど、この状態での戦いならば、手を触れ合った状態から始めるのが合理的だと、宗梶は思った。

少しでも離れると、相手のことが見えなくなる。手を掛けていれば相手の位置がわかる。

足音が聞こえてきた。地頭代がろうそくを持っている。その頼りない明かりが揺れている。

「待たせたな」

小さな明かりだが、ろうそくがあるとないとでは大違いだった。それがなければ、勝負の行方を見て取ることもできないだろう。

かすかな明かりの中に、チルーの姿が浮かんだ。彼女は、白っぽい着物を着ている。腰から下は袴《はかま》のようなものをはいていた。

宗棍は着物の裾を帯に挟んだ。

地頭代が言った。

「よければ、始めようか」

宗棍は「ウー」と返事をした。

チルーは右手右足を前に出し、構えた。宗棍は、チルーの手首に自分の右手首を合わせる。

冷たい。チルーの手首はひんやりとしている。宗棍はそう感じた。たぶん、チルーも緊張しているのだろう。

チルーは動かない。ならば、こちらから……。

宗棍は触れ合っている右手で相手の腹を突こうとした。その瞬間に、チルーの動きを感じた。宗棍の右手の動きは封じられていた。

なるほど、力を吸い取られるようだというのは、本当だ。チルーは宗棍の攻撃を受け流したのだが、その力をまったく感じなかった。柔らかな布に搦め捕られたようだ。

宗棍は、左の拳でチルーの腹を狙った。すると、またチルーが動いた。やはり右手でふわりとその攻撃を受け外す。

こちらが動こうとすると、その前にチルーが動く。宗棍はそれに気づいた。チルーは、手首を触れ合うことで、相手の微妙な体の動きを察知しているのだ。

動こうとすれば必ず体に力が入る。それを感じ取って、先に動くのだ。

なるほど、これは手強い。宗棍は思った。だが、そうとわかれば、こちらも同じことをするまでだ。

相手の力の変化を感じ取るために、触れ合っている手首に神経を集中した。掌がかすかに動くのを感じた。

来る。

宗棍は、木の枝から学んだ体の動きで、柔軟に相手の動きを封じようとした。チルーの拳は鋭かったが、辛うじて受け外すことができた。

まだ、ワンの動きは硬い。宗棍はそう思った。

チルーの動きが止まった。戸惑っているように感じられた。おそらく、宗棍が自分と同じような動きをしたので、驚いたのだろう。

攻めるなら今だ。宗棍は、思いついたことを試してみようと思った。なるべく余分な力を入れないようにして、合わせた手首から最短距離の急所を狙う。相手の胸だ。

今まで微動だにしなかったチルーの足が動いた。宗棍の攻撃をかわしつつ、一歩下がったのだ。

立会人役の地頭代の声が聞こえた。

「掛けが外れたな。では、仕切り直しだ」

再び右手を合わせる。宗棍は、その手首から伝わってくる相手の動きを察知しようとした。

チルーが動いた。宗棍はそれを待っていたように、同時に右の拳を出した。先ほどと同じく、チルーの胸を狙っている。

その攻撃は封じられたが、チルーの動きには先ほどまでの余裕が感じられなかった。狙いは成功だった。宗棍はそう思った。

勝負となれば、誰でも腹を突こうとするだろう。鳩尾《みずおち》やその両脇の急所を狙うのだ。戦いに慣れている者ほどそうする。だが、チルーの手はたやすくそれを防御してしまう。ならば、腹より近い急所を突くしかない。互いに手首を触れ合っている位置からは、胸のほうが腹よりも近い。そして、女の胸には男にない急所がある。乳だ。

男にはない弱点。勝つためにそれを狙わない手はない。宗棍はそう考えたのだ。これまで、チルーと勝負をした者たちは、それに気づかなかったのか。あるいは、気づいたとしても、乳を攻めることを潔しとしなかったのかもしれない。

それは決して卑怯《ひきょう》なことではないと、宗棍は思った。弱点を攻めるのは、戦いでは当たり前のことなのだ。

宗棍は、再び鋭く相手の胸を突いていった。チルーはそれをかわす。今度は左の拳で胸を狙う。それもかわされた。

もっとも、宗棍は本気でチルーの乳を打つつもりはなかった。こちらの優位を知らしめればいいと思っていた。

宗棍が攻撃する、それをチルーがかわす。チルーは反撃できない。同じことが続いた。

やがて、チルーが右手の掛けを解いた。一歩下がると、彼女は言った。

「参りました」

宗棍はそれを聞いて、戦いの構えを解いた。

「なんと……」

地頭代の声が聞こえた。「では、この者の勝ちを認めたということか」

チルーがこたえる。

「ウー。ワンは負けました」

「まだ、打たれていないではないか」

「打たれずともわかります。松村様の勝ちでございます」

「どうしたもんかな……」

地頭代が言った。「本人が言うのだから、松村殿の勝ちということになるが……」

どうやら、地頭代はチルーが負けたときのことを考えていなかったようだ。

チルーが言う。

「それでよろしゅうございます」

地頭代は「うーん」と唸ってから言った。

「……ということは、ヤーは松村殿の嫁になるということだぞ」

「そういう約束ですから……」

「それはそうなのだが……」

宗棍は言った。

「ワンは、勝負がしたかっただけです。祝言については、ワンの両親も含めてちゃんとお話ししたほうがよろしいのではないかと思います」

地頭代はその言葉に、安堵《あんど》したように言った。

「そうだな。それがいい。おっと、ろうそくも短くなった。ともかく、わが家においでください」

宗棍は、地頭代に案内されて屋敷に向かった。

薄明かりの灯《とも》る部屋で、宗棍は地頭代と向かい合っていた。地頭代の後ろにはチルーがいる。

「……そうですか。ウンジュのターリーは地頭をなさっておられるのですか」

「ウー。ワンは、松村家の四男です」

「跡取りではないのですね」

わずかに落胆したようだった。

「跡取りではありません」

　宗棍は言った。「そんなことより、チルーさんの手《ティー》についてうかがいたいのですが……」

「勝負が終わった今なら、何なりと……」

「独特な手だと思いました」

「そうでしょうな。だから、これまで負け知らずだったのです」

「かつて、一度だけ同じような手に出会ったことがあります」

「ほう……。それは……？」

「照屋筑登之親雲上《チクドゥンペーチン》の手です」

「なんと、ウンジュは照屋筑登之親雲上の手をご存じか？」

「一度だけ、お手合わせを願ったことがあります」

　地頭代は唸った。

「そのような武士《ブサー》なら、チルーは負けても仕方がありません」

　宗棍は慌てて言った。

「ワンはまだ武士ではありません。まだ、照屋筑登之親雲上の弟子にもなれない身ですから……」

「まだ、とおっしゃいましたか？」

「ウー。科に受かったら、弟子入りが許されます」

「科をお受けになるのですか？」

「そのために勉学に励んでおります」

地頭代は何度もうなずいて言った。

「それはけっこうですな」

どうも先ほどから話が嚙《か》み合わない。宗棍はそう感じていた。地頭代は、宗棍の身分について知りたがり、宗棍はチルーの手について知りたかった。

「チルーさんはどなたに手を習われたのですか?」

地頭代がこたえた。

「最初はワンが手ほどきをしました。そのうちに、娘の才覚に気づきましてな。ワンではとても教えきれないと思いました。それで、何人かの知り合いに、よい師はいないかと尋ねたのです。それで出会ったのが、久米村の通事《クニンダ》でした。その手を教わることにしたのです」

通事というのは、久米村の住人だけの役職だ。昔から久米三十六姓と言われ、親国《ウヤグニ》から渡ってきた人々が定住した。首里王府においても特別な身分を保証されている。

「チルーさんの手は、クニンダの手でしたか……」

それなら、照屋筑登之親雲上の手に似ているのも納得がいく。照屋筑登之親雲上の手は親国の手だと言われている。

宗棍は、ますます照屋筑登之親雲上の手に興味が湧いた。

「チルーさんも、馬歩をやられますか?」

それまで床を見つめていたチルーが顔を上げた。そして、宗棍に言った。

「馬歩をご存じですか？」

「弟子入りする前に、それだけやっておけと、照屋筑登之親雲上に言われました」

チルーがうなずいた。

「ですから、松村様の勝ちだったのですね」

「やはり、馬歩は重要なのですね」

「ワンも、馬歩から始めました」

「それから、どんなことをやるのです？」

宗棍は身を乗り出さんばかりにして尋ねた。

その宗棍の様子を見て、地頭代が苦笑した。

「ウンジュは、手の話ばかりですな」

「はい。そのために参りましたから」

「身も蓋《ふた》もない言い方をする……」

チルーが言った。

「肩を柔らかくするために、両腕を大きく回す運動をします」

「なるほど。それから……？」

「あとは套路《トウロ》です」

「とうろ……？」

「沖縄《ウチナー》で言う『段のもの』のことです」

「段のもの……？　ああ、クーサンクーとかパッサイといった名前がついているものですね」

「親国の手で套路は最も重要なものです。同様に、沖縄の手でも段のものが最も重要だと思います」

「そうなのですか」

一刻も早く、手の稽古を始めたい。

チルーの話を聞いて、宗棍はその思いを強めた。

「さて……」

地頭代が言った。「すっかり夜も更けた。ご家族が心配なさっているかもしれない」

「これは、とんだ長居をしてしまいました。そろそろ失礼いたします」

「ウンジュが言われたとおり、嫁入りについては、また改めて話をする。それでよろしいですな」

「はい」

宗棍は、地頭代親子に別れを告げ、与那原をあとにした。

5

「夕食の刻限もとうに過ぎたのに、どこに行っておった」

帰宅するとさっそく父の宗福に叱られた。宗棍はこたえた。

「与那原の地頭代の娘さんを嫁にすることになりそうです」

宗福は、魚のように口をぱくぱくとさせた。言葉が出てこない様子だ。

父が何も言わないので、宗棍はさらに言った。

「先ほど、手《ティー》の勝負をして。ワンが勝ちました」

「それで……。与那原の地頭代は何と……？」

「改めて話をしましょうと……」

「当たり前だ。先方は本当にその気なのだろうな？」

「そういう約束ですから」

父は唸った。

「とにかく、飯を食え。与那原のことは母上《アヤー》と相談する」

翌日、父の宗福は与那原の地頭代のもとに使いを出し、事の次第を訊《き》き、今後どうするかを尋ねた。「とにかく、話をしましょう」という返事だったので、父は会うことにしたようだった。

こちらは地頭の親雲上《ペークミー》、向こうは地頭代だ。それで、向こうから訪ねてくることになった。その日は、家中がえらい騒ぎになった。

昼過ぎに、地頭代とその妻、そしてチルーがやってきた。

父の宗福、母、そして宗棍が出迎えた。

地頭代が手をついて言った。

「お初にお目にかかります。手前どもは与那原の……」

父の宗福がそれを制した。

「堅苦しい挨拶は抜きです。何でも、チルーさんは手で男《イキガー》たちにも負け知らずだったそうですね」

「はい。それを、ご子息が見事に打ち破りました」

「勝負に勝てば、嫁にやると公言されていたそうですね」

「情けないイキガーに嫁がせるわけには参りません」

「約束どおり、わが家に嫁ぐということですか？」

「もちろん、約束は守ります。ですが……」

「何か？」

「ご子息は科を受けられるとか……」

「おっしゃるとおりです。そのために準備をしております」

「そのお邪魔をするのも心苦しい。そこで、どうでしょう。祝言は、無事に科に受かられた後、ということでは……」

宗棍は言った。

「ワンが四男坊で、家督を継げないので、科に受かって王府の職に就けるかどうか見届けたいということですね」

「これ、カミジャー」

父がたしなめた。「失礼なことを申すな。ひかえなさい」

地頭代が言った。

「いや、ご子息が言われるとおりです。大切な娘を嫁がせる父親の心情をお察しください」

宗棍は言った。

「ご心配には及びません。科は受かります。でないと、照屋筑登之親雲上への弟子入りもかないませんし……」

地頭代があきれたような顔になった。

「あなたは、何よりも手が大事なのですね」

「もちろん、チルーさんのためにも、科に受かってみせますよ」

「それを聞いて、安心しました」

そのとき、チルーが言った。

「ワンも手が好きですから、手が大事だとおっしゃる方のもとに参りとうございます」

今度は地頭代がたしなめる。

「これ、女が勝手に発言するとは何事か」

「いいではないですか」

父の宗福が言った。「お嬢さんの本音も、うかがっておきたい」

「はあ……。恐れ入ります」

夕食をごいっしょに、と母が誘ったが、地頭代の一行は固辞して帰路についた。彼らを見送ると、母が父に言った。

「話がまとまったということですね」

「どうやら、そのようだな」

それから父は、宗棍に向かって言った。「とはいえ、科の結果次第だ」

宗棍はこたえた。

「任せてください」

「しかし、あきれたやつだ。手の勝負で嫁を見つけてくるとはな……」

「チルーさんはいい人ですよ。強くて美人です」

「そうだな。おまえにはもったいない」

宗棍は、いっそう勉学に励んだ。照屋筑登之親雲上への弟子入りだけでなく、チルーとの縁談も科の結果次第ということになってしまったのだ。何が何でも、合格しなければならない。

そして、十七になった年に、宗棍は一度で見事、科に合格した。これで晴れて首里王府にお勤めがかなうのだ。

父も母も大喜びだった。母は言った。

「これで、チルーさんといっしょになれますね」

だが、宗棍が真っ先に飛んでいったのは、照屋筑登之親雲上のもとだった。

科合格の知らせを聞くと、照屋筑登之親雲上は言った。

「まさか、本当に受かるとはなあ……」

「弟子にしていただけますね」

「無論。ワンは約束は守る」

「では、先生とお呼びしてよろしいですね」

「明日から通ってきなさい。日が暮れてからだ」

「明日からと言わず、今夜からよろしいですか？」

それを聞いて、照屋筑登之親雲上は笑った。

宗棍は、夕食を済ませると、再び照屋筑登之親雲上の屋敷を訪ねた。

「庭に来なさい」

「わかりました」

庭で待っていると、照屋筑登之親雲上が縁側に姿を見せた。

「馬歩をやってみなさい」

宗棍は、言われたとおりやってみせた。照屋筑登之親雲上は、縁側からじっと見つめている。

約四年の間、毎日稽古をした。今ではすっかり習慣になってしまっている。宗棍は自信があった。

長い間、照屋筑登之親雲上は無言だった。ただ、宗棍の馬歩を見つめている。

どれくらいもつか、試しているのだな。

宗棍はそう思った。いくらやらされても平気だ。すでに自分の足腰は筋金入りだという自信がある。

やがて、照屋筑登之親雲上が言った。

「いいだろう。縁側から上がりなさい」

稽古を続けるのではないのだろうか。そう思いながら、足を洗い、濡れ縁から上がると仏壇の前に連れていかれた。

照屋筑登之親雲上が言った。

「弟子入りするということは、文字どおり子になることだ。先祖に線香を上げて、そのことを報告してもらう」

「ウー」

宗棍は言われたとおり、線香を上げて、手を合わせた。

照屋筑登之親雲上が言った。

「これでもう、後戻りはできないぞ」

「後戻りするつもりなどありません」

「何があっても、ワンについてくるか」

「ウー。もちろんです」

「よろしい。では、よろしくお願いいたします」

頭を下げられて、宗棍は慌てた。

「お願いするのは、こちらのほうです」

「これから、ワンの手を継いでいただくのだ。お願いとお礼を申し上げねばならない」

これは、軽い気持ちで習うことはできない。

その言葉を聞いて、宗棍は思った。

宗棍が丁寧に礼を返すと、照屋筑登之親雲上が言った。

「では、また庭に出なさい」

「ウー」

いよいよ稽古が始まるのだ。どれくらいこの日を待ちわびたことか。

宗棍はそう思い、喜びで胸が一杯になった。

再び、縁側に出てきた照屋筑登之親雲上が言った。

「鉄牛耕地《てつぎゅうこうち》という動きがあるので、これからは馬歩と合わせてそれをやりなさい」

「てつぎゅうこうち……？」

照屋筑登之親雲上は、それを親国風に発音してから説明した。

「鉄の牛が、地面を耕すということだ。こうして、両手をついて体を伸ばす」

照屋筑登之親雲上が、縁側でやってみせてくれた。床に伏せるように両手をつき、体をぴんと伸ばす。そして、両腕を曲げ伸ばしした。つまり、腕立て伏せだ。

やがて起き上がると、照屋筑登之親雲上は言った。

「さあ、やってみなさい」

宗棍は見よう見まねでやってみた。五回ほどで腕が疲れて苦しくなってきた。

「それに熟達したら、今度は片腕だけを曲げ伸ばしする。このようにな……」

照屋筑登之親雲上がやって見せてくれる。片手を床につき、もう片方の手は背中に置いている。そして、片腕だけの曲げ伸ばしを始めた。

宗棍は真似して驚いた。一度もできない。腕を曲げようとしたとたん、耐えきれずに崩れ落ちてしまった。

縁側の照屋筑登之親雲上が言った。

「まず、それをできるようにしなさい」

そう言うと、照屋筑登之親雲上は奥に引っ込んでしまった。

宗棍は、両手をついた鉄牛耕地を始めた。両手で難なくできるようにならなければ、とても片手ではできない。そう考えたのだ。

最初は、両手をついても、十回ほどしかできない。

楽々、この倍くらいできるようになりたい。まずはそこからだった。

そのうち、腕が曲げられなくなってきた。それくらいに、何度も繰り返したのだ。しばらくすると、また照屋筑登之親雲上がやってきて言った。

「今日はこれくらいにしよう」

弟子になれば、段のものの一つも教えてもらえるものと思っていた。段のもののことを、チルーは套路と言っていた。親国ではそう呼ぶのだろう。

だが、最初の稽古は、ただ足腰と上半身、双方の鍛錬でしかなかった。

宗棍は言った。

「これなら、先生がいなくてもできます」

「弟子となったからには、そういうものの言い方は許さない。言われたことを、言われたようにやりなさい」

宗棍は、納得できない思いだったが、ここは「ウー」とこたえるしかなかった。逆らって、弟子入りを取り消されでもしたらえらいことだ。

照屋筑登之親雲上が言った。

「前にも言ったが、親国の手で何より大切なのは、勁だ。勁を発し、また勁を操ることができなければ、手を学んだとは言えない。馬歩も鉄牛耕地も、勁のための重要な鍛錬だ」

「わかりました。では、明日また参ります」

「気をつけて帰れ」

「気をつけるも何も、わが家はすぐそこですよ」

「その油断がいかんのだ。たとえ隣の家に行くときでも、武士は油断をしてはいけない」

なるほど、武士とはそういうものかと思い、宗棍は言った。

「ウー。覚えておきます」

首里王府での勤めも始まった。まずは下級役人の手伝いからだ。新米なのだから、雑用も仕方がないと思い、宗棍は言われたことだけを、しっかりとやることを心がけた。

そして、祝言の話が進んだ。日を選び、式の準備を整えた。やがて、祝言の当日となった。さすがに宗棍は落ち着かなかった。

やがて、チルーが家族とともに松村の家にやってきた。この後、宗棍は近くに家を借りて独立することになる。

無事に式を終え、両家の親族が集まっての酒盛りとなった。地頭代一家も、当初は緊張していたが、酒が入ると皆上機嫌になった。

宗棍はチルーとは式を挙げるまで、まともに話をしたこともなかった。士族の婚姻では珍しいことではないが、宗棍は、奇妙な感じがした。

その思いを伝えると、チルーが言った。

「話なら、これからいくらでもできます」

「ああ、それはそうですね」

「大切なことは、他にあります」

「大切なこと？　それは何ですか？」

宗棍の問いに、チルーはこたえた。

「松村様と勝負をした後、ワンはこの方を信頼申し上げようと思いました。それが大切だと思います」

「そうですね。しかし、その松村様というのは、ちょっと変です。私たちは夫婦なのですから」

「では、何とお呼びしましょう」

「家族はカミジャーと呼びます」

「童名でお呼びするわけには参りません。旦那様とお呼びいたします」

「他人行儀ですが、まあ、しばらくはしょうがないでしょう」

婚姻の宴は、三日三晩も続いた。終わる頃には、両家親戚《しんせき》一同がふらふらになっていた。

そして、宗棍の新たな生活が始まった。狭い借家だが、二人で住むには充分だ。首里王府への坂道は、足腰の鍛錬にもってこいだった。

勤めが終わると、食事を済ませて、照屋筑登之親雲上の屋敷に、手を習いに行く。そんな毎日だった。


ある日のこと、王府外周の石畳の掃除をしていると、下級役人に声をかけられた。三人組だった。まだ若い連中だ。

「松村というのは、ヤーか？」

宗棍はこたえた。

「そうですが、何か……？」

「強いという噂だが」

「いえ、それほどでもありません」

「手をやるのだろう？」

「少々心得がある程度です」

「カタカシラを結う前から、有名だったようだな。首里のあたりでは負けなしだったとか」

「童子の遊びです」

「与那原のチルーと勝負をして勝ち、嫁にしたそうだな」

「ウー。チルーはワンの嫁です」

「噂を聞いてワンも狙っていたのだが、先を越されたということだな」

「善は急げと申しますから」

三人の若い役人は、顔を見合わせた。

「ワンは仲本朝世《なかもとちょうせい》という者だ。ワンと立たないか？」

勝負をしないかという意味だ。宗棍は、きょとんと相手を見た。

「何のための勝負ですか？」

「チルーを取られっぱなしでは、腹の虫が治まらん」

仲本朝世は、宗棍がチルーを嫁にしたことが気に入らないので、勝負しろと言っている。とんだ言いがかりだと、宗棍は思った。

「ワンは、勤めはじめたばかりなので、よくわかりませんが、そういう勝負は禁じられているのではないですか？」

するとと仲本は言った。

「城内ではもちろん禁じられている。だが、勤めが終わった後なら、どこで何をしようがかまわんだろう」

「そういうものですか」

「どうだ？　立つのか？」

「ワンは、勤めが終わった後、毎夜、師のもとに通って手の稽古をしなければなりません。勝負をしている時間がありません」

「なに、勝負は一瞬で終わる。稽古の前に済ませればいい。もっとも、稽古には行けなくなるかもしれないがな……」

「稽古に行けなくなる？」

「そうだ。怪我をして稽古どころではなくなるだろう。死ぬかもしれない」

そう言って、仲本は笑みを浮かべた。仲間の二人も笑った。

宗棍はこたえた。

「ああ、それはないと思います」

仲本たちは笑いを消し去った。

「ほう……。自信があるようだな」

「そうですね。怪我をしない自信はあります」

仲本は忌々《いまいま》しげに言った。

「今日の夕刻だ。場所は、金城《かなぐすく》の大アカギ」

大アカギの脇に、内《うち》金城御嶽《うたき》があり、小さな広場がある。そこで勝負をしようということだ。

「御嶽で立ち合うというのですか」

御嶽というからには聖地だ。宗棍は、それほどこだわらないが、いちおう訊いてみることにした。仲本は言った。

「ふん。どうということはない。嫌なのか？」

「ワンも、かまいません。しかし、あのあたりは、夜になると真っ暗だから、明かりが必要ですね」

「明かりは用意する。いいか、逃げるなよ」

「なぜ、ワンが逃げる必要があるのです？」

「癪《しやく》に障るやつだ。では、後でな……」

三人が去っていった。

宗棍はその後ろ姿をしばらく眺めていたが、やがて、掃除を再開した。

6

「今日は用事があるので、夕食を早めにしてください」

帰宅するとすぐに、宗棍はチルーに言った。

「わかりました」

夕食の用意ができると、宗棍は無言でそれを平らげ、外出の用意をした。

チルーが尋ねた。

「照屋筑登之親雲上のお宅ですか？」

「はい。だが、その前にちょっと、用事があります」

「そうですか。ご武運をお祈りします」

そう言われて、宗棍は驚いた。チルーを見ると、引き締まった表情だ。

「武運？　何のことですか？」

「旦那様は、どなたかと立たれるのではないですか？」

宗棍はうろたえた。

「どうしてそのようなことを……」

「わかります。戻られてから、旦那様は気もそぞろで、私の顔すらご覧になりませんでした」

「そうだったかな……」

「そして、旦那様は、ワンと立ったときと同じお顔をされています」

「チルーと立ったときと同じ顔……」

「ウー。隠してもわかります」

「これは参ったな。別に隠すつもりはなかったのですが、あれこれ、考えていて……」

「相手は、何者です？」

「王府の若い役人です」

「強いのですか？」

「さあ、立ってみないとわかりません」

チルーは、しばらく宗棍の顔を見つめていた。

「どうしました？　妙な顔をして」

「旦那様のそういうところがわかりません」

「そういうところ？」

「ウー。いろいろとお考えになって用意周到かと思えば、まったく無頓着《むとんじゃく》なこともあります」

「別に無頓着とは思いませんが……」

「相手の力量を確かめずに立つなど、無謀ではありませんか」

宗棍は笑った。

「チルーのことを言われたので」

「ワンのこと……？」

「その若い役人も、チルーと勝負をしたかったのだそうです」

宗棍にそう言われて、チルーは困った様子だった。

「ワンのせいで、旦那様がその役人と立つことになったのですか……」

「そうではありません。言いがかりに過ぎないのです。向こうは腕試しをしたいのでしょう」

「ずっと、何をお考えだったのですか？」

「どういうふうに戦ってやろうかと……」

「相手がどう攻めてくるかもわからないのに……？」

「それはどうでもいいのです。問題は、怪我をしたくないし、相手にも怪我をさせたくない、ということなのです。なにせ、相手は王府の先輩ですから」

「怪我をせず、怪我をさせず……」

それは、初めて照屋筑登之親雲上と立ち合ったときに学んだことだった。

「それがなかなか難しい」

宗棍はそう言って、家を出た。

首里金城の石畳に差しかかる頃に、大きく日が傾いた。まだあたりはほんのりと明るいが、大アカギのある内金城御嶽にやってくると、そこは真っ暗だった。

まだ、仲本は来ていない。

宗棍は、暗闇の中、足場を確かめた。戦いのときに、足場はきわめて重要だ。

やがて日が落ちると、大アカギの広場は真っ暗になった。しばらくすると、松明《たいまつ》が見えてきた。三人の男が姿を見せた。二人の男が松明を持っている。その二人に挟まれているのが、仲本だ。

二本の松明があれば、充分に明るい。宗棍はそう思った。

「ちゃんとやってきたな。その度胸だけはほめてやる」

仲本がそう言った。宗棍はこたえた。

「早く始めましょう。ワンは稽古に行かなければなりません」

仲本が、むっとした声になった。

「ワンをなめているのか？」

「別になめているわけではありません。早く済ませたいのです」

仲本は、着物の裾を帯に挟み込むと、広場の中央に歩み出た。

「望みどおり、さっさと片づけてやろう」

宗棍は、着物の裾もそのままで、仲本と対峙《たいじ》した。

松明を持つ仲本の仲間たちが、対峙する二人を挟むように立った。仲本も宗棍も明かりを背負う形になる。それが嫌で、宗棍は少し角度をずらした。

その宗棍の動きを、仲本は見逃さなかった。

素速く踏み込んで、右の拳を飛ばしてくる。顔面を狙ってきた。

宗棍は、一歩下がってそれをかわす。反撃はしなかった。

腕試しに明け暮れていた時期の宗棍なら、相手の攻撃を受け外すと即座に、こちらの拳を相手に打ち込んでいただろう。

受けてから、すぐに反撃。これまでは、それで充分だった。宗棍の拳を食らった相手は、そのまま地面に崩れ落ちた。

宗棍が反撃をしないので、仲本はさらに攻めてきた。右の拳、左の拳、さらに右の蹴り。

宗棍は、相手が攻撃してくるたびに、後ろに下がる。広場は狭いので、まっすぐに下がるわけにはいかず、回り込むようにして攻撃をよけた。

仲本が言った。

「逃げてばかりか。どうやらおまえの噂は嘘《うそ》っぱちのようだな」

宗棍は何も言わずに考えていた。

さて、どうやれば戦いを終わらせることができるだろう。

いつまでも、こうして逃げ回っているわけにもいかない。時間がたっぷりあればいいが、これから照屋筑登之親雲上のところに行かなければならない。

かといって、殴るのもはばかられる。相手は王府の先輩なのだ。

照屋筑登之親雲上のような見事な戦い方ができれば……。

そのとき、下がった拍子に、踵《かかと》が木の根に当たった。

しまった。足元を確かめたつもりだったが……。

よろりと体勢を崩した瞬間、仲本の拳が飛んできた。かわすことができなかった。その拳をしたたか顔面に食らった。視界に無数の星が飛んだ。

すかさず、仲本はもう一発打ち込んできた。左の拳が再び、宗棍の顔面を捉える。たまらずに、宗棍は地面に倒れた。膝から力が抜けたのだ。

顔面を殴られると、一時的にそうなることがある。宗棍は、頭を振って起き上がった。

仲本が言った。

「どうだ。参ったと言えば、これで終わりにしてやる」

相手が満足したのなら、それでいい。こちらは、それほどの怪我ではない。ちょっと頰が腫れる程度だろう。これで終わりにすれば、双方大怪我をすることもない。

そうすべきだということはわかっていた。だが、宗棍は、悔しかった。

仲本がもう一度言った。

「参りましたと言え」

宗棍は言葉を返した。

「木の根につまずき、不覚を取りました。さあ、続けましょうか？」

負けましたと言えば、相手は気が済むはずだ。だが、そうなれば、仲本は宗棍に勝ったと言いふらすだろう。その噂は首里王府だけでなく、島中に広まるかもしれない。

宗棍には、それが我慢ならなかった。

「懲りないやつだ」

忌々しげに言うと、仲本は構えた。今気づいたが、右手右足を前に構えている。誰かから手を学んでいるに違いない。首里王府に勤めているのだから、不思議はない。

宗棍も、右手を前に構えた。

最良の方法は、照屋筑登之親雲上のように、殴ったり蹴ったりせずに、相手に負けを知らしめることだ。だが、まだ宗棍にそんな技量はない。

さて、どうする。

仲本が右の拳で突いてきた。それが宗棍の右腕に触れた。咄嗟《とっさ》に宗棍は、その右腕を捻《ひね》った。

「お……」

仲本は、そんな声を洩らしてたたらを踏んだ。

その瞬間に、宗棍の頭の中に閃《ひらめ》きが走った。

右腕に相手の攻撃が触れる感覚が、何かに似ていた。

そうだ。チルーとの掛け試しだ。

宗棍は、再び右手を前に構えた。仲本も同様だ。そして、仲本と手が触れ合うくらいに間合いを詰めた。

仲本が下がる。宗棍は再び間合いを詰める。

「ぬ……」

仲本は、苛立《いらだ》ったように右の拳を出してくる。宗棍は、両膝を柔らかく使いながら、右の腕で相手の攻撃を巻き込むようにそらした。

「あ……」

仲本の体は前方に投げ出されていた。

もしかしたら、照屋筑登之親雲上がやったのは、今のような技だったのではないだろうか。そう思うと、宗棍は再び試してみたくなった。

「もう一度、かかってきてください」

宗棍が言うと、仲本は飛び起きて言った。

「何《ヌー》？　ばかにしやがって」

仲本が、まったく同じように右手で打ちかかってくる。

実際の戦いでは、得意な手しか出せないものだ。多彩な攻撃を仕掛けてくるのは、よほどの手練《てだ》れなのだ。そういう相手は滅多にいないことを、宗棍はこれまでの経験から学んでいた。

こうだったかな……。

宗棍は、先ほど自分がやったことを思い出しながら、それを再現しようとした。相手の攻撃を受け外すことは簡単にできたが、うまく腕を巻き込むことができない。

「すいません。もう一度……」

「ふざけるな」

仲本は、腹を立てている。そうなるとなおさら、攻撃は単調になる。彼は右の拳しか出してこない。

宗棍は、同じようにやってみる。やはりうまく技がかからない。

「もう一度……」

仲本は、構えを解いた。見ると、ぜいぜいと肩で息をしている。宗棍の息は乱れていない。

宗棍は言った。

「どうしました。さ、もう一度」

「ワンは、ヤーの稽古相手ではない」

「は……？」

「もういい。なんだか、気分が乗らなくなった」

「勝負は終わりということですか？」

「もういいと言ってるんだ」

「ワンが負けたわけではありませんよね」

「ワンが負けたわけでもない」

宗棍は、その仲本の言葉にうなずいた。

「それでいいと思いますが、いかがです」

「ふん。ふざけたやつだ」

「ワンは、ふざけてなどいません。真剣でした」

仲本は、松明を持っている二人の仲間に言った。

「おい、行くぞ」

三人は広場を去っていこうとした。ふと、その出入り口で立ち止まり、仲本が言った。

「ヤーは、妙なやつだな」

「そうでしょうか」

「いつかまた、ワンと立て」

「承知しました」

仲本たち三人は去っていき、内金城御嶽は闇に包まれた。

夜道を歩いているときから、両側の頬がずきずきと痛みはじめた。腫れてきた頬が下まぶたを押し上げて、視界が狭まり、うっとうしかった。

照屋筑登之親雲上の屋敷に着き、挨拶をして庭に回った。いつものとおり、馬歩を始めようとすると、縁側の照屋筑登之親雲上が言った。

「どうしたのだ？」

宗棍は聞き返した。

「は？　何がですか？」

「ワンの目を節穴だと思うか？」

「いえ、そんなことを思ったことは、一度もありませんが……」

「顔が腫れている。誰かに殴られたな？」

「ああ……。お城の先輩に、立てと言われたので、相手をしてきました」

叱られるだろうと、宗棍は思った。手を習う者は、私闘を厳しく戒められるのが普通だ。

照屋筑登之親雲上が言った。

「どうして戦った？」

「先輩から言われたら断れません。それに、チルーのことを言われました」

「顔を打たれたのだな？」

「木の根につまずいて、相手の拳をよけきれませんでした」

「相手を打ったのか？」

「いいえ。打たずに済ませるには、どうすればいいか考えました」

「ほう……」

照屋筑登之親雲上は、興味を持った様子だった。「どうやったのだ？」

「チルーとの掛け試しで学んだことがありました」

「やってみなさい」

照屋筑登之親雲上が右手を差し出した。宗棍も右手を出して手首を交差させた。その状態から、照屋筑登之親雲上が突いてきた。宗棍は、それを受け外し、同時に巻き込むように手を動かした。

照屋筑登之親雲上の体勢はびくともしない。逆に、宗棍の腕が巻き込まれて、地面に投げ出されていた。

「ああ……」

宗棍が言った。「やっぱりうまくいきません」

突然、照屋筑登之親雲上が笑い出した。

宗棍は、起き上がり、笑う照屋筑登之親雲上をぽかんと見ていた。

やがて、師は言った。

「相手を誰だと思っている」

「はあ……」

「だが、やろうとしていることは間違ってはいない」

そう言われて、宗棍は、ぱっと顔を輝かせた。

「そうですか」

「ヤーがやろうとしたのは、親国の言葉で、聴勁《ちょうけい》と化勁《かけい》と言う」

「ちょうけいとかけい……？」

「聴勁は、勁《ジン》を聴くと書く。相手の勁を感じることだ。言い換えると、力の動きを感じることだ」

「手首を重ねていれば、相手が動こうとするのがわかります」

「そして、相手が動いたら、その力の方向を変えてやればいい。それが化勁だ」

「力の方向を変える」

「そうだ。向かってくる相手の力の方向をそらしてやれば、自分は安全だ。相手の攻撃をはじき返そうとしても、その力が消え失せるわけではない。腕で守ったとしても、打たれれば衝撃を受けることになる。だから、その攻撃をそらせばいいのだ。弓矢の狙いをそらすようなものだ」

「ワンは、それに、風に揺れる木の枝を見て気づきました。相手の力をうまくそらすには、柔らかな動きが必要です。馬歩はその役に立つと……」

「なるほど、ヤーは、あれこれ頭で考える性格のようだ」

「考えるだけではありません。実際にやってみないと気が済みません」

「では、やってみよう」

「え……?」

「さあ、先ほどのように手を出しなさい」

言われるままに、手を出すと、照屋筑登之親雲上が手首を交差してきた。

「掌を出してきなさい」

「ウー」

重ねた手首を支点にしてくるりと手を返すようにして掌を突き出した。

すると、その手をすっと引かれるように感じ、次の瞬間、師の掌が迫ってきた。宗棍は、慌ててそれをそらす。

「こちらの攻撃をそらしたら、同じように攻めてくるのだ」

照屋筑登之親雲上の指示のとおり、防御をしたらすぐに攻撃を心がけた。

互いに攻防を繰り返す。照屋筑登之親雲上はどっしりと安定しているが、宗棍は常に体勢を崩されそうになる。

しばらくすると、腕がぱんぱんに張って、息が上がってきた。だが、照屋筑登之親雲上は平気な顔だ。さらに攻防が繰り返される。

腕が動かせないほど疲労してきた。それでも師がやめない限り終わらない。宗棍は必死で同じ動作を繰り返した。

「力が入り過ぎだ」

照屋筑登之親雲上がそう言ったかと思うと、宗棍はまた地面に投げ出されていた。投げられたという感覚はない。ただ、力が抜けたようになって転がっていた。

「今のが聴勁と化勁だ。親国のある門派では、これを推手《すいしゅ》と呼んでいるようだが……」

「推手……」

「ワンは、ただ『掛け合い』と言っている」

照屋筑登之親雲上は、沖縄弁《シマグチ》で言ったので、『掛け合い』が『カキエー』に聞こえた。

「掛け合い《カキエー》ですか……」

「そうだ。今日からしばらくこの掛け合いをやってみよう」

「ウー」

「もっと修行が進んでから教えようと思っていたのだがな……。どうやらヤーは、普通の弟子とは違っているようだ」

どこがどう違っているのか、本人にはわからない。宗棍が黙っていると、師が言った。

「ところで、勝手に立ち合ったことは、見過ごしにはできんな」

「申し訳ありません」

「本当に、申し訳ないと思っておるのか?」

「もちろんです」

「では、いつもより多く馬歩と鉄牛耕地をやって帰りなさい」

「ウー」

照屋筑登之親雲上は、縁側から上がり、奥に入ったきり戻ってこなかった。

この程度のことで済んでよかった。破門にでもなったら、えらいことだ。

宗棍は、そんなことを思いながら、馬歩を始めた。いつもより多くということなので、かなりの長時間やった。その後は、鉄牛耕地を三十回ほどやり、稽古を終えた。

7

翌日、王府に出勤すると、いつもと違うような気がした。

なんだか、みんなが自分のほうを見ているように感じる。

まさか、そんなことがあるはずがない。気のせいだろう。

宗棍がそう思い、いつものとおり、仕事の指示を受けるために下級役人の詰所に行った。

すると、若い下級役人が言った。

「仲本朝世をやっつけたそうだな」

宗棍は驚いてこたえた。

「いえ、そのようなことはありません」

「金城の大アカギで、昨日立ち合ったのだろう?」

「誰がそんなことを言いました?」

「噂になっている」

誰か見ていた者がいるのだろうか。王府内の噂というのは恐ろしいものだ。

しかし、仲本がその噂を聞いたら、また黙っていないだろう。それを考えると、宗棍は少しばかり憂鬱になった。

石垣の階段の掃除をしろと言われたので、宗棍は道具を持って出向いた。仲本に会わなければいいが、と思いながら掃除をしていた。

軽はずみに立ち合ったりすると、こういうことになるのだ。

宗棍は後悔していた。

「おう、松村か」

声をかけられて振り向いた。

会いたくないと思っていた仲本だった。昨日と同じ仲間を二人従えている。宗棍は、頭を下げた。

「おはようございます」

もう噂は聞いただろうか。聞いているとしたら、また何か言われるに違いない。宗棍は、そう覚悟していた。

仲本が言った。

「昨日は、勉強になったぞ」

「こちらこそ、いい勉強をさせていただきました」

「おまえはたいしたものだな」

「滅相もない」

「打ち合ってやられたのなら、時の運とでも考える。だが、ヤーとの立ち合いはそうではなかった。私は結局何もさせてもらえなかった。それに気づいたんだ」

「はあ……」

「松村はたいしたものだ。ワンは簡単にやられてしまった。そう言ったら、すっかり噂になってしまった」

宗棍は驚いて、仲本の顔を見ていた。

「それでは、噂の元は仲本さんご自身だったのですか？」

「ヤーも噂を聞いたか」

「しかし、なぜそのようなことを……」

「ヤーは強い。とてもかなわないことがわかった。そして、これからもどんどん強くなるだろう。きっと有名な武士になるはずだ。そんなヤーと戦ったことがあるのだと、人々に覚えておいてもらいたくてな」

「ワンが有名な武士になどなれるはずがありません」

「いや、ヤーはなる。師について手を習っていると言っていたな」

「はい」

「もしかして、師とは有名な照屋筑登之親雲上なのではないか？」

「いや、それは……」

仲本という男、なかなかあなどれない。宗棍はそう思った。照屋筑登之親雲上に手を習っていることは、家族にしか言っていない。もちろん、照屋筑登之親雲上も誰にも言っていないはずだ。だが、仲本はそれを知っていた。

「いや、返事はいい。そういうことを人に言うのは、本当の修行者ではない。しかしな、もし、照屋筑登之親雲上に手を習っているのだとしたら、ヤーは間違いなく立派な武士になる。だったら、今のうちに仲間になっておいたほうがいいと思った」

なかなか抜け目のない男のようだ。

昨日は立ち合いを挑んでおいて、今さら仲間になりたいというのは、ずいぶん虫のいい話だ。だが、考えようによってはありがたい話だと、宗棍は思った。

勤めはじめたばかりで、雑用しかやらせてもらえない立場だ。仲本は先輩だから、王府内のことをいろいろ教えてくれるかもしれない。

宗棍は再び頭を下げた。

「右も左もわからない新参者です。いろいろとご指導いただければありがたいです」

「よせよ、そんな堅苦しい挨拶は……。そうだな……、先輩として一言忠告するが、掃除はきちんとやっておけ」

「はあ……」

「誰かが必ず見ている。そして、ちゃんと掃除をしている者の中から、お役目を与える者を選ぶんだ」

仲本に言われるまでもないと、宗棍は思った。

掃除だろうが買い物の使いだろうが、言われたことに手を抜くつもりなど毛頭ない。四男坊のワンは、首里城で働けるだけでありがたいのだ。下働きのような仕事ばかりやらされていて、さすがにうんざりすることもあるが、そんなとき、宗棍は自分にそう言い聞かせた。

ある夏の暑い日、いつものように石垣の階段を掃除していると、上司に声をかけられた。三十歳くらいの一般士族《ブンニン》で、名は久場良顕《くばりょうけん》だ。

「おい、松村。ヤーは、いったい何をやった？」

宗棍は顔を上げ汗を拭《ぬぐ》うと、ぽかんと久場の顔を見た。

「はあ……？　何のことでしょう？」

「今、上のほうからヤーを呼んでこいとのお達しがあった」

「上のほう？　それはどこのことです？」

「知らん。俺みたいな下っ端は、ただ上司に命じられるだけだ。内には行ったこともない」

内とは内城のことだ。首里王府は、外城、中城、内城に分かれており、通常の役人は中城までしか行けない。内城には、御主加那志《ウシュガナシ》（王）がいて、宝物殿や後宮がある。

「ワンに、内へ来いということですか？」

「わからんが、とにかくいっしょに来い」

宗棍は、言われるままについていった。汗が滴《したた》る暑い日だった。太陽《テイダ》に熱せられた石畳が、とにかく熱い。

中城の日陰に入ると、宗棍はほっとした。

「ここで待っておれ」

宗棍を小部屋に連れていくと、久場はどこかへ姿を消した。

いったい何事だろう。気づかぬうちに何か罪を犯し、罰せられるのではないだろうか。何か落ち度はなかったかと、宗棍はずっと考えていた。

しばらくすると、かなり上の身分と見える人物がやってきた。銀のかんざしをしているが、立派なものなので、おそらく親雲上だろうと、宗棍は思った。

「あなたが松村か?」

その人物は名乗りもせずに言った。下々の者には名乗る必要もないということなのだろう。

宗棍はこたえた。

「ウー。松村宗棍と申します」

「御前《ごぜん》試合に、上様直々のご指名だ。つつしんでお受けするように」

宗棍は何を言われたのかわからなかった。

「は……?」

「何度も言わせるな。御前試合に出よとの、上様の仰せだ」

「上様……?」

「御主加那志だ」

ますます混乱した。王様がどうして自分などのことをご存じなのか、皆目見当がつかない。

「ウンジュは、ばかか《フリムン》?」

「いえ、科に受かったので、そうは思いませんが……」

「では、なんで先ほどからぽかんと口を開けているのだ?」

「事情がわかりませんので……」

相手は、苛立たしげに溜め息をついた。

「事情も何もあるか。上様が護衛役をお選びになるために、御前試合をご所望された。それに、ウンジュを出場させるようにと、お声掛かりがあったのだ」

「どうして上様が、ワンのような者に……」

相手は、声を落として言った。

「上様は、城内の噂にはことさらに聡《さと》くあらせられる。ウンジュは仲本と戦って手玉に取ったということだな。上様はその腕前をご覧になりたいと仰せなのだ」

噂には尾ひれが付く。

「ワンは手の修行を始めたばかりなので、とても上様にご覧いただくほどの腕ではありません」

「そんなことはどうでもいい」

「は……?」

「ウンジュが強いかどうかなど、どうでもいいと言っておるのだ。上様直々のお声掛かり、ということが重要なのだ。四の五の言わずに、言われたとおりにすればよいのだ」

言われてみれば、そのとおりだと思った。宮仕えというのはそういうものだろう。

「かしこまりました」

宗棍は、そうこたえるしかなかった。

「では、しかと申しつけたぞ」

そう言うと、偉そうな人物は部屋を出ていった。宗棍は、しばらく茫然としていた。

いったい、何が起きたのかわからなかった。いや、何かが起きるのは、これからなのだ。

いつまでもこんなことをしていても仕方がない。そう気づいて、宗棍は部屋を出た。

中城から外城に下ると、仲本が近づいてきて言った。

「御前試合に出ることになったそうだな」

城内では瞬く間に噂が流れるようだ。

宗棍は、仲本の問いにこたえた。

「ウー。そういうお達しです」

「それは、すごいことだぞ」

「すごいことなのはわかっています」

「なんだ、もっとうれしそうにすればいいじゃないか」

「うれしくはありません。戸惑っているだけです。だいたい、御前試合がどういうものかよくわからないのです」

「その言葉のとおりだ。上様の御前で、手を試合《しあ》うのだ」

「ワンはまだ修行を始めたばかりです」

「それでもワンに勝った。だから、ヤーは強いんだよ」

「でも、城内の腕自慢が出場するのでしょう？」

「それは間違いないな。通常は八人ほどが選ばれて、誰が勝ち残るかを競う。三回戦って勝てば勝者だ」

「上様の護衛役を決めるということですが……」

「選ばれれば名誉なことだな。ワンなどはおそらく、一生お目通りがかなわないだろうからな」

「選ばれるはずがありません」

「そんなのやってみなければわからないさ。もし勝ち残ったらえらいことだな……。ワンが言ったとおりになってきたな」

「何のことです？」

「ヤーは立派な武士になると言っただろう。早いうちにヤーと立ち合っておいてよかった。いいか。ワンのためにも負けるなよ」

　そう言うと、仲本はどこかへ行った。

人のことだと思って、好き勝手言ってくれる。宗棍はそんなことを思い、溜め息をついた。

勤めが終わると、さっそく父に御前試合のことを報告した。父は目を丸くした。

「急遽《きゆうきよ》、御前試合を開くことが決まったとは聞いていたが、まさかヤーがそれに出るとは……」

「ワンも、まさかと思いました。上様直々のお声掛かりだということです」

父はさらに目を見開く。

「アキサミヨー。上様のお声掛かり……。信じられんな……」

「本当に信じられません」

「名誉なことだ。いい記念になるだろう」

父は、はなから宗棍が勝てるとは思っていないようだ。それが常識というものだと、宗棍は思った。

いつものように、夕食後、照屋筑登之親雲上の屋敷に稽古に行った。

稽古が始まる前に、宗棍は言った。

「報告がございます」

照屋筑登之親雲上が言った。

「御前試合のことだろう」

「ご存じでしたか」

「ワンも首里王府に仕える身だからな。噂は耳に入る」

「どうしましょう」

「どうもこうもなかろう。御主加那志の思《おぼ》し召しに逆らうことはできない」

「では、試合に出るしかありませんね」

「そうだな。ワンもやめろとは言えない」

「普通は八人ほど選ばれると聞きました。今回もそうなのでしょうね。三回勝てば勝者なのだとか……。たぶん、ワンは一回目の勝負で負けてしまうでしょうが……」

「なぜそう思う？」

「なぜって……。試合に出るのは、城内屈指の武士たちでしょう？　勝てるはずがありません」

「城内屈指と言っても、ワンは選ばれていない」

言われて気づいた。照屋筑登之親雲上と戦う可能性もあったのだ。

「名のある先生が選ばれていないというのは、どういうことでしょう」

「上様の護衛役は若手から選ぼう、ということではないだろうか」

「はあ……」

「何にしても、戦うからには、負けるなどと考えてはだめだ」

「勝てるでしょうか」

「勝つように戦えばいいのだ。ヤーは、子供の頃からずいぶんと立ち合いを経験してきたはずだ。それを役立てるのだな」

「しかし、子供の喧嘩とはわけが違うでしょう」

「戦いに子供も大人もない。ヤーは、チルーとも戦ったし、仲本とも戦った」

「ウー……」

「いいか。もう一度言うが、負けることなど考えるな。さあ、今日も掛け合いから始めよう」

稽古が始まった。宗棍は、照屋筑登之親雲上と手首を合わせる。そして、攻防を繰り返した。すぐに、全身が汗まみれになった。

腕が上がらなくなるくらい掛け合いをやると、照屋筑登之親雲上が言った。

「コツをつかんだな。だが、コツに慢心してはならない。稽古のコツがつかめたからといって、それが実戦に役立つとは限らない」

「ウー」

「さて、今度は、もっと実戦的な稽古をしよう。打ってきなさい」

言われて宗棍は、照屋筑登之親雲上の腹めがけて、拳を打ち込んだ。

次の瞬間、目の前に星が飛び、気がついたらひっくり返っていた。

顎《あご》に衝撃を受けたようだが、何をされたのか、まったくわからなかった。照屋筑登之親雲上が言った。

「もう一度、来なさい」

宗棍は起き上がり、まったく同じように打ちかかった。今度は、腹に衝撃を受けた。息ができなくなり、うずくまってしまった。

照屋筑登之親雲上の声がした。

「わかったか?」

何もわからない。だが、こたえなければならない。宗棍は必死で頭を回転させた。

「こちらの拳が先生に届いたと思った瞬間、こちらはやられていました。払われたわけでもないのに、こちらの攻撃は届きませんでした」

「聴勁に長ずれば、こういうこともできる」

「これが、聴勁……」

「相手の力と自分の力がぶつからないようにするのだ。相手の攻撃を払ったり、受け外したりしているうちはまだ力がぶつかっている。わかるか?」

「よくわかりません」

「では、わかるまでやってみよう。かかってきなさい」

宗棍は、立ち上がり、打ちかかった。

また同じように、自分の拳は宙を打ち、師の拳が顎に決まった。次は額を打たれ、その次は腹を打たれた。ひっくり返っては起き上がり、打ちかかる。

何度それを繰り返しただろう。ふらふらになる頃、照屋筑登之親雲上が自分の腕をすり抜けるように反撃していることに気づいた。

なるほど、そういうことか。宗棍は気づいた。

聴勁は、触れ合った状態で相手の動きや力の向きを感じ取る。照屋筑登之親雲上は、触れ合わなくてもそれを感じ取ることができるのだ。

そして、聴勁で感じた相手の力の方向をそらす。つまり、化勁を行うのだが、これも、照屋筑登之親雲上は触れることなしにやっているのだ。

互いの力はぶつからず、すり抜けるように交差する。そして、照屋筑登之親雲上の反撃が宗棍に当たっているのだ。

それに気づいて宗棍は、自らも照屋筑登之親雲上の力を感じ取ろうとした。だが、その前に打たれてしまう。

それでも、宗棍は起き上がり、攻撃を繰り返す。そして、照屋筑登之親雲上がすり抜けるように反撃をしてくるのなら、こちらもそれをすり抜けるように、さらに反撃してみよう。そう考えた。

だが、理屈ではわかっても、なかなかできるものではない。

気づくと、汗に濡れた着物が庭の土にまみれ、泥の中を転がったようなありさまになっていた。

照屋筑登之親雲上が言った。

「ほう……。ヤーはやっぱり、ちょっと違うな」

「はあ……？」

「ワンがやっていることを理解したようだ」

「理解しても、それを再現することができません」

「一朝一夕でできるものか。気づいただけたいしたものだ」

「相手を見るだけで、聴勁ができるのですね」

「そうだ。それを感じることができれば、相手の攻撃は恐ろしくはない」

「そんな境地があるのですね……」

「今日はこれくらいにしておこう」

宗棍は、ほっとした。くたくたで立っているのもやっとだった。

縁側に上がった照屋筑登之親雲上が言った。

「馬歩と鉄牛耕地をやってから帰りなさい」

さすがにこれはきつかった。だが、泣き言は言えない。宗棍は、ふらふらの体に鞭《むち》打って、稽古の仕上げをした。

8

翌日登城すると、御前試合の日程が発表されていた。二日後だという。もっと余裕があると思っていた宗棍《そうこん》は、少々慌てた。

照屋筑登之親雲上《てるやチクドウンペーチン》のところで鍛錬しようにも、あと二日では何もできない。だが、慌てても仕方がないのだと気づいた。上様が二日後だと仰せなら、誰もそれには逆らえない。そして、逃げることは許されない。

御主加那志《ウシュガナシ》の下命に逆らって逃走でもしようものなら、父は職を失い、一家は路頭に迷うことになる。いや、全員死罪になるかもしれない。

腹をくくるしかない。しかし、どうしても勝たなければならないというわけではないので、その点は気が楽だと、宗棍は思った。どうせ、自分が上様のお側に仕えることなどあり得ないのだ。

照屋筑登之親雲上は「負けることなど考えるな」と言ったが、自分のように修行も中途半端な若造《ニーセー》に、王府の試合で負けるなというのが無理な話だと思っていた。

今日も、照屋筑登之親雲上の屋敷での稽古がある。稽古内容は昨日の続きだった。かかっていった宗棍は、ただ地面に転がされる。顎や額を打たれる。決して強い打撃ではないのだが、不思議なことに立っていられなくなる。

それが不思議で、ふと考え込んでしまった。照屋筑登之親雲上が言った。

「どうした。休んでいないでかかってきなさい」

「休んでいるのではなく、考えているのです」

「稽古中に考え事などするな。稽古では頭ではなく体を使うのだ」

「顎や額を軽く打たれるだけなのに、なぜか立っていられません。それが不思議なのです」

「何度も繰り返しているうちに気づく」

「先生、試合は二日後なんです。できるだけ多くのことを学んでおきたいのです」

「だったら、体を動かしなさい」

「理解することも必要です」

照屋筑登之親雲上は、ふんと鼻から息を吐いた。

「しょうがないやつだな。では、教えてやろう。私《ワン》は、おまえ《ヤー》の顎や額をただ打っているのではない。首の向きを変えているのだ」

「首の向き……？」

「そうだ。人間、顔を横に向けられたり、上に向けられたりするだけで、立っていられなくなるものだ」

「あ……」

そういうことだったのかと、宗棍は思った。

さすがは照屋筑登之親雲上だと、宗棍はすっかり感心していた。顔面を打たれることだけに気を取られて、顔の向きが変えられていることなど気づきもしなかった。

照屋筑登之親雲上は、近づいてきて、宗棍の顎に触れた。

「ほれ、こうするだけで倒れてしまうだろう」

顎を持たれてくいっと首を捻られた。宗棍の腰が崩れた。

「あ、おっしゃるとおりです……」

「人間の体というのはそういうふうにできている。親国では武術と医術は同じものだ。体の仕組みがわかれば、有効な攻撃ができる。無駄な力も必要なくなる」

「へえ……」

「無茶な攻撃をしなくて済む。つまり、過剰な攻撃で相手に怪我をさせなくても済むようになる。痛めつけなくても取り押さえることができるのだ」

「武術と医術が同じ……。沖縄《ウチナー》の手《ティー》もそうですか？」

「残念ながら、親国の武術ほど体系ができているわけではない。その体系を作るのは、ヤーたちの役目だ。沖縄の手を親国の武術にも負けないものに練り上げていかねばならない」

「はい《ウー》」

それも大切だろうが、今は御前試合だ。宗棍は、実は密《ひそ》かに、そんなことを考えていた。

その日も、したたかに地面に転がされ、馬歩《まほ》と鉄牛耕地《てつぎゅうこうち》で稽古が終わった。

翌日の稽古は、試合の前日なので、何か特別な教えがあるのではないかと期待していた。あるいは、体力を温存するために、軽めの内容で済ませるのではないか、と……。

だが、稽古内容はいつもとまったく変わらなかった。照屋筑登之親雲上は、試合のことなどまったく意に介していないらしい。

今日も宗棍がかかっていき、照屋筑登之親雲上が技を返す。打ちかかることも稽古だ。一度でも照屋筑登之親雲上に拳を当てることができれば上等だ。宗棍はそう思い、本気で攻撃を続けていた。

より速く、より強く。

息が上がっても、繰り返し打ちかかる。気がつくと、照屋筑登之親雲上が構えを解いていた。いつものように馬歩を始めようとすると、照屋筑登之親雲上が言った。

「明日の試合でも、今日の稽古のようにやるといい」

宗棍は思わず尋ねた。

「今日の稽古のようにとは、どういうことでしょう」

「策を弄《ろう》するより、必死になることだ」

「必死に……」

「そして、心の中に化け物を作らぬことだ」

「どういうことでしょう」

「向かい合うと、敵が大きく強そうに見える。恐ろしくてたまらなくなるのだ。だが、それはヤー自身が作り出した化け物に過ぎない。敵の五体もヤーの五体も変わらない。それを忘れないことだ」

「わかりました」

「先手を取れよ。先に仕掛けて、相手の出鼻をくじくことが肝要だ」

「ウー」

先生は、試合のことなど忘れているのかと思っていた。だが、そうではなかった。こうして、試合に臨む心構えを教えてくれる。

どこまでその教えを守れるかはわからない。だが、何も知らないよりはずっといい。

「では、いつものように、馬歩と鉄牛耕地をやって帰りなさい」

やはり、試合前日だからといって楽はさせてもらえない。

そして翌日は、いよいよ試合当日だ。

その日の朝、父が母を伴い宗棍の家に来て言った。

「ワンも試合を見に行くぞ」

「ああ、そうですか」

「なんだ、頼りない返事だな」

「他に言いようがありません」

母が言った。

「ご武運を」

こんなことを言われたのは生まれて初めてだったので、宗棍は妙に照れくさくなった。

「では、行って参ります」

いつも父より先に出勤する。下っ端の朝は早い。

首里《しゅり》の外城に着くと、いつもとはまったく雰囲気が違う。誰もが自分のほうを見ているような気がした。働きはじめてから、これほど注目を浴びたことはなかった。

仲本《なかもと》とその仲間がやってきた。仲本が言った。

「ワンが介添人を許された。試合場に行ける」

「介添人？」

「試合のときにあれこれ面倒を見る役目だ」

「それは心強いですね」

「ヤーのことだから、介添人のことなど考えてもいないだろうと思ったんだ」

「おっしゃるとおり、考えてもいませんでした。助かります」

「ワンも試合が見たいんだ。ワンのような下っ端は御前試合なんて、普通なら絶対に見ることはかなわないからな」

「試合はいつ始まるのでしょう」

宗棍が言うと、仲本は驚いた顔になった。

「ヤーはそんなことも知らないのか？」

「誰も教えてくれません」

「日のあるうちは、暑くて試合などできない。御主加那志もご覧になるのがたいへんだ。だから、日が暮れてからの開催だ」

「そうでしたか」

さすがに緊張していた。試合が始まるその瞬間が来なければいいという思いと、早く始めてしまいたいという思いが交錯する。

その日は、雑用を命じられなかった。だから、やることがなく、余計に緊張が募った。

長い一日が過ぎていき、ようやく日が傾いた。宗棍は内城へ来るように言われ、仲本といっしょに案内の者についていった。

初めて訪れる内城は、豪華絢爛《ごうかけんらん》で圧倒される思いだった。さすがに御主加那志が暮らすところは違うと、宗棍は思った。

広場の周囲に、毛氈《もうせん》が敷かれている。そこに親方や親雲上といった偉い士族《サムレー》たちが座るのだろう。今はまだそこには誰もいない。

正面には、一段高い場所があり、そこに立派な椅子が置かれている。あれが玉座だろうと、宗棍は思った。

試合に出る者の控えの場所に連れていかれた。他の出場者もそれぞれの介添人とともに、その場にいる。

仲本がそっと言った。

「ヤー以外はみんな筑登之親雲上以上だぞ」

「ほう……。ワンがどうして選ばれたのか、ますますわからない」

「ワンに勝ったという噂のせいだろう。つまり、ワンのおかげだ」

控えの場に座っていると、そう声をかけられた。見ると、樽《たる》のような体をした男がこちらを見ていた。日に焼けており、腕などが赤銅色をしている。年齢は二十代の後半だろうか。

「ヤーが松村《まつむら》だな」

その体格を見て、相当に鍛えているなと、宗棍は思った。

「ウー。ワンが松村ですが……」

「玉城《たまぐすく》筑登之親雲上だ。負け知らずだという話だな」

「そうでもありません」

「チルーに勝って嫁にしたらしいな」

宗棍は隣にいる仲本に、そっと言った。

「あなたと同じようなことを言ってますね」

「噂が広まっているからな。誰だって気にするさ」

玉城がむっとした表情で言う。

「何をこそこそ言っている。いいか。ヤーがやっていることなど、本物の手ではない。ワンが本当の手を教えてやる」

「ああ……。それはありがたいです」

玉城は怪訝《けげん》そうな顔で聞き返す。

「ありがたい？　どうしてだ？」

「ワンは、常日頃から正しい手を学びたいと考えております。ですから、それをお教えいただけるというのは、まことにありがたい話です」

そのとき、別な声がした。

「松村は、照屋筑登之親雲上から手を習っているそうだ」

宗棍と仲本は、その声のほうを見た。背の高い男が立っていた。

「ふん。小禄《おろく》か……」

玉城が宗棍たちに、彼を紹介した。「小禄筑登之親雲上だ」

宗棍は頭を下げた。

「今宵《こよい》は、よろしくお願いいたします」

小禄は、あっさりと宗棍を無視した。そして、玉城に言った。

「照屋筑登之親雲上の弟子に向かって、本物の手を教えるというのは、おこがましいだろう」

玉城が言った。

「照屋筑登之親雲上がいくら有名だからって、その弟子が強いとは限らない」

「ウー、おっしゃるとおりです」

宗棍は言った。「ワンは、照屋筑登之親雲上のもとに通いはじめてまだ日が浅いですから……」

小禄が冷ややかに宗棍を見た。

「一日でも習えば弟子だろう。ヤーが負けたら、照屋筑登之親雲上が恥をかくことになる」

宗棍は言った。

「はあ……。そういうものでしょうか?」

「そして、ヤーはおそらく誰にも勝てない。我々の手を子供の遊びといっしょにしてもらっては困る」

「申し訳ありません。しかし、ワンは自分から試合に出たいと申したわけではないのです」

小禄が言った。

「そんなことはどうでもいい。出るからには、ワンは手加減はしない」

彼は、宗棍たちに背を向けると、控えの場の隅に行って座った。

玉城が言った。

「小禄筑登之親雲上が言ったとおりだ。試合に出るからには、手加減はしない」

宗棍はぽかんとした顔になって言った。

「そんなの当たり前のことだと思いますが……」

「何《ヌー》？」

「戦いですから。手加減なんて、あり得ませんよ」

玉城は、ふんと鼻を鳴らしてから離れていった。玉城には介添人がいたが、小禄は一人だった。

試合場の周囲にかがり火が焚《た》かれ、次第に賑《にぎ》やかになってきた。見物する上級士族たちがやってきたのだ。その中には、宗棍の父もいるはずだった。

試合の参加者も集まってきた。仲本が小声で言う。

「あそこにいるのが、一番の強敵だろう」

宗棍は仲本が示すほうを見た。

見るからに武士という男がいた。鍛え上げられた体格をしており、風格さえ感じる。

「誰ですか？」

「上原《うえはら》筑登之親雲上。王府の守りを担当している」

「強そうですね」

「ああ、強い。ヤーが最後の二人まで勝ち残るとしたら、おそらく相手はあの上原筑登之親雲上だ」

宗棍は、ふとその隣に陣取っている人物に眼を留めた。ほっそりとしていて色白で、まるで女のようだと思った。

「あれは誰です？」

「ああ、永山《ながやま》筑登之親雲上だな。ヤーを除くと、一番若い」

「上原筑登之親雲上よりも、彼のほうが気になりますね」

仲本が驚いたように宗棍を見た。

「あんな優男《やさおとこ》が気になると言うのか。冗談だろう。いいか、最後の戦いに残るのは、上原筑登之親雲上に決まっている。戦い方をよく見ておくんだ」

「ウー」

宗棍は、再び永山のほうを見た。彼は、戦いの前だというのに、不思議なくらい静かな表情をしている。宗棍は、それが不気味だと思った。

立派な鬚《ひげ》をたくわえた老人が、御主加那志のお成りを告げた。その場にいたすべての人々がひれ伏す。試合に出る者たちも同様だった。

「面《おもて》を上げよ。楽にするがよい」

御主加那志の声のようだ。宗棍は恐る恐る顔を上げる。初めての拝謁だ。

太陽の化身と言われる御主加那志の尊顔を拝することなど一生ないと思っていた。実際に拝謁してみると、太陽のように輝いているわけではなかった。普通の人間と変わりないように思える。

尚瀬王《しょうこうおう》は、御年数えで三十九歳だということだが、実年齢より若く見えた。

御主加那志に拝謁する機会など、これが最初で最後だろう。宗棍はそう思った。

いよいよ試合が始まる。宗棍の試合は四番目だ。仲本がそれを知って言った。

「これはついている。他の者の戦い方をじっくりと見られるじゃないか」

「そうですね……」

実は宗棍は、さっさと試合を終えてしまいたいと思っていた。順番が早かろうが遅かろうが、どうでもいい。他の者の戦いは、別に順番が遅くなくても見られるのだ。

初戦に、玉城が出た。相手は、名前を知らない人物だ。玉城と同じくらいに色が黒く鬚を生やしている。年齢も玉城と同じくらいだ。

立会人が「勝負始め」を告げる。

玉城が奇声を上げて、いきなり打ちかかっていった。相手は後ろに下がってそれをよけようとする。玉城が相手を追いながら、もう一度拳を突き出した。

玉城の拳が、相手の顔面を捉える。相手は鼻血を出して、たちまち顔面と着物が赤く染まった。

玉城は、攻撃の手を緩めなかった。さらに相手の顔面を打ち、次に腹を打った。相手はうずくまり、血を滴らせながら「参った」と言った。

仲本は試合に熱中している様子だ。

宗棍は言った。

「あっさり勝負が決まりましたね」

「実際の戦いというのは、こういうものだ。だが、玉城筑登之親雲上が強かったのも事実だ。こりゃあなどれんな」

次に出てきたのは、仲本が最も推している上原だった。上原の相手も、名前を知らない人物だ。

立会人が試合開始の号令をかける。

上原は動かない。やはり風格を感じさせる。

相手は、じりじりと横に移動していく。上原は、同じ場所を動かず、相手の移動に合わせて体の向きを変える。いつしか、相手は、上原の周囲を一周していた。

業を煮やしたように、上原が半歩足を進める。

それだけで、相手は飛び退《の》いた。

「ああ……。逃げ過ぎですね」

宗棍がそう言うと、仲本がうなずいた。

「相手が相手だからな。逃げたくなくても、体が逃げてしまうのだろう。向かい合ったら、それくらい威圧感があるぞ」

「ウー、気をつけます」

自分で化け物を作ってはいけない。宗棍は、自分で自分にそう言い聞かせた。照屋筑登之親雲上に言われたことだが、たしかに、まだ戦ってもいないのに、上原から威圧を感じている。向こうもこっちも腕は二本、脚も二本。それは変わらない。ならば恐れることはない……。

「ムン」

上原が声を発する。腹の底に響くような声だった。

相手はびくりとする。その瞬間に上原が動いた。流れるように足を進めると、相手の腹に拳を打ち込む。相手はそれを受け外し、逆に右の拳で攻めた。

上原は、慌てずにそれを受け止め、ほぼ同時にまた相手の腹を打った。今度はたまらず、前のめりになる。その腹を上原が蹴り上げる。

相手は石畳の上に崩れ落ち、動かなくなった。立会人が、上原の勝利を宣言した。

仲本が言うとおり、上原は強い。宗棍はそう思った。

9

次は、小禄と永山の戦いだった。背の高い小禄と向かい合うと、永山はずいぶんと小さく華奢《きやしや》に見えた。

仲本が言った。

「小禄の勝ちだな」

宗棍は尋ねた。

「どうしてそう思うのです?」

「誰が見ても明らかじゃないか」

小禄は冷ややかに永山を見ていた。彼は自信に満ちている。一方、永山はまったく戦う気がないように見えた。

たしかに、仲本が言うように、誰が見ても小禄が勝つように見えるだろう。だが、やはり宗棍は永山が気になっていた。

あまりに穏やか過ぎるのだ。波紋一つない水面のような静けさを感じさせる。

試合が始まった。

小禄は、余裕の構えだ。永山は、構えもせずにひっそりと立っている。

仲本が言った。

「なんだよ。せめてやる気を見せろよ……」

小禄も同じことを思ったようだ。すっと間合いを詰めたかと思ったら、蹴りを出し、続けて右の拳を突き出した。

蹴りは虚、つまり見せかけで、拳が実だった。この虚実をうまく使うのが実戦のコツだ。

永山は小禄の拳を腹に食らったと、誰もが思った。だが、次の瞬間、石畳の上に投げ出されていたのは、小禄のほうだった。

「え……?」

仲本が言った。「何が起きたんだ?」

観衆も不思議そうにざわついている。

だが、宗棍には何が起きたのかわかっていた。

聴勁と化勁だ。

まるで照屋筑登之親雲上の手のようだった。すると、永山も親国の手を使うということか……。

小禄は、投げ出されただけだったので、すぐに立ち上がった。少しばかり不思議そうな顔をしている。無理もない。宗棍が初めて照屋筑登之親雲上の技を受けたときも同様だった。

小禄はにわかに用心深くなったようだった。うかつに手を出そうとはしない。永山の隙をうかがっている。だが、永山には隙はない。いや、逆にどこもかしこも隙だらけに見えて、かえって不気味なのだ。

小禄が手を出さないと見るや、今度は永山が動いた。

永山が前に出ても、小禄は下がらない。自信があるのだろう。たしかに、体格を見れば永山がかなうはずがないと誰もが思う。しかし、そう簡単ではないだろう。宗棍は、そう思った。

案の定、小禄の攻撃は、永山を捉えることはなかった。小禄は右の拳を出したが、永山は、大股《おおまた》で歩くように進み、すれ違いざまに小禄を崩した。小禄は再び、石畳に転がる。

さすがに、小禄の顔色が変わった。尻餅をついたまま、永山を見つめていた。永山は距離を取って構えもせずに、ただ立っている。小禄のほうを見てもいなかった。ぼんやりとかがり火を眺めているように見える。

その様子がどうにも普通ではないと、宗棍は感じた。

立会人が立ち上がろうとしない小禄に言った。

「参ったか？」

「いいえ」

小禄は立ち上がった。そして、試合場の中央に歩み出る。だが、永山は対峙しようとはしない。

立会人が戦いをうながす。

「いざ」

すると、永山が小禄に言った。

「もうやめませんか」

小禄が応じる。

「なに？」

「あなたでは、私には勝てません」

立会人が言う。

「御主《ウシュー》の御前であるぞ。勝手に話をしてはならん」

永山は、面倒臭そうに小禄と向かい合った。

それを見た仲本が言った。

「なんだ、あいつは……。やる気がないのか……」

「あいつ、なんて言ってはいけませんよ。永山さんも、あの若さですが筑登之親雲上なんでしょう？」

「ああ。早くに家督を継がなきゃならない事情があったんだろうな」

筑登之家に生まれた若者が従九品になると、子《シー》から筑登之になり、従七品になると筑登之親雲上となる。出世するのはなかなか難しいが、仲本が言ったとおり、家督を継ぐような事情があるといろいろと考慮される。

「それに」

宗棍は言った。「やる気がないように見えるのは、手ごたえがないからかもしれません」

仲本は驚いた顔をした。

「手ごたえがないだって？　あの小禄筑登之親雲上は、すごく強いんだぞ」

そうだろうなと、宗棍は思った。小禄の自信満々の態度を見ても、それがわかる。

だが、永山はその上を行くのだと、宗棍は思っていた。

永山の態度に腹を立てたらしい小禄が、先制攻撃を仕掛けた。膝をめがけて蹴りを見舞い、すかさず顔面に右の拳を飛ばす。

永山は、下がらず、小禄の右腕をすり抜けるように、一歩前に出る。また小禄を投げるのかと思ったが、今度は違った。永山は右の掌で小禄の顔面を打った。

正面からではなく、横から張るような打撃だ。そして、すぐさま同様に、左の掌で顔面を張った。

仲本が言った。

「なんだ。顔面を張るだけで勝てるはずがない。拳で打ち込まなければ……」

沖縄の手の特徴は、拳をしっかり握ることだと、誰かから聞いたことがある。それに対して、親国の武術では、手を開いていることが多いらしい。

もちろん拳も使うが、沖縄の手に比べれば、その割合ははるかに小さい。

永山は間違いなく、親国の手を使っている。掌で顔面を打ったのがその証《あかし》だと、宗棍は思った。

「あれ……？」

仲本が思わずそんな声を洩らした。

試合を見ていた誰もが、仲本と同じ声を上げたかったに違いない。それくらい意外なことが起きた。

小禄がすとんとその場に崩れ落ちたのだ。それきり、動かなくなった。

「いかん……」

立会人が言った。「医者を……」

そのとき、見物者の後方から歩み出てきた男がいた。照屋筑登之親雲上だった。彼は、御主加那志に深々と礼をしてから、倒れている小禄に歩み寄った。

しばらく無言で、小禄の様子を見る。そして、言った。

「大事ありません。ただ、そっとこのまま運んだほうがよろしいかと……」

立会人が小禄を戸板に乗せて、試合場から運び出すように言った。どこかの部屋で手当てを受けるのだろう。

照屋筑登之親雲上が、立会人に向かって言った。

「永山の勝ちで間違いありませんね？」

立会人は、はっと我に返ったような顔になった。そして、永山の勝ちを宣言した。

永山は、つまらなそうな顔で、試合場を去った。

立会人と照屋筑登之親雲上が何事か話し合っていた。宗棍は興味を持ち、話が終わって見物者の後方に下がった照屋筑登之親雲上のもとに駆けつけた。そして、尋ねた。

「先生、立会人と何を話されていたのですか？」

「小禄の具合についてだ。拳で顔を打つと、表面が腫れる。皮膚が切れることもある。一方、平手で打つと頭の内側が揺れる。それで気を失うことがある」

「永山筑登之親雲上は、親国の手を使うのですね？」

「親国の手を学んでいるのはワンだけではない。おまえの嫁もそうではないか」

「ワンが永山筑登之親雲上と戦ったら、勝てますか？」

「勝てるかどうかを人に訊くな。さあ、ヤーの出番だぞ」

試合場で立会人が、宗棍の名を呼んでいた。

照屋筑登之親雲上に、もっと尋ねたいことがあったのだが、話を切り上げなければならなかった。宗棍は、礼をしてから試合場に向かった。

宗棍の相手は、三十代前半の男だった。腕が太く、肩から背中にかけて筋肉が盛り上がっている。武士というより、相撲取りのようだった。

摑まれたら面倒な相手だと思った。

試合場の中央で二人が向かい合うと、立会人が「始め」の声をかけた。

相手は、いきなり右手を伸ばしてきた。拳で打ってきたのではない。思ったとおり、摑みにきたのだ。

宗棍は一歩下がって距離を取った。相手はどんどん前に出て、さらに摑みかかろうとする。足元は石畳だ。激しく投げられたら生死に関わるかもしれない。

相手は投げ技をかけようとする気持ちが強過ぎて無防備に見えた。宗棍は試しに、右の拳を出してみた。

それが簡単に相手の顔面を捉えた。だが、相手はひるまない。彼は首が太い。そのしっかりした首とたくましい肩で、頭部を支えているのだ。だから、顔面を殴っても平気なのだろう。

さて、どうしたものか……。

相手の攻撃をかわしながら、考えていた。

そのとき、宗棍の脳裏に、つい今しがた照屋筑登之親雲上から聞いた言葉がよみがえった。

「平手で打つと頭の内側が揺れる」

拳で打ってだめなら、平手で打ってみるか……。

幸い相手の動きはそれほど速くはなく、顔面を打つのは、宗棍にとって簡単なことだった。

宗棍は足を止めて隙を作った。相手は、しめたとばかりに右手を伸ばして宗棍の帯を取ろうとする。その瞬間に、平手で相手の顔面を張ってみた。派手な音がして、相手は驚いた顔をした。だが、それだけだった。帯を摑まれた。

今の打ち方ではだめなのか……。それでは、こうか。

宗棍は、もう一度相手の顔面を張った。今度は、掌のつけ根が相手の顎に当たるように打った。

相手の動きが止まった。

これだ。

宗棍は、もう一度同じような打撃を見舞った。

相手は、右手で宗棍の帯を摑んだままだった。宗棍は、もう一度同じように打とうと思った。そのとき、急に相手の力を感じなくなった。

見ると相手が白目をむいていた。そのまま彼はその場に崩れ落ちた。

立会人がやってきて、相手の様子を見る。宗棍は言った。

「小禄筑登之親雲上と同じですね」

立会人は宗棍を見て言った。

「余計なことは言わんでよろしい」

「はい」

立会人が立ち上がり、宗棍の勝利を告げた。

の四人だ。


「驚いたな。ヤーは、永山と同じような手を使ったな」

控えの場に戻ると、仲本が言った。

控えの場の人数は半分に減っている。残ったのは、玉城、上原、永山、そして、宗棍

宗棍は言った。

「親国の手らしいです」

「……らしい？　よく知らずに使ったのか？」

「試合が始まる直前に、照屋筑登之親雲上から教わりました」

「試合が始まる直前に？　信じられんな……」

すぐに、二度目の戦いが始まるようだ。次の宗棍の相手は、玉城だった。

「ヤーの試合が先らしい」

仲本が言った。「気をつけろ。玉城は必ず先手を取ろうとするぞ」

「ウー」

立会人に呼び出され、宗棍と玉城が試合場の中央に歩み出た。玉城は、宗棍を見てにやりと笑った。楽勝だと思っているのだろう。

初戦はうまくいった。試合の途中で、照屋筑登之親雲上の言葉を思い出したからだ。そして試してみたら、たまたま成功した。

そんなことは何度もあるはずがない。今回は、あっさり玉城にやられてしまうかもし

れない。別にそれでもかまわないと思った。だから、玉城の笑いを見ても、何とも思わなかった。

ただ、「負けることなど考えるな」という師の教えだけは守ろうと思った。

立会人の「始め」の声がかかる。

玉城は自信たっぷりに前に出てこようとしている。宗棍は、いきなり飛び込んで、拳を玉城の顔面に飛ばした。

「お……」

玉城はそれをぎりぎりで受け外した。玉城の足が止まっていた。宗棍はすかさず、左の拳を出す。腹を狙っていた。玉城はそれも防いだ。

さすがに、簡単に攻撃を決めさせてはくれない。だが、宗棍はこれでいいと思っていた。

仲本の言葉が頭にあったのだ。玉城は先手を取ろうとする。つまり、それが彼の戦い方なのだ。だから、先手を取らせまいとした。

自分の戦い方を封じられると、後手に回るものだ。宗棍はそれを狙っていた。

それに、照屋筑登之親雲上も、「先手を取れ」と言っていた。こちらが先手を取ることで、有利に立ち、なおかつ、玉城の得意手を封じることができるのだ。

照屋筑登之親雲上との稽古を思い出して、懸命に攻めようと思った。宗棍は、攻撃の手を緩めなかった。歩を進めながら、続けざまに左右の拳を突き出す。

顔面と腹を交互に狙うと、さすがの玉城もたじたじとなった。このまま、追い込めば勝てる。

宗棍がそう思ったとき、思わぬ反撃が来た。玉城が宗棍の腹を蹴り上げてきたのだ。

そのとき、宗棍は咄嗟に前に出ていた。

するりと相手の蹴りをかわしながら、拳を突き出す。それが相手の顔面を捉えた。

さらに夢中で相手のあばらのあたりを打っていた。気がついたら、玉城が倒れていた。

立会人が宗棍の勝利を告げる。宗棍は、半ば夢の中にいるような気分のまま控えの場に戻った。

仲本が言った。

「ヤーはやっぱりすごい」

宗棍はこたえた。

「ワンは何をしたのですか?」

「ヌー? 覚えていないのか?」

「途中までは、はっきりと覚えているのですが……」

「玉城が蹴ってきたところ、ヤーは同時に前に出たんだ。いやあ、自棄《やけ》になったのかと思ったぞ。そうしたら、玉城の蹴りは空を切り、ヤーは玉城の顔面を打っていた」

「なるほど……」

「何も考えずに、あれだけのことをやったということだな」

「無我夢中でした」

「もし、あのとき前に出なかったら、ヤーはやられていただろう。しかし、相手が攻撃してくるのに、前に出るというのは、度胸がいることだ」

「はあ……」

たしかに仲本が言うとおりだ。その場にいたら蹴りを食らっていただろう。下がれば、玉城の二の手三の手が襲いかかってきたはずだ。

ただ前に出たのではない。宗棍は、照屋筑登之親雲上から教わった聴勁を行いながら前に出たのだ。だから、蹴りをかわすことができた。

相手が攻撃してきても、恐れずに前に出れば、活路を見いだすことができる。宗棍はそれを学んだ。

仲本が言う。

「次の試合が始まるぞ」

宗棍は、試合場のほうを見た。永山と上原の試合だ。

仲本がさらに言った。

「結果は明らかだな。上原筑登之親雲上が勝つに決まっている」

宗棍は言った。

「そうでしょうか」

仲本が驚いたように宗棍を見た。

「永山が勝つとでも言うのか？」

「どちらが勝っても不思議はないと思います」

「上原筑登之親雲上は立派な武士だ。永山なんかが勝てるはずがない」

「この試合の勝者がワンと戦うわけですよね」

「そうだ」

「だったら、上原筑登之親雲上が勝ってくれることを望みます」

仲本が怪訝そうな顔をした。

「それは、どういう意味だ？」

「どちらかというと、永山さんとは戦いたくありません」

「なぜだ？」

「なぜかと訊かれると、こたえに困ります。そう感じるのです」

「ヤーの考えていることは、ワンなどにはわからないな……。お、戦いが始まるぞ」

仲本にそう言われて、宗棍は試合場のほうを見た。

10

上原は堂々としていた。恐れたり、緊張している様子はまったくない。永山にも緊張は見られない。彼は、やはりやる気のなさそうな態度だった。

試合が始まった。

上原は相手の出方をうかがっているのか、動かない。永山も動かなかった。二人はしばらくそのままの状態だった。

立会人が言った。

「そのままでは勝負はつかないぞ」

上原が立会人に会釈をした。永山は知らんぷりだ。

二人は再び対峙した。先に手を出したのは、上原だった。左の拳を出し、すぐに右の拳を出す。左は虚で、右が実だ。

永山は、まったく動じずに二つの攻撃を受け流す。水が流れるような滑らかな動きだと、宗棍は思った。相手の動きを感じ取り、少しずつその方向をずらしているのだ。

上原は攻撃の手を緩めなかった。さらに、左右の拳を繰り出し、蹴り上げた。

だが永山にはその攻撃は通用しなかった。

仲本がふんと鼻で笑ってから言った。

「よけているだけでは勝てないぞ」

「しかし、上原筑登之親雲上のあれだけの攻撃をかわせる者は、そうはいないでしょう」

宗棍の言葉に、仲本が気まずそうに言った。

「まあ、それはそうだが……」

上原の手が止まっていた。すべての攻撃を封じられたのが、意外だったのかもしれない。永山は、相変わらずつまらなそうな顔をしている。

宗棍は、上原の表情が変化しているのに気づいた。それまで悠然としていたのだが、いつの間にか不敵な笑みを浮かべている。恐ろしい表情だった。

これが戦う者の本当の表情だ。宗棍はそう思った。それが上原筑登之親雲上の本性を表しているように感じた。

上原は、右手を前に構えた。そして、じりじりと永山に迫っていく。永山は下がらない。彼はどんな距離からでも攻撃をかわす自信があるのだろう。

上原は、前にある右手をそのまま伸ばしていった。永山がそれを受け流そうとする。

上原は、その永山の右手を摑んだ。

ぐいと永山を引き付けると、「ムン」という腹に響く声を洩らす。

永山の体が宙に舞っていた。足元は石畳だ。そのまま叩きつけられたら永山は大怪我をするに違いない。宗棍がそう思ったとき、永山は体を丸めた。そして、石畳の上でくるりと一回転した。

投げられた衝撃を回転することで軽減したのだ。

「なるほど……」

宗棍は思わずつぶやいた。仲本が尋ねる。

「ん……？　何がなるほどなのだ？」

「永山さんは、相手の攻撃だけではなく、自分の体が受けるすべての衝撃を小さくすることができるのです」

「何だ、それは……」

「親国の手に熟達すると、そういうことができるようです。照屋筑登之親雲上も同じようになさいます」

「じゃあ、何か？　永山は、照屋筑登之親雲上と同じくらい強いということか？」

宗棍はかぶりを振った。

「いえ。同じような手を使うというだけで、同じくらい強いわけではないでしょう」

「ふん。おまえの言っていることはよくわからんが、今の上原筑登之親雲上の投げは充分に効果があったようだぞ」

仲本が言ったとおり、投げられた衝撃はそれなりに大きかったらしく、永山の表情が変わっていた。

彼は、にわかに真剣な顔つきになり、上原を睨んでいた。

上原は、楽しそうだった。心から戦いを楽しんでいる様子だ。

相手を捉えて投げることが上原の得意技のようだ。これまで、得意技を自ら封じていたのだろう。永山を相手にしてその封印を解いたのだ。それだけ永山が強敵だということだ。

先ほどと同様に、上原がじりじりと間を詰めていく。永山は、今度は用心深く少しずつ下がっていく。

上原が言った。

「どうした。臆《おく》したか」

それに永山がこたえた。

「ふん、沖縄の手はつまらんな」

その一言を聞いて、宗棍はかっと血が熱くなるのを感じた。どうしてそう感じたのかはわからない。だが、その言葉は決して聞き捨てにしてはならないと思った。

立会人が言う。

「私語はつつしみなさい」

上原がさらに間を詰めていく。永山がまた下がろうとした瞬間、上原が大きく歩を進めて、打ちかかった。受け外さないと顔面を打たれる。宗棍がそう思ったとき、永山がすっと沈んだ。

宗棍は思わず「あっ」と声を上げていた。

地面に身を伏せた永山は片方の脚で、石畳の上に大きく弧を描いた。その脚が、上原の踵を払っていた。

完全に虚を衝《つ》かれた上原は、石畳の上にひっくり返った。背中、腰、後頭部を石畳に強く打ちつけられた上原は動かない。

永山は、その上原にまたがり、双方の拳で顔面を打ちはじめた。たちまち上原の顔面が血で染まる。上原に動きはない。

慌てて立会人が駆け寄った。

「もうよい。戦いは終わりだ」

永山は、手を止め、ふんと鼻で笑ってから上原の体から下りた。

永山の勝利が宣言される。

仲本は不快なものを見るように、顔をしかめて言った。

「あれはやり過ぎだ。上原筑登之親雲上に失礼だ」

宗棍は言った。

「身を伏せて相手の足を払うなど、見たことのない技です。おそらく、あれも親国の手なのでしょう」

「ヤーの望まぬ結果になったな。永山が勝ち残った。あいつとは戦いたくなかったんだろう」

「気が変わりました。永山さんには負けるわけにはいきません」

仲本は驚いたように宗棍を見た。

「気が変わった？　なぜだ？」

仲本の問いに、宗棍はこたえた。

「戦いの最中の永山さんの言葉が聞こえました。彼はこう言いました。沖縄の手はつまらない、と……。なんだか、それが許せない気がするのです」

「たしかに、沖縄がばかにされるのは許せないな。だが、ヤーも、照屋筑登之親雲上から親国の手を習っているのだろう？」

そう言われて、宗棍は一瞬言葉に詰まった。しばらく考えてからこたえた。

「たしかに私は親国の手を学んでいます。でも、沖縄が下に見られるのは我慢なりません。ワンがやりたいのは、親国の手を凌駕《りょうが》する沖縄の手なのです」

「なんと、大きく出たな」

「そのためにも、永山さんには負けたくない。そう思うようになったのです」

「ワンも、永山の態度には我慢ならない。ぜひともやっつけてくれ」

「ウー」

ただし、それは簡単ではないと、宗棍は思った。

親国の手だけを見れば、永山は宗棍よりはるかに上だ。宗棍は、照屋筑登之親雲上から習いはじめたばかりだが、永山はかなり熟達している。

さて、どうしたものか……。

宗棍が考えていると、立会人に呼ばれた。

最終試合が始まるのだ。

宗棍は、戦いの方策を思いつかないまま、試合場に向かった。

永山はまた、つまらなそうな顔をしている。

宗棍など敵ではないと思っているのだろう。最大の強敵は上原だと思っていたに違いない。

永山だけでなく、試合を見ている多くの者たちは、宗棍が勝ち残るとは思ってもいなかったに違いない。自分でも意外なのだ。

試合が始まる前は、負けてもいいと思っていた。だが、今、永山には負けるわけにはいかないと、心の底から思っている。

「両者前へ」

立会人が言う。宗棍は永山と対峙した。

「勝負、始め」

宗棍は、右手右足を前にして構えた。

永山は構えようともしない。ただ立っているだけだ。隙だらけに見える。

だが、これが曲者《くせもの》だということは、すでに宗棍にはわかっている。うかつに手を出せば、そのとたんに反撃を食らう。

相手の掌打が飛んでくるか、あるいは、石畳に投げ出されるか……。

「どうした？　かかってこないのか？」

永山が言った。挑発しているのだ。それに乗ってはいけない。

宗棍は構えたまま、黙っていた。

永山がさらに言う。

「ヤーも、上原筑登之親雲上と同じだな。ワンが恐ろしくて、手が出せないのだろう」

立会人が言った。

「これ、私語はつつしめと、何度も言っておるだろう」

永山は、薄笑いを浮かべたまま、宗棍を見ている。

立会人がさらに言った。

「両者、このままでは勝負がつかぬ。御主加那志の御前で、睨めっこを続けるつもりか」

立会人が言いたいことはわかる。だからといって、軽率に動くわけにはいかない。戦いの勝機というのは一瞬だ。その瞬間を待たなければならないのだ。それは、いつ訪れるかわからない。すぐにやってくるかもしれないし、何時間も先かもしれない。

宗棍は、立会人に何を言われようが、戦い方を変えるつもりはなかった。御主加那志の御前だろうが、何だろうが、永山に負けるわけにはいかないと思っていた。

永山も簡単には動かないだろう。宗棍はそう考えた。

だが、それは間違いだった。

永山は、宗棍に向かって歩きはじめたのだ。ただ、普通に道を歩くように、歩を進めた。

宗棍は意表を衝かれた。反射的に、拳を出していた。

永山はそれをかわすと同時に、掌で反撃してきた。足は止まらない。宗棍の周囲で円を描くように歩きつづけている。

開いたままの両手は、まるで女性の舞のように、ひらひらと宙で翻《ひるがえ》っている。

この動きは初めて見た。

宗棍は戸惑った。

歩きながら密着し、常に宗棍の死角に回ろうとする。実にやっかいな手だ。拳を出そうにも、永山は宗棍の周囲をぐるぐる回っているので、狙いが定まらない。

どうしたらいいんだ……。

宗棍が考えていると、永山が宗棍に向かって脚を出した。同時に腕を伸ばしてくる。その脚と腕に挟まれ、宗棍は崩された。

石畳の上に倒れる。それほど激しく倒れたわけではないので、損傷はない。だが、すぐに永山が踏み下ろしてきた。

踵で踏みつけられたら、たちまち骨が折れるだろう。頭を踏まれたら、頭蓋骨《ずがいこつ》が砕けて死ぬかもしれない。

一度かわしても、繰り返し踏みつけてくる。宗棍は、石畳の上を転がって、辛うじてよけつづけた。

踏み下ろされた永山の足を、寝たままの状態から足で払った。永山は、倒れはしなかったが、わずかに体勢を崩した。宗棍は、その隙に起き上がることができた。

完全に後手に回っている。永山の攻撃をかわすのがやっとの状態だ。

逃げてばかりでは勝てるはずがない。

永山がまた、すたすたと歩くように近づいてきた。よく見ると、まっすぐに歩いているのではなく、その足跡は地面に弧を描いている。

宗棍は、間合いを取ろうとした。だが、すぐに距離を詰められる。ほとんど触れ合うような距離から、永山は掌の攻撃を加えてくる。

掌で頭部や顔面を打たれたら、頭の中が揺れる。すると立っていられなくなるだろう。そこに容赦ない連続攻撃が来る。つまり、一発でも食らえば、宗棍が負けるということを意味している。

宗棍はまた距離を取るために下がった。今は、逃げ回るしかない。勝機はまだやってこない。

このままではどうしようもない。

宗棍は、まったく働いていない頭をなんとか回転させようとした。

考えるんだ。何か方法はないものか……。

親国の手では、永山が宗棍をはるかにしのいでいる。だとしたら、勝ち目はない。

だが、本当にそうだろうか……。

そのとき、永山の言葉がよみがえった。

「沖縄の手はつまらんな」

宗棍は再び、血が熱くなるのを感じていた。

永山の攻撃をかわしながら、宗棍は思った。

ヤーがつまらんと言う沖縄の手を味わってみるがいい。

宗棍は、しっかりと拳を握った。沖縄の手の特徴は、拳をしっかり握ることだ。固い拳による強烈な一撃。それが、沖縄の手だ。

だが、今はそれを封じられている。永山は常に接近している。それで、打撃の威力を消されている。さらに、彼は常に死角にいるので、拳を当てるのが難しい。

ならば……。

宗棍は、拳を握りその手の甲を永山の顔面に飛ばした。永山は難なくそれをかわす。

そして、また脚と腕を伸ばしてきて、宗棍を倒した。

倒れた宗棍は、また永山が踏みつけてくるのではないかと思い、石畳の上を転がった。

だが、永山は攻撃してこなかった。笑みを浮かべて宗棍を眺めている。宗棍は起き上がった。

投げられることは想定していた。むしろ、倒されるために攻撃を仕掛けたのだ。距離を取り、戦いの仕切り直しをしたかったのだ。その目的は達せられた。

宗棍は、照屋筑登之親雲上に言われたことを思い出した。先手を取れと言われていたのだ。

逃げ回るのに精一杯で、考えようとしても頭がうまく回ってくれない。思い出したのは、師のその言葉だけだった。今は、それに従うしかない。

宗棍は、永山がまた歩いて近づいてくる前に、自分から突進していった。

右の拳を、永山の顔面に打ち込む。それは、かわされた。さらに、左。それも、かわされる。

永山は聴勁をして、さらに化勁をしている。それを感じた。

なんの……。

宗棍は、さらに拳を出しつづける。永山は、うんざりしたような顔をして、かわしながら反撃してきた。宗棍もそれを感じ取り、攻撃の方向を変えてやる。

さらに、左右の拳を出しながら、歩を進めていった。時折、相手の腹を目がけて蹴り上げてやる。

すべての攻撃がかわされ、いなされる。それでも攻撃を続けた。息が上がった。絶え間なく攻撃を続けるのは、おそろしく体力を消耗する。

だが、苦しいなどと言っているときではない。手を緩めたらたちまち反撃されるはずだ。

「やはり、つまらん」

宗棍の攻撃をかわしながら、永山が言った。

宗棍は、顔面と腹を打ち分けた。右の拳を顔面に飛ばしたら、次は左で腹を狙う。左で顔面を攻撃したら、続けて右で腹を攻める。

突然、腹の中が爆発したかと思った。それほどの衝撃だった。

永山の掌を腹に受けたのだ。

一瞬、息ができなくなり、宗棍の動きが止まった。

「そこまでだな」

永山が言った。ひらりと、彼の掌が顔面に向かってきた。

打たれる。そう思ったとき、宗棍の体が無意識に動いていた。

永山の攻撃に対して化勁をやった。その腕に触れることで、力の方向を変えたのだ。

そのまま、腕を絡めるようにして巻き込み、永山を引き倒した。

それでも永山は余裕の表情だった。石畳の上に倒れても、そこから反撃できると考えているに違いない。

だが、宗棍は反撃を許さなかった。

永山が倒れると同時に、拳をその腹に打ち下ろす。据え物を打つようなものだった。したたかな手ごたえがあった。

永山の表情が変わった。

宗棍はさらに、永山の腹に拳を打ち下ろす。永山は、倒れたまま、宗棍の顔面目がけて足を飛ばしてきた。

相手は倒れており、自分は立っている。有利な体勢にいるので、宗棍はまったく慌てずに、その蹴り技をかわすことができた。

腹ではだめか……。かといって、倒れている相手の顔面を打つ気にはなれない。咄嗟に、相手の胸のあたりに拳を打ち下ろした。

永山が大きく口を開けて、息を吐き出すような音を立てた。そのまま、口をぱくぱくさせている。

宗棍は、さらに拳を打ち下ろそうとした。その手を立会人が押さえた。

「え……？」

宗棍が顔を見ると、立会人は言った。

「勝負あった。ヤーの勝ちだ」

「ワンの勝ち……？」

宗棍は永山を見下ろした。永山は起き上がろうとはしなかった。

11

そうか、私が勝ったのか……。

勝ち名乗りを受けても、実感が湧かなかった。永山がようやく起き上がり、宗棍を睨みつけてから退場した。

「さあ、御主加那志にご挨拶を……」

立会人にうながされ、宗棍は玉座に向かって深々と礼をした。挨拶といってもそれだけだった。当然だと、宗棍は思った。いくら御前試合に勝ったといっても、御主加那志と言葉を交わせるはずなどないのだ。

控えの場に戻ると、仲本が大騒ぎだった。

「まさか、おまえが勝ち残るとはなあ。いや、たまげた」

「ワンも驚いています」

「やっぱり、ワンが見込んだだけのことはある」

「恐れ入ります」

「さあ、これからたいへんだぞ」

「たいへん……？　何がですか？」

「今までどおり、雑用をやっているわけにはいかなくなるだろう」

「え？　そうなのですか？」

「何のための御前試合だと思っているんだ」

「御主加那志のお楽しみのためなのではないですか？」

「王府だってそんなに暇じゃないさ。優秀な人材を見つけるための試合だ。それに勝ち残ったヤーは、何かの役職を与えられるんじゃないのか？」

「何かの役職……？」

「そうだな……。平等方《ひらほう》の役人とか……」

平等方は、司法と、首里の土地や山林の管理を担当する役所だ。

「それは出世ですね」

「まるで他人事《ひとごと》だな。さて、今日は祝杯だな」

「すいませんが、とてもそんな気分ではありません。疲れ果てておりますので……」

「そうか……。まあ、仕方がない。では、祝杯はいずれ、後日ということで……。今日は帰宅するといい」

宗棍は、仲本に礼を言って、帰宅した。

チルーに勝利の報告をしようと思い、目隠し塀《ヒンプン》の内側に入ると、何やら家の中が騒がしい。

「おお、亀千代《カミジヤー》。でかしたぞ」

父の宗福《そうふく》だった。母や兄たちもいた。すでに酒を飲みはじめているようだ。父は試合を見ていたのだろう。一足先に帰り、家族を連れて宗棍の家に駆けつけたというわけだ。

宗棍は、チルーにそっと尋ねた。

「父上《ターリー》や母上《アヤー》は、いつから来てるんですか？」

「旦那様がお帰りになる、ちょっと前のことです」

「それにしては、ずいぶんと酔っているようだが……」

「ご機嫌で、杯を重ねられましたので……」

「すみません」

「何をおっしゃいます。ワンもうれしゅうございます。旦那様のターリーやアヤーがあんなに楽しそうで……」

「ワンもうれしいが、あんなに大騒ぎをされると、気分が冷めてしまいます」

「では、旦那様もお飲みなさいまし」

そうすることにした。酒を飲めば、父や母のはしゃぎぶりにもついていける。

「じゃあ、チルーも飲んでください」

「はい。そうします」

その日は、夜遅くまで飲んだ。父はふらふらになり、母に支えられて帰宅した。宗棍とチルーは、後片付けもできずに寝てしまった。

翌朝、登城すると、宗棍はいつものように、下働きの詰所に行った。すると、その場にいた男が驚いた顔で言った。

「ヤーは……、いえ、あなたは、ここではなく、中へ行ってください」

「え？　そうなのですか？」

「きっと何かの役職に就かれるはずですから」

たしか、仲本もそのようなことを言っていた。

「何も言われていないのですが……」

「とにかく、ここにいてはいけません。今頃、上の人がウンジュを探しているかもしれませんよ」

「はあ……」

宗棍は、そう言われて、中城に向かった。多くの役人が行き来しており、宗棍は気後れした。

本当にワンはここにいていいのだろうか。すぐにつまみ出されるのではないかと、びくびくしていた。

「やあ、松村」

そう声をかけられて、振り向いた。仲本だったので、宗棍はほっとした。

「中に行けと言われてやってきたのですが……」

「ああ、それでいいんだ」

そのとき、大声で誰かに名を呼ばれた。何事だろうと、宗棍はその声のほうを見た。

仲本が言った。

「あの方は、親雲上《ペークミー》だぞ」

一般に上級士族のことを、親雲上と書いて「ペーチン」と呼ぶが、地頭職にある者を特に、「ペークミー」と呼んで区別している。

「ワンに何の用だろう」

「だからさ、役職のご沙汰《さた》だよ。早く行け」

宗棍が名乗り出ると、親雲上は言った。

「ワンについて参れ」

「ウー」

宗棍は言われるままに、中城の奥に進んだ。

「ここで待て」

そう言われて、小部屋に一人残された。御前試合に出ろと言われたときのことを思い出す。

ずいぶんと待たされた。やがて、親雲上が戻ってきて、再び言った。

「ついて参れ」

宗棍は、また歩かされることになった。足を踏み入れたことのない領域に向かっていることに気づいた。宗棍は、さすがに不安になり、尋ねた。

「あの……。どこへ行くのでしょうか？」

親雲上が言う。

「黙って、ついてくればいい」

この先は、内城ではないか……。

いよいよ宗棍は困惑した。

いくつもの門をくぐり、宗棍は広場にやってきた。御庭《ウナー》だった。その向こうには正殿が見える。宗棍は唖然《あぜん》とした。

親雲上が言う。

「ひかえよ」

宗棍は慌てて膝をついた。何が何だかわからないまま、頭を下げていた。

しばらくすると、親雲上が言った。

「御主《ウシュー》のお成りである」

宗棍はひれ伏したまま仰天していた。

御主加那志が、どうして……。御庭に足を踏み入れるだけでも畏《おそ》れ多いのに、御主加那志に謁見《えっけん》することになるなど、いったいどうなっているのだろう。

御前試合のときにご尊顔を拝したが、そのときとはまったく状況が違う。これは何かの間違いではないのか。

「松村宗棍だな？」

御主加那志が語りかけてくる。宗棍は、どうしていいかわからなかった。

親雲上が言った。

「これ、畏《かしこ》くも国王陛下のお尋ねであるぞ。返答を奏上いたさぬか」

御主加那志に対して、どういう言葉づかいをすればいいのかもわからない。

「ウー。左様にございます」

「面を上げよ」

顔を上げれば、当然ながら正面からご尊顔を拝することになる。それはいくらなんでもやってはいけないことのように思えた。

宗棍がひれ伏したまま戸惑っていると、再び、御主加那志の声が聞こえた。

「案ずるな。ここにはヤーと朕《ちん》しかおらん。いいから、顔を上げるんだ」

親雲上の声がする。

「仰せのとおりにいたせ」

「は……」

こうなれば、言われたとおりにするしかない。宗棍は思いきって顔を上げた。だが、御主加那志のご尊顔をまともに拝することなどできないので、眼《め》を伏せていた。

御主加那志が言った。

「そうかしこまらんでもいい。それでは仕事にならんぞ」

仕事……。何のことだろう。宗棍は返答に困ったので、黙っていた。

御主加那志がさらに言う。

「松村、童名《ワラビナー》は何と申す？」

「亀千代《かめちよ》にございます」

「では、朕もカミジャーと呼ぶことにするか」

「は……？」

「よいか、カミジャー。ヤーはこれから、朕に手の指南をするのだ」

宗棍は驚いて目を見開いた。思わず、ご尊顔を仰いだ。白い上品な顔立ちだ。御主加那志はほほえんでいた。

「手の指南……」

「そうだ。それと同時に、ヤーは側《そば》におって、ワンを守らなければならない」

宗棍は、さらに仰天していた。

御主加那志のお側にお仕えするということだろうか。宗棍の身分から考えて、そんなことがあり得るはずもない。

御主加那志が、宗棍の近くに控えている親雲上に言った。

「なあ、それでいいだろう」

意外なことに、くだけた口調だった。そう言えば、最初は「朕」と天子の自称を使っていたが、いつのまにか「ワン」という一般人の自称になっていた。

親雲上は手をついたままこたえる。

「畏れながら、そのような役職はございませんが……」

「なければ作ればいい。そうだな……。側守役《そばもりやく》というのはどうだ？」

「はは……。しかし、無冠の者が上様のお側にお仕えするわけには……」

「位を与えればいいだろう。ワンならそれができるはずだ。カミジャーを親雲上にするんだ」

「お……、畏れながら、いきなり親雲上はいくらなんでも……」

「では、どうする」

「せめて、筑登之親雲上くらいに……」

「では、そうせい」

それから御主加那志は、宗棍に言った。「カミジャーは、今日から筑登之親雲上で、ワンの側守役だ」

あまりのことに、宗棍は茫然としていた。

「どうした？」

御主加那志が尋ねる。「不服か？」

宗棍は、再びひれ伏した。

「滅相もございません。身に余る光栄です」

そう言うしかなかった。

「では、そういたせ」

衣擦《きぬず》れの音が聞こえ、御主加那志が退出したのがわかった。

「やれやれ……」

親雲上の声が聞こえ、宗棍は顔を上げた。親雲上が続けて言った。

「上様の仰せとあらば、逆らうことはできないが……」

「これから、ワンはどうすればよろしいのでしょう？」

「筑登之親雲上だからな。取りあえず、銀のかんざしと黄色の冠を用意するんだな」

「どこでそのようなものを……」

「追って、係の者を遣わす。待っておれ」

宗棍は困惑しつつ、親雲上の話を聞いていた。

「では、もう行ってよいぞ」

親雲上にそう言われて、宗棍は尋ねた。

「あの……。行けと仰せですが、ワンはどこに行けばいいのでしょう」

「ん……？　今までどこにおった？」

「下働きの詰所です」

親雲上は考え込んだ。

「今日から筑登之親雲上だとの、上様の仰せだからな。下働きの詰所はまずいな……。そうかといって、御側守役などという役職はないので、ヤーの居場所はまだない……。そうだな。取りあえず、平等方の詰所にでもいるといい」

「取りあえず……？　その後はどうなりますか？」

「御側守役だからな。上様のお側にいることになる」

御前試合以来、まるで嵐《あらし》に翻弄《ほんろう》されているような日々だ。宗棍はそう思った。


平等方は、罪人を捕らえて、その罪状と刑罰を決めたりする一方で、首里の山林の管理や、玉陵《タマウドウン》の警備を任務としている。玉陵とは王家の陵墓だ。

役人の数も多く、詰所は広い。宗棍が恐る恐る顔を出すと、すぐに声をかけられた。

「やあ、松村だな」

見知らぬ相手だ。

「はい」

「御前試合は見事だった」

なるほど、すでに宗棍の名前は知れ渡っているというわけだ。

「しばらく、ここにいろと言われたのですが……」

「ああ。好きなところにいるといい」

宗棍はそう言われて、部屋の隅の空いている席に座った。その日は何の沙汰もなく終わった。宗棍は、すっかり気疲れして帰宅した。

事の次第を話すと、チルーはとたんに居ずまいを正した。宗棍は驚いて尋ねた。

「どうしたのです?」

「まことにおめでとうございます。旦那様は必ず出世をなさる方だと思っておりましたが、こんなに早いとは……」

「いやあ、自分でも何が何だか……」

「かんざしなど、身仕度のことはお任せください。すぐに旦那様のターリーとアヤーにお知らせしなければ……」

チルーからの知らせを受けた父と母が、また宗棍の家にやってきた。

「カミジャー、御前試合に優勝したと思ったら、今度は御主のお側にお仕えするというのか」

父が言った。「しかも、筑登之親雲上になっただと?」

母が涙を流して言う。

「本当に、なんと立派なことでしょう」

宗棍は困り果ててしまった。

「いやー、何が何だか、ワンにもわからないのです」

「ともあれ、祝杯だ」

また酒盛りが始まった。宗棍は父に言った。

「今夜は飲み過ぎるわけにはいきません。なにせ、明日からは、いつ上様のお召しがあるかわかりませんので……」

「宿酔《ふつかよい》はまずいというのだろう。わかっておる。だがなあ……」

父はしみじみとした口調になる。「喧嘩ばかりしているので、将来どうなるかと心配しておったが、その喧嘩が出世の役に立つとはな……」

「喧嘩ではありません。手の修行です」

「まったく、人生は何が起きるかわからないものだ」

「同感です」

さすがに、酒宴が続いたので、父と母は早めに切り上げた。

「さて、明日も早いので、そろそろ休むことにします」

「どうぞ、お休みください。ワンはまだやることがありますので」

宗棍は、横になると、嵐のようだった一日を思い出すこともなく、たちまち眠った。

翌朝、目覚めると、枕元に立派な着物があった。その着物の上には、銀のかんざしが置いてある。

宗棍は驚いてチルーに尋ねた。

「これは、どうしたのですか?」

「昨夜、酒盛りのときに、後で家に来るように、と旦那様のアヤーに言われまして……。ターリーがお召しになっていた袍《ほう》とかんざしだそうです」

「そうか……。今までの着物で登城するわけにはいかないのでしょうね……」

「御主加那志のお側にお仕えするのですからね」

宗棍は、さっそく父からもらった着物を着て、かんざしをさした。少しだけ筑登之親雲上になった実感が湧いてきた。

登城して、平等方の詰所に行くと、すぐに内城に上がるように言われた。内城のどこに行けばいいのかわからない。

だが、ぐずぐずしてはいられない。とにかく、行ってみることにした。

いくつもある門で、必ず警護の者に止められた。そのたびに、名乗り、上から呼ばれた旨を説明しなければならなかった。

内城にやってきたはいいが、どうしていいかわからない。ここにいるのは、御主加那志はもとより、按司《あじ》、親方、親雲上といった偉い人ばかりだ。

まいったな……。

廊下に立ち尽くしていると、後ろから声をかけられた。

「ウンジュは誰だ？　ここで何をしておる」

振り向くとそこには、立派な着物と帯の恰幅のいい人物がいた。花金茎銀《かきんけいぎん》のかんざしをしているので、親方だとわかった。

宗棍は咄嗟に片膝をついた。親方といえば、日頃は会うこともない雲の上の人だ。

「松村と申します。内に行くように言われたのですが、何をすればいいのかわからず、途方に暮れておりました」

「ウンジュが松村筑登之親雲上か。呼んだのはワンだ。ついて参れ」

「は……」

宗棍は、小部屋に連れていかれた。偉い人の執務室のようで、部屋の外には、部下らしい人たちの文机《ふづくえ》があったが、彼らはおそらく親雲上だ。

部屋にある机に向かうと、親方らしい人物が言った。

「ワンは、仲井真盛道《なかいませいどう》。給地方《きゅうちほう》の物奉行をやっておる」

物奉行が、宗棍から見ればとんでもなく偉い人だということはわかる。だが、どういう役割を担っているのかは、正確には知らない。

ただ、国王の下に摂政《せっせい》と三司官がいて、その下が物奉行だということだけは知っていた。

仲井真親方が続けて言った。

「上様が、ウンジュを御側守役にお取り立てあそばした。ついては、作法などを学んでもらわなければならない」

「はあ……」

「なんだ？　不思議そうな顔をしておるな？」

「給地方奉行所というのは、お役人の給料とかさまざまな費用を手配するところだと思っておりました。それが、どうして御側守役の差配をなさるのかと思いまして……」

「今までにない役職なのでな。担当する奉行所がない。そういうときは、だいたい給地方に回ってくる。さて、ウンジュを指導する者を紹介しよう」

仲井真親方は、部屋の外に向かって大声で命じた。「東風平親雲上《こちんだペーチン》をこれへ」

ほどなく、四十代半ばの男が入室してきた。見るからに高級そうな袍を着ており、儀式でもないのに、黄色の冠を頭に巻いている。

「東風平、まかり越しました」

すました顔で、ずいぶんと丁寧な言葉づかいだ。

「これにおるのが、松村筑登之親雲上だ。上様の御側守役となるので、礼儀作法をきちんと教えてやってほしい」

「かしこまりました」

仲井真親方が、宗棍に言った。

「わからないことがあったら、何でもこの東風平親雲上に訊くといい」

「ウー」

「では、さっそく始めなさい」

宗棍と東風平親雲上は、仲井真親方の執務室を退出すると、きわめて質素な部屋に移動した。

東風平親雲上が言った。

「ここがウンジュの待機所です」

「待機所？」

「ウー。上様からのお召しがあれば、ここからすぐに参上するのです」

小さな部屋で、装飾などは一切なく、四隅には埃が溜まっている。内城にもこんな部屋があるのかと、見回していると、東風平親雲上が言った。

「ここは、物置だった部屋です。ウンジュのために慌てて空けたのですよ」

恩着せがましい口調で言われた。だが、物置だったと聞いてありがたく思うわけがない。

「さて、まず上様にお目通りする際の約束事を覚えていただきます」

東風平親雲上は、礼の仕方とか、継ぎ足での歩き方とかを早口で説明しはじめた。

宗棍は言った。

「待ってください。とても覚えきれません」

東風平親雲上は、冷ややかな表情で言った。

「覚えていただきます。それがあなたの役目です」

「それは、充分に承知しておりますが、なにぶん、心の準備もなく役目を仰せつかったもので……」

東風平親雲上の口調はますます冷淡なものになった。

「ふん。下々の者が大役に就いたりするからです」

宗棍は、この言葉にかちんときた。

自ら望んで御側守役になったわけではない。採用されたのは、御前試合がきっかけなのだろうが、その御前試合にも「出ろ」と言われて出場したのだ。

腹が立ったが、相手は親雲上だし、自分を指導してくれる人物だ。ここで逆らったり、文句を言ったりするわけにはいかない。

「仰せのとおり、ワンは礼儀作法もろくに学んでこなかったふつつか者ですので、一所懸命に学ぼうとは思いますが、なかなか覚えられません」

「そんな悠長なことは言っていられないのです。いつ、上様のお召しがあるかわからないのですからね」

「はあ……」

「まったく、こんな礼儀もわきまえない若者を、上様はなぜお召しになられたのか……」

「礼儀をわきまえないわけではないと思うのですが……」

東風平親雲上は、ふんと鼻を鳴らしてから言った。

「ウンジュは、照屋筑登之親雲上に手を習っているらしいな」

「ウー。仰せのとおりです」

「昨夜はどうした？」

そう言われて、宗棍は、「あっ」と思った。東風平親雲上が続けて言った。

「断りもなしに、稽古を休んだのではないか？　それが士族のやることか」

サムレーと言われて、あらためて自分が筑登之親雲上になったのだと思った。

「申し開きの言葉もございません」

「礼儀をわきまえていると言うのなら、さっさと照屋筑登之親雲上にお詫《わ》びに行ったらどうだ？」

「中座してよろしいのですか？」

「ワンは礼儀を教えるのが役目だ。礼を失した者に教える気はない。さっさと行って、詫びを言ってくるのだ。照屋筑登之親雲上の許しが出れば、続きを教えてやろう」

「ウー。失礼します」

宗棍は控えの間を出た。

12

中城に下って照屋筑登之親雲上を探す。人に尋ねながら、さんざん走り回り、ようやく見つけると、宗棍は息を切らしながら言った。

「照屋先生、昨夜は申し訳ありませんでした」

「はて、先生とは何のことだ？」

「手を習っているのだから、先生です」

「私に手を習っていると？」

宗棍は、照屋筑登之親雲上の反応に戸惑いながらこたえた。

「お宅に通わせていただいているではないですか」

「ワンは、断りもなく稽古を休む弟子は持っていない」

宗棍は、深々と頭を下げた。

「申し訳ありません。ワンが上様の御側守役になったことを祝いに、両親がやってきたもので……」

「そうか。上様にお目通りできる偉い役職だから、手の稽古などどうでもいいか」

「反省しております。今後は二度と断りなしに休んだりはいたしません」

「口では何とでも言える」

「決して嘘ではありません」

これまで稽古を休んだことなどなかった。たった一度、無断で休んだだけで、師の信用をなくしてしまうのだ。

照屋筑登之親雲上が、宗棍を見据えた。その眼光の鋭さにたじろいだ。しばらくそのままだったが、やがて照屋筑登之親雲上が言った。

「いきなりの出世で、舞い上がっているのではあるまいな」

「とんでもないです。学ばねばならないことがたくさんあり、戸惑っております」

照屋筑登之親雲上は、ふんと鼻から息を吐いた。

「稽古を続けたいのか？」

「もちろんです。そのためにこうしてお詫びに参りました」

「謝れば済むという問題ではないぞ」

「申し訳ありません」

「だから、もう謝らなくていい。今宵も来るか？」

「うかがいます」

照屋筑登之親雲上が、もう一度鼻を鳴らしてから言った。

「学ばねばならないことがたくさんあると言ったな」

「はい」

「誰から何を学んでいる?」

「東風平親雲上から、礼儀作法を……」

「ああ、東風平親雲上か……」

照屋筑登之親雲上の口調は、どこか嘲《あざけ》るような響きがあった。

「東風平親雲上をご存じですか?」

「もちろん知っている。東風平安陣《あんじん》。四十五歳の若さで親雲上だ。自分が誰よりも優秀だと思っている」

「先生よりも向こうのほうが位が上でしょう。そんなことをおっしゃっていいのですか?」

「告げ口などするなよ」

「まさか……」

「ならば、教えてやる。東風平親雲上とうまくやりたいのだったら、おだててやればいい」

「おだてるのですか?」

「逆らったりすると、権威を笠に着て責めてくるぞ」

「わかりました」

「おまえが謝りたいという気持ちはわかった。親孝行のためだというのなら、もうワンは何も言わん。さあ、行きなさい」

「ウー。ありがとうございます。では、夜にお屋敷をお訪ねします」

照屋筑登之親雲上がうなずいたので、宗棍は内城の控え室に戻った。

東風平親雲上が待っていたので、宗棍は頭を下げた。

「お陰で、照屋筑登之親雲上のお許しを得ることができました。ありがとうございます」

「時間を無駄にしました。さて、先ほど教えたことを、覚えているでしょうね。まず、上様にお目通りするときの歩法からやってみてください」

宗棍は、照屋筑登之親雲上に言われたことを思い出して、こたえた。

「私はまことに不調法ですから、なかなか東風平親雲上のようには参りません。なにせ、城内一の秀才との評判の東風平親雲上ですから」

おだてるにしても、言い過ぎただろうか。お世辞が過ぎるとかえって怒りを買うこともある。一瞬そんなことを思ったが、それは杞憂だった。

東風平親雲上は、蔑《さげす》むような笑いを浮かべて言った。

「ワンのようにできないのは、まあ、当然のことだな。では、もう一度やってみせるから、よく見ておれ」

意外なほどうまくいった。宗棍は密かに安堵していた。

「何をやっておるか」

出入り口のほうから声がして、宗棍はそちらを見た。

見たことがあるが、誰だったかな……。

宗棍はそう思った。

突然、東風平親雲上が片膝をついて頭を下げた。そして、宗棍に言った。

「上様の御前である。ひかえよ」

宗棍は、はっとした。

そこに立っているのは、御主加那志、つまり尚灝王だった。宗棍は慌てて、東風平親雲上にならって片膝をついた。

上様がふらりと目の前に現れることなど、あり得ないと思っていた。だから、その尊顔を拝しても認識できなかったのだ。人間、考えられない出来事に遭遇すると、咄嗟には状況を理解できないのだ。

「ああ、いいから、楽にしろ」

そうは言われても、相手は太陽の化身と言われる国王だ。顔を上げることなどできない。

東風平親雲上が言った。

「上様におかれましては、ご機嫌うるわしく……」

「東風平。あなたの挨拶はいつも堅苦しくていかん」

「はっ。左様に仰せられましても……」

「そんなでは、話もできん。いいから立て」

東風平親雲上も困った様子だ。どうしていいのかわからないのだろう。

宗棍は小声で言った。

「仰せのとおりにしないと、かえって失礼なのでは……」

「ウンジュは黙っておれ」

すると、御主加那志が言った。

「ああ、そうだ。松村筑登之親雲上の申すとおりだ。誰も見ておらんのだから、楽にせい」

東風平親雲上が、恐る恐るといった体で立ち上がった。宗棍も顔を上げて立ち上がる。

御主加那志は満足げに言った。

「それでよい。時に、何をしておった？」

東風平親雲上がこたえる。

「この者に、礼儀作法を教えておりました」

「ほう……。礼儀を知らんのか？」

「素養もないまま、お側にお仕えすることになりましたので……」

「なに、東風平は朕の決めたことが不服か？」

御主加那志の言葉に、たちまち東風平親雲上が恐縮した。

「いえ。不服など、滅相もないことでございます。ワンはただ、松村の準備ができていないことが、上様に対して申し訳ないと存じまして……」

「準備はできておる」

「は……？」

「手の試合で勝ち残った。それ以外の準備はいらん」

「左様に仰せられましても……」

東風平親雲上は、すっかり困り果てた様子だ。

御主加那志は、宗棍のほうを見ると、言った。

「松村筑登之親雲上、東風平親雲上の言うことなど、気にすることはない。堅苦しい礼儀作法などいらぬ。朕には、言いたいことを申せ。なにせ、手の指南役でもあるのだからな」

「は……。どうぞ、よしなに……」

「それにしても……」

御主加那志は、部屋の中を見回した。「この部屋は、いったい何だ？　もっとましな部屋はないのか？」

東風平親雲上が、慌てた様子でこたえた。

「なにしろ、急なお話でしたもので、この部屋しか用意できませんでした」

「どこか別なところを用意させよう」

宗棍は言った。

「畏れながら……」

「そういう言葉づかいは無用だ」

「ワンは、この部屋で充分です。いいえ、内城に部屋が用意されるなど、ワンにはもったいないことです」

御主加那志が言う。

「ワンの指南役だぞ。それ相応の待遇というものがある」

自称がまた、「朕」から「ワン」になっている。

「畏れながら……」

「だから、それは必要ないと言ってるだろう」

「申し訳ありません。つい……」

「それで、何だと申すのだ？」

「ワンは、この部屋が気に入りました」

御主加那志は、もう一度部屋の中を見回した。物置だった部屋だ。壁は薄汚れ、床の隅には埃が溜まっている。

「ならば、せめて掃除をさせよう」

宗棍は言った。

「掃除は自分でやります」

「そういうことは、下働きの者にやらせればいい」

「ワンは昨日まで下働きをしておりました。それに、自分で掃除をすれば、部屋に愛着も湧きます」

御主加那志は、驚いたように宗棍を見た。

「部屋に愛着……？　そんなことは考えたこともなかったな」

東風平親雲上が、はらはらした様子で、宗棍に言った。

「これ、調子に乗るんじゃない」

「かまわん」

御主加那志が言った。「カミジャー、さっそくだが、手を教えてくれ」

「は……？　今でございますか？」

「そうだ。ヤーは、そのためにここにおるのだろう」

「かしこまりました」

宗棍はこたえた。「それでは、すぐに始めましょう」

「では、広間に来い」

「ウー」

東風平親雲上が言った。

「ワンも同行させていただきます」

出入り口に向かっていた御主加那志が言った。

「ああ、ヤーは来なくていい」

東風平親雲上は、目を丸くしてその場に立ち尽くした。
宗棍は、その東風平親雲上に会釈をして、御主加那志の後に続いた。

13

広間には、お付きの役人や召使いらしい者が控えている。宗棍は落ち着かない気分だった。

御主加那志が言った。

「さて、何から始めればよい？」

宗棍はそう言われて考え込んだ。国王に手を教えることなど考えてもいなかったので、どうすればいいのかわからない。照屋筑登之親雲上から習っているように、馬歩から始めようかとも思った。だが、御主加那志にそんなことをさせてよいものだろうか……。

宗棍は迷っていた。

「どうした、カミジャー」

御主加那志が言った。「黙ってないで、何をしたらいいのか教えてくれ」

ここは正直に言おうと思った。取り繕っても、後で化けの皮がはがれるだけだ。

「実は、どうしていいのかわかりません」

「わからない？　おまえは強いではないか。何がわからない？」

「私は、まだまだ未熟者です。試合では、たまたま勝てただけです」

「その言葉は、負けた者に対する侮辱であろう」

「仰せのとおりかもしれません。ですが、それが実感なのです。まだ、手を習っている身で、人に教えたことがありません」

「ヤーなりのやり方でよい。手の指南に決まりなどなかろう」

そう言われて、宗棍は再び考えた。

「では、何が必要かお教えください」

「何が必要か？」

「はい。どういうふうに手をお使いになられるのか、それをお教え願いたいと存じます」

「それはどういうことだ？」

「例えば、戦《いくさ》にお使いあそばすのと、たしなみとして稽古あそばすのとでは、おのずと違いがございます」

「その東風平みたいな言葉遣いは必要ない。なるほど、ヤーの言っていることがようやくわかった。そうだな……。この先、ワンが戦に出ることもあるまい。だが、王たる者、その心構えは必要だ」

「戦の手となりますと、かなり難儀《ナンジ》をしていただくことになります」

「あー、それはいやだなあ……」

御主加那志は、天井を見上げて、しばらく考え込んでいた。やがて、御主は言った。

「たしなみでやるとなると、どうなる？」

「お体のためになると存じます」

「体のためになる？」

「ウー。お体を動かすことで、健やかさを保つことができるかと……」

「うーん。それももの足りないなあ。その中間くらいのところでできないものか」

「はあ……。そうなると、護身の法ということになりましょうか？」

「護身の法か」

御主加那志は満足げにうなずいた。「身を守るための手だな。それがよい。それでいこう」

「ウー。では、ワンに打ちかかってください」

御主加那志は怪訝そうな顔をした。

「護身ならば、攻める必要はないのではないか？」

「攻めることが、最大の守りだという言葉もございます。相手の攻撃をかわすだけでは、身を守ることはできません」

「なるほど、そういうものか。では、行くぞ」

御主加那志は、身構えてから右手を突き出してきた。宗棍はよけずにそれを受けた。

御主加那志の拳が胸に当たる。

御主加那志が自慢げに言う。

「どうじゃ。ワンの鉄拳《ティジクン》は」

「なるほど、すでに誰かに手ほどきを受けておいでですね？」

「上原筑登之親雲上に習ったことがある」

「ああ……。御前試合では、誰もが上原筑登之親雲上が勝ち残るものと思っていたようですね」

「そうだな。だが、上原の手はワンには合わなかった」

「うかがってよろしいですか？」

「何なりと申せと言ったはずだ」

「手が合わないというのは、どういうことなのでしょう？」

「いくらやっても強くなれる気がしなかった」

「どのくらい稽古をされました」

「一月《ひとつき》くらいだ」

たった一月で、手の何がわかるだろう。じっくり一年くらいかけて体を作り、それからようやく拳での打ち方や、蹴り方を習うものだ。

だが、それを御主加那志に言うわけにはいかない。

気に入られなければ、一ヵ月で見限られるということだ。普通の役人なら緊張したり萎縮《いしゅく》したりするのだろう。だが、宗棍はそうではなかった。

お役御免にしてくれるのなら、むしろありがたいと思っていた。ならば、迎合することなく、自分のやりたいようにやろう。宗棍はそう思った。

「上様の鉄拳は、なかなかの威力でした」

「だが、カミジャーは平気な顔をしておったな」

「ワンは昔から鍛えておりますから」

「鍛えておる者には通用しないということだろう。それでは身を守ることなどできないではないか」

「その威力が増すように、稽古をしていただくのです」

御主加那志が眼を輝かせて言った。

「どうすれば、鉄拳の威力が増すのだ？」

「拳で打つときは、腕で打ってはなりません。腰《クシ》で打つのです」

「腰で打つ？　それはどういうことだ？」

「ワンがやってご覧に入れましょう」

宗棍は、拳を突き出す瞬間に、ぶるっと腰を震わせた。御主加那志は、目を丸くした。

「すごいな。拳が風を切る音が、はっきり聞こえたぞ」

「上様の鉄拳も、必ずこうなります」

「こうか？」

御主加那志は、見よう見まねで拳を突き出す。

「最初はもっとゆっくりでいいので、打つ前に腰をしっかり動かしてください」

「ゆっくりでは強くはなれんだろう」

「ゆっくりやってできないことを、速くできるはずがありません。上様は、音曲をなさいますね？」

「琴などをやる」

「音曲の稽古は、最初はゆっくりなさるでしょう」

「そうだな……」

「舞はいかがです？　振りを覚えるまではゆっくりなさるでしょう？」

「たしかに」

「手の稽古も同じです」

「わかった。カミジャーの言うことはわかりやすい。上原のときは、どうもわかりにくかった」

　きっと、上原筑登之親雲上は真面目なのだろうと、宗棍は思った。手の上達のためには地道な稽古が必要だ。理屈ではない。ただひたすら同じことを繰り返して、体に技を染みつかせることが大切なのだ。

　真面目な修行者はそのことをよく心得ている。だが、手を知らない者は、なぜそんなことをしなければならないのか、理解できないかもしれない。

　御主加那志は、かなり理屈っぽいのではないかと、宗棍は密かに思った。

「では、ゆっくりやってみよう」

御主加那志が、何度も右の拳を突き出す。

「たいへんけっこうです。では、右、左と交互に拳を出してみましょう。腰をしっかりと動かして……」

御主加那志は熱中していた。

さすがに集中力がおありだ。宗棍がそう思ったとき、突然、御主加那志が言った。

「同じことばかりやっていると、飽きてしまうぞ。他にはないのか？」

「足で蹴ることを覚えれば、とても役に立ちます」

「おお、それだ。それをやろう」

「足の先で相手を蹴り上げます。なるべく動きを悟られないように、素速く蹴ります」

宗棍がやってみせると、御主加那志は面白がってすぐに真似をした。

へっぴり腰で、体勢も崩れている。

「上原筑登之親雲上から、蹴ることを習っておいでではないようですね」

「習っておらん。なんだか知らんが、腰を低くして立ち、ひたすら鉄拳を突き出すだけだ。そんなことを一月もやったら、飽きてしまう」

なるほど、そうかもしれない。

どんなに単純な稽古でも、武士としての理想をしっかり思い描いていれば、辛くもないし、退屈でもない。だが、なかなかそうはいかないのだ。

しばらく蹴る練習をしていると、立派な身なりで顎鬚を生やした老人がやってきて告げた。

「上様、お時間です」

御主加那志が言った。

「なに、もうそんなに時間が経《た》ったのか？」

「ウー」

その立派な身なりの老人は、手ぬぐい《テイサージ》を御主加那志に差し出した。汗を拭《ふ》きながら、御主加那志が宗棍に言った。

「本当に先ほどの部屋でよいのだな？」

「ウー。内城に部屋をいただけるなど、もったいないくらいです」

「では、その部屋に控えておれ。何かあれば、呼ぶ」

宗棍は、膝をついて頭を下げた。

御主加那志は、お付きの者たちを従えて、広間を出ていった。宗棍は、全身から力が抜けてしまった。その場にへたり込んでしまいそうだった。

自覚していなかったが、それくらいに緊張していたのだ。その緊張から解放されたとたんに、疲れがどっと出た。身体《からだ》の疲れではない。心の疲れだった。

こんなことが続いて、ワンの心は持つのだろうか。そんなことを思いながら、かつて物置だった控えの間に戻った。

そこにまだ、東風平親雲上がいたので、宗棍は驚いた。

「まだおいでとは思いませんでした」

東風平親雲上がこたえた。

「あなたには、教えることがたくさんあります。どこにも行きませんよ」

筑登之親雲上となり、なおかつ上様にお目通りを許される立場になったのだから、この際、しっかり礼儀作法を覚えておいたほうがいい。それが自分のためだ。

そう気づいた宗棍は、ようやく本気で東風平親雲上の教えを受ける気になった。

「では、よろしくお願いいたします」

宗棍がそう言ったとき、また戸口に誰かが姿を見せた。

東風平親雲上が言った。

「ああ、永山筑登之親雲上盛昌《せいしょう》です。もちろん、ご存じですね」

御前試合で見たときよりも、ほっそりとして見えた。白い無表情な顔。相変わらず、愛想がなく、つまらなそうな顔をしている。東風平親雲上が宗棍に言った。

「ウンジュも一人で、御側守役はたいへんでしょう。補佐役が必要なのではないかと思い、永山筑登之親雲上に声をかけたのです」

宗棍は戸惑った。

「ワンは、別に補佐役など必要ではありません」

東風平親雲上が言った。

「永山筑登之親雲上は、内城での礼儀作法をすでに心得ています。むしろ、ウンジュよりも御側守役にふさわしいのではないかと、ワンは思っています。ですから、きっと役に立ちます」

宗棍がこたえに困っていると、永山筑登之親雲上が言った。

「ワンは、こいつの下に付くなんてまっぴらだね」

宗棍は驚いて、永山筑登之親雲上の顔を見た。やはり、白くて無表情のままだ。

東風平親雲上が言った。

「試合で負けたのだから、仕方がないでしょう」

「負けたとは思っていない。こいつは、たまたま運がよかっただけだ」

まあ、そうかもしれないな。宗棍は、そう思いながら言った。

「勝負は時の運と言いますからね」

「そのとおりだ」

永山筑登之親雲上が言った。「今度やったら、ワンは負けないだろう」

永山との勝負などどうでもいい。だが、永山の手には興味があった。

「親国の手を使いますね？」

宗棍が言うと、永山筑登之親雲上は面倒臭そうにこたえた。

「ああ。それがどうした」

「どこで学んだのですか？」

「ヤーに関係ないだろう」

「興味がありますか」

「ふん……。そう言えば、ヤーは照屋筑登之親雲上に手を習っているそうだな。照屋筑登之親雲上も親国の手をやるのだった」

「ウー。照屋先生の手とウンジュの手は、よく似ているように思いました」

永山筑登之親雲上は、東風平親雲上を見て言った。

「用がないのなら、ワンはもう行きますよ」

「待ちなさい。話はまだ終わっていませんよ。松村筑登之親雲上には、ウンジュの助けが必要だと思います」

「そう思うのなら、本人が頭を下げて頼むのですね」

宗棍にそのつもりはなかった。手の指南に助けなどいらない。たしかに、今はまだどう教えるべきか戸惑っている。だが、指南は独自のやり方でなければ意味がない。手とは、武士がそれぞれの方法で工夫し、鍛錬するものだからだ。

宗棍は言った。

「それより、親国の手をどこで学んだのか、教えてください」

永山筑登之親雲上は、つまらなそうな顔でこたえた。

「久米村《クニンダ》だ」

そして彼は、部屋を出ていった。

やはり、久米村か……。宗棍は、深くうなずいた。

東風平親雲上が言った。

「せっかく声をかけてやったというのに、何という態度でしょう」

宗棍はそんなことよりも、久米村のことが気になっていた。

そう言えば、チルーの手も久米村の住人に習ったと言っていた。

「ワンの話を聞いていますか？」

そう言われて、宗棍は東風平親雲上の顔を見た。

「は……？　何でしょう？」

東風平親雲上は、大きく溜め息をついて言った。

「永山筑登之親雲上のことですよ。ウンジュは、あんなことを言われて、よく平気でいられますね」

「あんなこと？」

「今度やったら、自分は負けないと、言っていたじゃないですか」

「ああ……。そのとおりかもしれませんから、別に……」

「それでは困るのです」

「は……？　どうして困るのです？」

「ウンジュは、上様の手の指南役なのです。誰よりも強くなくてはなりません」

「いやあ、それは無理というものです。先ほども申しましたとおり、勝負は時の運ですから……」

東風平親雲上は、きっぱりとかぶりを振った。

「いいえ。上様の指南役でおる間は、誰にも負けてはいけません。それは肝に銘じておいてください」

「やあ、これはたいへんなことになりました」

「そうです。上様の指南役というのは、たいへんなことなのです。生半可な気持ちではいけません」

「はあ……」

宗棍は、どうこたえていいかわからない。

「取りあえずは、永山筑登之親雲上をやっつけることですね」

「え？　どうしてそういうことになるんです？」

「何度も言いますが、上様の指南役ですよ。なめられていては務まりません」

「相手にしなければいいと思います」

「そういう問題ではないのです。永山筑登之親雲上がつまらぬことを吹聴せぬように、きっちりと片をつけておかねばなりません」

「あの……。お言葉を無視されたので、その腹いせに、ワンにやっつけろとおっしゃっているのではないですか？」

東風平親雲上が不機嫌そうに言った。

「ワンは、そんなに了見の狭い人間ではありません。いいですか？　ワンはウンジュのためを思って言っているのです。いや、ウンジュのためだけではありません。首里王府のため、ひいては上様のためです」

「話が大きくなりましたね」

「ですから、改めて永山筑登之親雲上と試合をしてください」

「いやあ、それは……」

「上様がお望みなら、断れませんよ」

宗棍は眉をひそめた。

「どうして、上様が……」

「ワンが奏上すれば、上様は大喜びで試合をしろと仰せあそばすでしょう」

宗棍は顔をしかめた。

「ワンが負けたらどうします？」

「そのときは、指南役を降りていただきます。後任は、永山筑登之親雲上ということになるのではありませんか」

それも悪くないなと、宗棍は思った。なにせ、上様の御側守役は荷が重い。

「そうなれば、礼儀作法を覚える必要もなくなりますね」

東風平親雲上は一瞬、言葉に詰まったが、すぐに気を取り直した様子で言った。

「そうはいきません。覚えるべきことは覚えていただきます。さあ、では始めましょう」

「ウー」

東風平親雲上は礼儀作法の講義を始めた。

日が暮れると宗棍は、照屋筑登之親雲上の屋敷に飛んでいった。いつものように庭に行くと、縁側で照屋筑登之親雲上が待っていた。

「昨日は、申し訳ありませんでした」

「もう、謝らなくていいと言っただろう」

照屋筑登之親雲上が庭に下りてきた。「さて、打ってきなさい」

いきなり掛かり稽古だ。

「ウー。参ります」

宗棍は、打ちかかっていく。だが、その攻撃はするりとかわされ、気がつくと地面に転がされている。

ならば、と、腹めがけて蹴っていくと、その足をすくわれて、やはり地面に転がされた。

「そんな離れたところから蹴ってきても当たるものか。蹴りは相手に接近しないと役に立たないぞ」

「ウー」

左手で行くと見せかけて、右手で攻撃する。あるいは、その逆もやってみた。だが、どんな攻撃も通用しない。すでに宗棍の着物も顔も泥だらけだ。投げられ、起き上がるたびに、体力を奪われる。

へとへとになりながらも、宗棍は打ちかかっていった。やがて、照屋筑登之親雲上が「もういいだろう」と言った。

宗棍は、その場にへたり込みそうだった。すっかり息が上がっている。

「どうだ？」

照屋筑登之親雲上がそう尋ねた。宗棍は、息を切らしながらもこたえた。

「どうもこうも、まったく為《な》す術《すべ》がありません」

「どうしてやられるのだと思う？」

宗棍は、考えた。ただ闇雲《やみくも》にかかっていったわけではない。それなりに、工夫をし、変化をつけながら攻撃した。なのに、ことごとく地面に転がされてしまったのだ。

「やはり、先生が強いからだと思います」

「もうちょっとましなこたえが返ってくると思ったのだがな……」

「どうかかっていっても、地面に転がされるのです。理由などわかりません」

「教えてほしいか？」

「ウー。もちろんです」

「それはな、ヤーが先に手を出すからだ」

「え……？」

「先に動けば負ける。武術はそういうふうにできている」

「しかし……」

ようやく息が整ってきた宗棍は言った。「御前試合を前に、先生は、先手を取れとおっしゃったではないですか」

「それは、ヤーが未熟だからだ」

「未熟だから……」

「そうだ。ちゃんと技ができていない者は、相手に先手を取られ、何もできなくなってしまう。ならば、先手を取ったほうがいい。まあ、一か八かになるが、何もせずにやられてしまうよりはいい」

「では、本来は先に手を出してはいけないのですか？」

「先に動くのは悪手だ」

「戦いでは先手を取るほうが有利なのでは……」

「先手はな、出させるものだ」

「先手は出させるもの……」

「そのときに大切なのは、気持ちでは先手を取っていることだ。そうすれば、相手の技の出鼻をくじくことができる。どんな攻撃も、その起こりを押さえてしまえば、通用しなくなる。それが武術だ」

「気持ちで先手を取りつつ、実際には先手を出させる……。そういうことですか」

「そうだ。明日は、それを稽古しよう」

「ウー」

照屋筑登之親雲上が縁側に腰を下ろした。

「それで、上様の御側守役はどうだ？」

「どうもこうもありません。まだ何もわからないのです。手の指南を仰せつかったのですが、どうしていいのかわかりません」

「どうしていいのかわからないか……」

「ウー」

「ワンもそうだった」

「えっ……。先生が、ですか？」

「それはそうだ。ワンだって、最初から教える内容や方法が定まっていたわけではない。ただ、一つ言えることはな、教えることはすなわち、教わることだ」

「は……？　どういうことですか？」

「そのうちに、ヤーにもわかる。どんなことでも、学びながら進むしかないのだ」

宗棍はその言葉について考えてみた。どうもよくわからない。

照屋筑登之親雲上が言った。

「よく考え込むやつだ。では、考えながら、馬歩と鉄牛耕地をやりなさい。それが終わったら帰っていい」
宗棍は言われたとおり、稽古の仕上げをした。

14

その翌日、控えの間で東風平親雲上《こちんだペーチン》から礼儀作法について教わっていると、御主加那《ウシュガナ》志《シ》からのお呼びがあった。広間に来いと言う。駆けつけると、御主加那志が言った。

「おお、カミジャー。おまえ《ヤー》は、永山《ながやま》と戦うのだな」

「は……？」

「東風平親雲上から聞いたぞ。もう一度戦ったら、自分が勝つと永山が言ったそうだな。それで、ヤーは受けて立つと……」

「受けて立つと申した覚えはないのですが……」

御主加那志は、その返事を聞いていないようだった。

「カミジャー、負けるな」

「は……？」

「永山になど、手《ティー》を習いたくはない」

宗棍《そうこん》は驚いて、思わず聞き返した。

「そうなのですか？」

「永山は自分が一番でないと気が済まない」

宗棍はうなずいた。

「仰せのとおりだと存じます」

「それが許せん」

「は……？」

「一番は、私《ワン》だ」

王様なのだから、そうなのだろうなと、宗棍は思った。

「それも、仰せのとおりです」

「だから、ヤーは永山に勝たねばならん」

宗棍は、首を捻った。なぜそうなるのか、理屈がわからなかった。だが、相手は御主加那志なので、聞き返すわけにもいかない。だから、黙っていた。

すると、御主加那志が言った。

「もし、ヤーが負けたら、永山が手の指南役になるというではないか。だから、負けるな」

要するに、御主加那志は永山筑登之親雲上《チクドウンペーチン》が嫌いだということらしい。まあ、永山は他人に好かれる人物ではないことは確かだ。

「さあ、昨日の続きだ」

御主《ウー》加那志が言う。宗棍はこたえた。

「はい。では、稽古を始めましょう」

昨日と同じく、御主加那志に攻撃させた。護身の法といっても、守りの方法を学ぶだけではだめだと、宗棍は考えた。人間はもともと、咄嗟に身を守ることを知っている。野生の動物と同じだ。

ただ、守りを固めて護身になるかというと、そうでもない。何者かに襲撃されたような場合、やられないために必要なのは、反撃する技術と力量だ。

手をやったことがない人は、他人を攻撃する術を知らない。護身を考えた場合、そこが大きな分かれ道となる。いろいろと考えるうちに、宗棍はそう思い当たったのだ。

昨日と同じく、拳の攻撃と、蹴りをやってもらう。そして、威力が増すように、徐々に修正していくのだ。御主加那志は熱心に宗棍の教えを反復した。

それから三日後のことだ。控えの間に、東風平親雲上がやってきて告げた。

「明日、上様の前で、永山筑登之親雲上と試合をしていただきます」

宗棍は言った。

「それはまた、急なことですね」

「何が急なものですか。試合をするようにとの、上様の仰せもあったはずです」

「それはそうですが……」

「ならば、心の準備もできているはずです。それが武士というものでしょう」

「ワンは、まだ武士ではありません」

「上様の指南役なのです。もうそんなことは言っていられませんよ」

「そうなんですか?」

「いいですね。前回と同じく、日暮れに試合開始です」

「ウー」

そうこたえるしかなかった。

その日、帰宅すると、チルーに伝えた。

「明日また、永山筑登之親雲上と戦わなければなりません」

「あら、そうですか」

「なんだ、驚かないのですか?」

「御主加那志の御側守役ともなると、いろいろおありでしょうから」

「ワンよりチルーのほうが、腹が据わっているかもしれませんね」

「旦那様にはかないません」

「その口ぶりが、自信たっぷりです」

「永山筑登之親雲上だって、旦那様にはかないませんよ」

「え……?」

「そう信じていますから、突然試合だと言われても、驚きも慌てもしません」

「ワンは自信がありませんが……」

「それでも、旦那様は勝ちます」

「チルーに言われると、そんな気がしてきました」

「間違いありません」

夕食を済ませてから、照屋《てるや》筑登之親雲上の屋敷に行った。

縁側にいる照屋筑登之親雲上に、宗棍は永山筑登之親雲上との試合のことを告げた。

「そうか」

照屋筑登之親雲上が言った。「では、稽古を始めるか」

「御主加那志が、負けるなとの仰せでした」

「では、負けるな」

「勝つためには、どうしたらいいのでしょう?」

「勝てとは言っていない。負けるなと言っている」

宗棍は、ぽかんとした。

「同じことでしょう」

「同じではない。武術の本質はそこだ。よく考えることだ」

宗棍は考え込んだ。

「考えるのは、今ではない。今は稽古だ。体を動かせ」

「ウー」

「さあ、かかってきなさい」

いつもと同じ稽古が始まった。

石畳の広場にかがり火が焚かれ、王府内の役人たちが集まっていた。前回の御前試合とは違い、戦うのはたった一組だけだが、それでも見物の人出は変わらなかった。

「松村《まつむら》、内城はどうだ？」

そう声をかけてきたのは、仲本《なかもと》だった。彼と戦ったのが、はるか昔のような気がした。

「戸惑うことばかりですが、なんとかやっています」

「どうして、永山筑登之親雲上と、また戦うことになったんだ？」

「ワンにも、よくわかりません。東風平親雲上が、上様に奏上したようなのですが……」

「なに、東風平親雲上……」

仲本が腕組みをして言った。「何か企《たくら》んでるな……」

「え……？　企んでいる？」

「ああ。東風平親雲上は、そういうやつだ。そう言えば、東風平親雲上は、永山を取り込もうとしているという噂がある」

「取り込んでどうするんですか？」

「そんなことは、ワンにはわからん。だが、ヤーが上様の御側守役になったことと無関係ではあるまい」

「もしかしたら、永山筑登之親雲上をワンの代わりに、御側守役にしたいのではないでしょうか」

　仲本は思案顔になって言った。

「それは、あり得るな。だとしたら、ヤーは負けるわけにはいかないな」

「御主加那志にも、負けるなと言われました」

　仲本は驚いた顔になった。

「だったら、絶対に負けられないじゃないか」

　試合の立会人が、宗棍の名前を呼んだ。前回の御前試合のときと同じ人物だ。

　仲本が言った。

「さあ、行ってこい」

「ウー」

　御主加那志が席に着いていた。宗棍は、そちらにうやうやしく一礼して、広場の中央に歩み出た。まだ、永山筑登之親雲上の姿はない。

　宗棍が、ぽつんと広場の中央で待っていると、ようやく永山筑登之親雲上がやってきた。やはり、つまらなそうな顔をしている。

　立会人が言った。

「両者、よろしいか」

　宗棍はこたえた。

「ウー」

永山筑登之親雲上は、返事をしない。

立会人が「始め」を宣告する。

宗棍は、右手右足を前に構えた。前回の戦いでは、永山筑登之親雲上は、歩いて近づいてきた。そして、宗棍の周囲を円を描いて歩き続けたのだ。

宗棍はそれを警戒していた。だが、永山筑登之親雲上は、歩き出そうとはしなかった。構えもしない。ただ立っているだけだ。

これなら、先手を取れる。そう思った宗棍は、大きく歩を進めて、右の拳を打ち込んだ。そのとたんに、胸に衝撃を受けた。気がつくと、石畳の上にひっくり返っていた。永山筑登之親雲上から、はるか離れた位置だった。そんな場所まで弾き飛ばされたのだ。何をされたのかわからなかった。

そのとき、「体当たりだぞ」と誰かが言うのが聞こえた。仲本の声だと思った。

体当たりか……。それも親国の手なのだろう。永山筑登之親雲上は、宗棍の攻撃に合わせて、身を沈め、全身でぶつかってきたのだ。

まだ、胸に衝撃が残っていたが、宗棍はなんとか立ち上がった。倒れたままだと、立会人に「負け」を宣告されてしまう恐れがある。

宗棍は再び構えた。そして、思った。

なるほど、そういうことか。

照屋筑登之親雲上の教えを思い出した。

先手は出させるものだ。

永山筑登之親雲上は、どうやらその境地に達しているようだ。だから、宗棍がうかつに手を出せば、それに合わせて反撃できるわけだ。

先に動くのは悪手。それも、師の言葉だ。

先に手を出したほうが負ける。ならば、手を出さないことだ。だが、それでは勝負がつかない。お互いに睨めっこを続けるだけだ。

どうすればいい。宗棍は、考えた。

永山筑登之親雲上は、こちらが手を出すのを待っている。かかっていくのは、飛んで火に入る夏の虫だ。

永山筑登之親雲上は、先ほどと同様に、構えもせずに立っている。だが、それが誘いであることが、先ほどの反撃でわかった。

「なんだ？　かかってこないのか？」

永山筑登之親雲上が言った。「ならば、こちらから行こうか……」

すたすたと歩き出す。前回と同じ手だ。両手がひらりひらりと、舞のように翻っている。

宗棍は、大きく後ろに下がり、間合いを取った。だが、永山筑登之親雲上は、あっという間に間を詰めてくる。

一か八かだ。宗棍はそう思い、永山筑登之親雲上に合わせて同じように歩いてみた。

じっとしていると、永山筑登之親雲上は、宗棍の周囲を、円を描くように歩きはじめるだろう。ならば、同じ歩調で歩いてみようと思ったのだ。

すると、一点を中心に、二人が対峙しながら回りはじめる恰好になった。それで、永山筑登之親雲上の攻撃を封じることができた。

永山筑登之親雲上が言った。

「ふん。考えたな」

彼は足を止めた。また先ほどと同じく誘いの姿勢となった。

宗棍も足を止めて構えた。

振り出しに戻ったと、宗棍は思った。また手が出せなくなった。

戦いは常に、永山筑登之親雲上が支配している。宗棍はもてあそばれているかのようだ。

なんとかしなくては……。だが、どうすればいいのかわからない。先に手を出せば負けるとわかっているのだから、どうしようもない。

ぴたりと動きを止めてしまった二人に、立会人が言った。

「何をしておる。戦わぬか」

闘鶏《タウチー》で鶏をけしかけるようなものだ。

宗棍はそう思った。見物している人々や、御主加那志にしてみれば、タウチーと変わらないだろう。もしかしたら、タウチーのように賭けをしている人もいるかもしれない。

立会人が注意しても、永山筑登之親雲上は、平気な顔をしている。一方、宗棍は、何かしなければと、必死に考えていた。

さすがに、王府内で行われる御前試合なので、野次《やじ》を飛ばすような者はいない。だが、見物人たちがざわざわしているのがわかり、宗棍はあせりを感じた。

そのとき宗棍は、永山筑登之親雲上がただ立っているだけでないことに気づいた。ごくわずかだが、彼の足が動いていた。

一寸に満たない動きだ。だが、たしかに彼の足は小刻みに前後していた。

間合いを計っているのだと、宗棍は気づいた。動いていないように見えた永山筑登之親雲上は、実は常に動いていたのだった。だから、相手の攻撃に遅れずに合わせて反撃することができるのだ。

一所《ひとところ》に居着いていてはならない。宗棍はそれを悟った。そして、宗棍もじりじりと足を動かした。ほんのわずかだが、出たり引いたりを繰り返す。

そうすることで、相手のどんな速い攻撃にも対処できるような気がした。すると、すとんと気分が落ち着いた。来るなら来い。そういう気分になった。

気持ちに余裕ができたからだろうか、また照屋筑登之親雲上の言葉を思い出した。

勝つことと、負けないことは違う。それは武術の本質に関わることだ。照屋筑登之親雲上はそういう意味のことを言った。

それが今、理解できた気がした。

そうか。勝とうとする必要はない。負けなければいいのだ。

先に手を出せば負けるとわかっている。だから、互いに手を出せない。ならば、そのまま手を出さなければいいのだ。そうすれば、両者とも負けずに済む。

立会人が、苛立った様子で再び言った。

「上様の御前であるぞ。ちゃんと戦え」

それでも二人は手を出そうとはしない。

宗棍は、攻撃しようとは思っていない。だが、永山筑登之親雲上が何かを仕掛けてきたら、その瞬間に対処する準備はできている。打ちかかってこようが、歩いて近づいてこようが、同じだ。

永山筑登之親雲上の表情が変わった。それまで、退屈そうな顔をしていたのだが、ふと興味を覚えたように宗棍を見つめた。

それからしばらく、二人は対峙したままだったが、やがて、永山筑登之親雲上が、すっと後ろに下がった。闘気が消えるのを感じた。

永山筑登之親雲上が言った。

「ふん。ヤーがこれほどやるとはな……」

立会人が、驚いた顔で言った。

「これ、まだ戦いをやめろとは言っておらんぞ」

永山筑登之親雲上が、宗棍を見たままそれにこたえた。

「勝負はつかん」

「ばかを言うな。どちらかが勝つまでやるんだ」

「そうすれば、どちらかが大怪我をする。死ぬかもしれない。ワンは死にたくはない」

「負けを認めるということか？」

「いや……」

永山筑登之親雲上は、立会人を見た。「負けは認めない。だが、勝てるとも思わない」

「何を言うておる……」

永山筑登之親雲上が、宗棍を見た。

「勝負は時の運。ヤーもそう言っていたな」

宗棍は、ようやく構えを解いた。そして、言った。

「おっしゃるとおりです」

立会人が怒りを露《あら》わにした。

「勝手に戦いをやめるなど、許されることではない。さあ、続けろ」

そのとき、御主加那志のお付きの者が声をかけた。立会人がそちらを見た。

「引き分けでよいとの、上様の仰せだ」

それを聞いて、立会人が言った。

「では、引き分けとする」

永山筑登之親雲上は、つまらなそうな顔に戻っていた。彼は御主加那志に礼をすると、試合場を去っていった。

宗棍はどうしていいかわからず、その場に立っていたが、やがて、御主加那志が席を立ったのが見えた。これでよかったのだろうか。そう思いながら、宗棍は礼をした。

15

その夜、宗棍が稽古に行くと、照屋筑登之親雲上が言った。

「試合を見たぞ」

「結局、手が出せませんでした」

「そして、手を出させなかった」

「まあ、そうですが……」

「それでいいんだ」

「勝たなくても、負けなければいいと……」

「そういうことだ」

「でもそれでは、世の中、誰も納得しませんよね」

「カミジャー、武術とは何だと思う?」

「戦のための術です」

「そうだ。では、戦とは何だ?」

「殺し合いですか?」

「たしかに殺し合いだ。だが、ただ殺すだけでは、勝敗を決することはできない。いいか。戦というのは数だ」

「数……?」

「国と国とが戦をしたときに、生き残った兵が多いほうが勝ちになる。だからな、生き残ることが兵法《ひょうほう》だ。負けなければそれでいいのだ。それが武術の本質だ」

「はあ……」

「一対一で勝ち負けを決めるのは、闘鶏《タウチー》などの見世物だ」

武術と見世物の違い。なるほど、その説明はわかりやすいと、宗棍は思った。

照屋筑登之親雲上が言った。

「先手を出させるということが、少しはわかったようだな」

「はい」

「では、やってみなさい」

その日も、照屋筑登之親雲上と向かい合って稽古が始まった。試合のときのように、相手の攻撃の出鼻をくじこうと思った。

だが、ことごとく、照屋筑登之親雲上の攻撃を食らってしまった。

「どうした、カミジャー」

「なぜでしょう。先生の攻撃を封じることができません」

照屋筑登之親雲上は笑った。

「まだまだだな」

悔しいが、そのとおりだと思った。

「では、馬歩《まほ》と鉄牛耕地《てつぎゆうこうち》をやってから帰りなさい」

照屋筑登之親雲上が縁側に上がった。先生と自分の違いは何だろう。宗棍はそんなことを考えていた。


翌日、手の指南に、広間に上がったとき、宗棍は御主加那志に言われた。

「永山をやっつけてくれるものと、期待しておったのだが……」

「申し訳ありません」

「なぜ、手を出さなかった」

「先に手を出していたら、負けていたでしょう」

「それは、永山も同じだったわけだな？」

「左様にございます」

「それでも勝ってほしかった」

「畏れながら、申し上げます」

「だから、そういう前置きはいいと言ってるだろう。何だ？」

「国と国の戦の勝敗は、数で決まります」

宗棍は、昨夜照屋筑登之親雲上から聞いた話を、御主加那志に伝えた。話を聞き終わった御主加那志は言った。

「そんなことはわかっておる。私を誰だと思っているんだ」

宗棍は深々と頭を垂れた。

「恐れ入ります」

「でも、まあ、カミジャーの言うとおりだ。つまり、永山に負けなかったということは、兵法としては正しいわけだ」

「仰せのとおりにございます」

「わかった。では、ワンを誰にも負けないようにしてくれ」

「心して務めさせていただきます」

「おまえは、だんだん東風平親雲上みたいになってきたぞ。ただ、ウーと言えばいいんだ」

「心得ましてございます」

「だから、ウーと言え」

宗棍は、徐々に御側守役にも慣れていき、御主加那志の武術指南も順調に進んでいた。そして、二年の月日が過ぎた頃だった。

御主加那志が、手の稽古を休むことが多くなった。もともと、外出することなどほとんどないのだが、人前にお出ましになることも、めっきりと少なくなっていた。

今では、控えの間も内装が整い、掃除も行き届いて、すっかり居心地がよくなっている。御主加那志のお呼びが減ったので、宗棍はその部屋で暇を持て余すことが多くなっていた。

礼儀作法の講習はすでに終了していたが、今でも時折、東風平親雲上が訪ねてくる。その日も、午後になって訪ねてきた。暇なので、話し相手ができるのはありがたかった。

「上様は、お加減がよろしくないようです」

東風平親雲上にそう言われて、宗棍は気がかりだった。

「やはりご病気ですか」

「そのようです」

「どこがお悪いのですか？」

「お体というよりも、心の病だということですが……」

「心気を病んでおられるということですか」

東風平親雲上は、うなずいた。

「お勤めも滞りがちだという話ですが……」

宗棍は、ふと気になって尋ねた。

「そう言えば、永山筑登之親雲上は、その後どうしています？」

「なんだ……。あなた《ウンジュ》は知らないのですか？」

「ほとんど、この部屋に籠もっておりますので、城内の沙汰にも疎くなります」

「永山筑登之親雲上は、今、親国の柔遠駅《じゅうえんえき》にいます」

「柔遠駅……。福州の琉球館ですね」

「そう。赴任したのが半年前ですから、そろそろ戻ってきてもいい頃なのですが……。なにせ、本人は帰りたがっていない様子です」

「親国の手を学んでいるのでしょうね」

「まったく、やりたい放題です」

「そうですか……」

宗棍の照屋筑登之親雲上のもとでの稽古も、二年以上に及ぶ。最近では、宗棍も親国の手をそこそこ使えるようになっている。

親国では、「套路《トウロ》」と呼ぶ一連の動作が最も重要だと、昔チルーから聞いたことがあった。だが、照屋筑登之親雲上は套路を指導することはなかった。向かい合って、実戦的な技を稽古する。

照屋筑登之親雲上は、そのほうが有効だと考えているようだった。だから、宗棍も御主加那志に、そのように指南していた。

それから、しばらくしたある日、久しぶりに御主加那志からお呼びがかかった。その日は調子がいいので、手の稽古をしたいということだった。

さっそく広間にやってきた宗棍は、やつれた御主加那志の姿に驚いた。宗棍を見て、御主加那志が言った。

「なあ、カミジャー。もし、ワンが隠居しても、ヤーはワンに仕えてくれるな」

「上様の仰せのままにいたします」

「なんだ、ワンが隠居すると言っても、ちっとも驚かないのだな。つまらん」

「御主加那志は太陽の子であらせられます。隠居なさったとしても、それに変わりはありません」

「太陽の子か。そんなことはない。ワンの親は人間だった」

「いえ、上様のお父上《ターリー》も、太陽の子であらせられました」

「いや、ターリーも人間だったし、ワンも人間だ。だから、病気にもなる」

その言葉が宗棍の気分を暗くさせた。

「でも、上様は、とてもお元気そうです」

「こうして人と会うときは、調子がいいときだ。調子が悪いときは、ヤーにも会わない」

なるほど、心気を病むというのは、そういうことなのかと、宗棍は思った。

「手の稽古は、心身を安らかにする役にも立ちます」

「本当だな？」

「ウー」

「では、その言葉を信じて、手の稽古を続けよう」

御主加那志の言葉は現実のものとなった。道光八年（一八二八年）に、尚灝王《しょうこうおう》は隠居し、長男の尚育《しょういく》が摂政《せっせい》となった。

宗棍は、相変わらず毎日登城していたが、ある日、尚灝王からのお召しがあり、移転先を訪ねることになった。

隠居した尚灝王は、棚原《たなばる》と呼ばれるあたりに居を構えた。宗棍は初めて訪れる土地だ。行ってみると、鬱蒼《うっそう》とした林が続く。何でも、棚原は杣山《そまやま》だという。杣山というのは、王府御用木を切り出すための山林だ。さらに、棚原には茶園があり、そのあたりは、茶山《チャーヤマ》と呼ばれているらしい。茶園では、親国伝来の種類も含めた多種の茶葉が栽培されている。

その近くに千原《せんばる》という小さな村落があり、茶園を管理する者が住んでいるということだった。

首里《しゅり》とはまったく違う山村だ。御主加那志は、どうしてこんなところでお暮らしになろうと思われたのか……。宗棍はそんなことを思いながら、屋敷を訪ねた。

その屋敷も、とても御主加那志が住むところとは思えなかった。藁葺《わらぶ》きの田舎家だ。

「おう、カミジャー。よく来たな」

御主加那志が宗棍に言った。宗棍は、膝をつき、挨拶をした。

「ご機嫌麗しゅうございます」

「なあ、カミジャー。ワンは隠居したんだ。本当に、そういう挨拶は抜きでいい」

お側に仕えてきたので、御主加那志のこういう言葉が本音であることが、すでに宗棍にはわかっていた。御主加那志は、堅苦しいのが嫌いなのだ。

宗棍は立ち上がった。

「わかりました」

「道中、どうだった？」

「首里からは、ずいぶん遠いと思いました」

「遠いからいいのだ。ここに来てからは、体の調子もいい」

「それは、何よりです」

「最近、何か面白いことはないか？」

「は……？　面白いことですか？」

「そうだ。ここはのんびりしていていいのだが、なにせ退屈だ」

「退屈ですか……」

「そうだ。だから、首里などの面白い話を聞かせてくれ」

「いやあ、ワンも家とお城を往復するだけですし、夜は照屋筑登之親雲上のお宅で手を習うだけですから……」

「ヤーは、つまらんやつだな」

宗棍は、少々むっとした。呼びつけられて、この言いようはないだろうと思ったのだ。

「自分ではつまらないとは思っておりません。充実した毎日を送っております」

「いやいや、そういうことではない。今度来るときには、何か面白い話を聞かせてくれ」

「はあ……」

今度はいつお召しがあるのだろう。「ともかく、手の稽古を始めましょう。日が暮れると、首里に戻れなくなるかもしれません」

「今度から、馬車で来ればいい」

「ワンにそんな贅沢《ぜいたく》は許されませんよ」

「王の用だ。気にすることはない」

「気にします」

「ああ、もう、好きにせい」

「ウー。そうさせていただきます」

それから、宗棍は何度か棚原の隠居屋敷を訪ねた。

最初の訪問から次のお召しまでは七日の間があった。その次は、間が五日になり、さらには三日に縮まった。そして、ある日、御主加那志は言った。

「いちいち使いの者に呼びに行かせるのも面倒だ。カミジャー、登城などせんでいいから、こっちに通ってこい」

「上様の仰せとあらば、そういたします」

「遠くて嫌だと思っておるのだろう」

「いえ、そのようなことはございません」

「最初に参ったときに、そう言ったではないか。遠いと言うが、首里から辻《つじ》までとそう変わらんだろう」

「上様は、辻をご存じですか？」

辻は遊郭などが軒を並べる歓楽街だ。まさか、御主加那志が知っているとは思わなかった。

「話には聞いておる。国のことなら、何でも知っているつもりだ」

「恐れ入りました」

「では、明日から、こちらに通え」

首里から棚原まで一里あまりある。毎日行き来するのは、さすがに楽ではない。晴れの日ばかりではない。雨の日の山道は辛い。

だが、御主加那志が言ったとおり、首里から辻までの距離と大差ない。辻まではみんな、平気で歩いて行くのだ。そう思えば、どうということはない。

それから毎日、宗棍は一里あまりの道を往復することになった。宗棍が訪ねると、御主加那志は必ずこう言った。

「何か、面白い話はないか」

そのたびに宗棍は、城内や市中で聞いた話を伝える。これが毎日となると、なかなかたいへんだ。

　ある日のこと、御主加那志が言った。

「最近、民はワンのことを、『坊主御主《ボージウシュー》』と呼びはじめたらしいな」

「あ、ご存じでしたか」

　髪を短く刈っているせいだろうか。あるいは、隠居したたたずまいが僧侶《そうりょ》のようだからだろうか。人々は、御主加那志をそう呼ぶようになっていた。

　御主加那志が言った。

「ワンは気に入ったぞ」

「ボージウシューという呼び名がですか？」

「民はワンを身近に感じてくれているということだろう」

　たしかに御主加那志の言うとおりだと、宗棍は思った。愛称をつけるというのは、親近感を抱いているからだろう。

「武士松村の噂も聞いておる」

「はあ……。棚原におられるのに、よく世間の噂をご存じですね」

「なにしろ退屈しておるから、人の話を聞くのだけが楽しみでな。武士松村にかなう者はいないという噂ではないか」

「噂には尾ひれがつくものです」

「いやいや、城内でも評判が高いようだ。ワンが見込んだだけのことがある」

「上様が……」

「当たり前だろう。守役を選ぶ試合に、ヤーを出させろと言ったのはワンだ」

「しかし、当時は出仕したばかりのワンを、どうして上様がご存じだったのでしょう」

「仲本と勝負をした話を聞いた。そして、勝ったのは照屋筑登之親雲上から手を習っている者だと……。それは面白いと思った」

なるほど、御主加那志は昔から情報通だったのだ。

「すべては上様の思し召しでしたか……」

「それが今や、武士松村と呼ばれるまでになった。あっぱれだ」

「恐れ入ります」


棚原に通いはじめて一年が過ぎた頃、宗棍はヤマトに出張を命じられた。薩摩《さつま》にある琉球館への長期出張だ。

薩摩の琉球館には、在番親方とその補佐役が数名詰めている。また、薩摩側も聞役《ききやく》と呼ばれる役人らが勤務していた。

薩摩琉球館は、島津《しまづ》藩と琉球王府の連絡や調整の場として設けられたが、実情は島津藩の貿易のための施設だった。当時ヤマトでは、海外との交易を公儀が独占していた。諸侯が勝手に交易することは、厳しく禁じられていた。

薩摩は、琉球が親国とさかんに交易しているのに眼をつけ、それを利用して財を成そうとした。琉球を支配し、親国と取り引きをさせて、その収益を吸い上げようと考えたのだ。そして、それを実行した。琉球館はその支配の象徴でもあった。

今回、在番親方の交代に際して、宗棍は護衛役を命じられたのだ。

それを告げると、御主加那志が言った。

「なるほど、武士松村に白羽の矢が立ったか」

「そういうわけで、しばらくお側に参るわけにはいかなくなりました」

「尚育め。ワンからカミジャーを取り上げるつもりだな」

「いえ、上様。これは公務ですから……」

御主加那志が笑った。

「冗談だ。本気にするな。しかし……」

ふと、表情を曇らせる。「薩摩琉球館では、辛い思いをするかもしれん」

それは、宗棍も覚悟していた。ヤマトの士族たちは、琉球人を人と思っていない。支配する側とされる側の立場は、はっきりしているのだ。

宗棍は言った。

「辛いことには慣れております」

「それは、ワンの守役のことを言っているのか」

「決してそうではありません」

「だから、冗談だ。いちいちむきになるな」

「実は、楽しみにしていることもあります」

「なんと、薩摩琉球館が楽しみだって？　それは驚きだな」

「ヤマトのサムレーの剣術に興味があります」

「ほう……。剣術か……」

「私《ワッター》たちに手があるように、ヤマトのサムレーには剣術があります。そして、その理合いは長年にわたり工夫され研ぎ澄まされていると聞きます」

「なるほど……。たしかに、琉球館はただ搾取されるだけではなく、ヤマトの文化を取り入れる窓口にもなっている。在番の役人で剣術を学んだ者もいるという」

「ウー。ワンも、なんとかその機会を見つけたいと思います」

「それはいい。カミジャー、そうすれば、ヤーはますます立派な武士になるな」

16

道光九年（一八二九年）、宗棍は、在番親方一行の一員として薩摩に向かった。沖縄《ウチナー》を出るのは、これが初めてだ。これまで味わったことのない、興奮と不安を感じていた。

未知のものに触れるというのは、こういうことか。宗棍は胸を熱くしていた。

那覇《なは》に在番奉行所があり、そこに駐在する薩摩の士族を見かけたことはあった。しかし、これからは周囲がみな薩摩の人々なのだ。そう思うと、恐ろしくもあったが、なんとしても立派に役目を果たさねばと、宗棍は思った。

薩摩の景色は、沖縄とはずいぶんと違っていた。建物の様式が違うし、役所の中も首里王府とはまったく異なっている。首里王府では、履き物を着けたままでいることが多かったが、こちらでは、必ず履き物を脱いで廊下に上がる。

生活するのも、仕事をするのも、畳を敷いた座敷だ。畳自体は沖縄のものとそれほどの違いはない。

というか、沖縄の畳はもともと、薩摩が持ち込んだものだと聞いたことがある。薩摩が侵攻してくるまで、沖縄の人々は、親国のような生活をしていたのだ。

在番親方の赴任の儀式は滞りなく終わった。補佐役の王府のサムレーは全部で六人だが、そのうち、半分だけが入れ替わる。事情を知っている者を半分残すことで、引き継ぎが円滑に行われるのだ。

宗棍は、在番親方の護衛役だが、琉球館内にいるときはやることがない。そして、在番親方はたいてい琉球館の中にいるのだ。

島津藩との取り引きの仕事は、なかなか忙しいようで、宗棍の相手をしてくれる同郷人もいない。これなら、ヤマトの剣術を学ぶ機会はありそうだ。

薩摩のサムレーが、沖縄人《ウチナンチュ》に剣術を指南してくれるとは思えない。ならば、盗むのだ。どこかで稽古しているのを盗み見て、見取るしかないと、宗棍は考えた。

薩摩琉球館にやってきてから数日が過ぎて、生活にも慣れはじめた頃、宗棍は、ヤマトの役人たちの酒盛りに呼ばれた。

宗棍だけではなく、新たにやってきた三人の沖縄のサムレーもいっしょだった。そろそろ来る頃だと思っていたと、宗棍は、心の中でつぶやいた。親睦のためということだが、そんなのは口実だ。酒の席で、沖縄人を笑い者にし、あるいはいたぶって楽しもうというのだ。

薩摩のサムレーは三人いた。いずれも、いかつい顔をしたいかにもヤマトのサムレーらしい連中だ。彼らはすでに、かなり酒が入っている様子で、赤い顔をしている。

宗棍たち四人の沖縄人にも酒が振る舞われた。沖縄の酒《シマー》とは違ったイモの匂いがする酒だった。

薩摩人の一人が言った。

「王府の士族ともなれば、音曲の心得もあろう」

沖縄人のサムレーは誰もこたえない。薩摩人が言う。

「酒宴の余興に、何かやってくれんか」

別の薩摩人が言う。

「やはり、南洋の未開の島では、音曲のような高尚なものは無理なのではないか」

薩摩言葉なので、よくわからないが、おそらくそのようなことを言っているのだろう。

それでも沖縄人たちは何も言わない。王府を出発する前に、くれぐれも薩摩人の挑発に乗らないようにと、注意を受けていたのだ。

うっかり挑発に乗って逆らうと、簡単に斬《き》り殺されてしまうというのだ。そういう被害にあった者が過去に何人もいたようだ。

沖縄在番の薩摩のサムレーたちも、無闇《むやみ》に刀を抜く。沖縄人は些細《ささい》なことで斬り殺される。殺害されても、文句は言えない。常に泣き寝入りだ。支配されるというのは、そういうことだ。

南洋の未開の島と、薩摩人は言ったが、それはずいぶんな勘違いだと、宗棍は思った。こちらは、清国《しんこく》にもちゃんと認められた王に仕える身だ。彼らは、ヤマトの諸侯の家臣でしかない。

本来の身分は、沖縄のサムレーのほうがはるかに上だ。だが、それを説明しても理解できるような連中ではないだろう。島津の殿様と彼らは言うが、どうせ沖縄を利用して金を儲けることしか考えていないような田舎のサムレーだ。

このまま黙っていても、嫌がらせは終わらないだろう。そう思い、宗棍は言った。

「琴なら、多少の心得があります」

薩摩人が言う。

「ほう、琴か。どら、聞かせてみろ」

沖縄のサムレーの一人が持っていたものを用意した。

「では、失礼いたします」

宗棍がその琴の前に座り、演奏を始めた。実は、これも東風平親雲上から習ったものだ。東風平親雲上は、計算高く油断できない人物だが、たしかに役に立つことを教えてくれる。

薩摩人たちは、小ばかにしたような顔で、宗棍の琴を聞いていたが、そのうちの一人が立ち上がり、宗棍の後ろに回った。

残った二人は、にやにやと笑っている。沖縄の仲間たちが息を呑《の》む気配がした。

次の瞬間、何かが宗棍の体をかすめた。激しい音がして、琴が真っ二つになっていた。

後ろに回った薩摩人が、剣を抜いて振り下ろしたのだ。

たった一太刀で、琴が両断だった。すさまじい威力だ。宗棍は、ぞっとするより、感心していた。

見物していた薩摩人が言った。

「どげんした。恐ろしくて声も出らんか」

もう一人が言う。

「腰でも抜かしたか？」

宗棍は琴を弾く姿勢のまま動かなかった。「腰を抜かしたか」と言われて、姿勢を正し、言った。

「今の太刀筋では、琴は斬れても人は斬れませんね」

その一言で、前にいる二人の笑顔が消えた。彼らは、宗棍を睨みつけたが、宗棍はひるまず見返していた。

背後で剣を持っている男が言った。

「斬れぬかどうか、やってみろか」

宗棍は、姿勢を変えず、正面の二人を見据えていた。

やがて、そのうちの一人が言った。

「やめておけ、斬ってもつまらん」

背後の男が言う。

「しかし、島のやつらになめられたままでは……」

「いいから、剣を納めろ」

しばらくして、チンと金属が触れ合う音がした。納刀のときに鐔《つば》が鳴ったのだろうと、宗棍は思った。

正面にいた男が言った。

「ふん、酒が冷めた。飲み直しだ。ワイタッはもういい」

ワイタッというのが、おまえたち《ヤッター》の意味だと、宗棍は理解し、沖縄の仲間たちと、さっさと退散した。

沖縄のサムレーの一人が言った。

「さすがは、武士松村だ。斬りつけられても、まったく動揺しなかったな」

別のサムレーが言う。

「薩摩のやつらも驚いた様子だった。いやあ、胸がすっとしたぞ」

宗棍は言った。

「しかし、あの一太刀の威力には、さすがに驚きました。なかなか琴を真っ二つにできるものではありません」

「示現流《じげんりゅう》というのだ」

「名前だけは知っておりましたが、実際に見たのは初めてです」

「武士松村がいれば、示現流など恐れるに足らん」

いや、その示現流を学びたいのだが……。宗棍は、そう思いながら黙っていた。

その夜から、琴を両断した剣のすさまじい威力が頭を離れなかった。恐怖ではない、興奮していたのだ。どんな鍛錬をすれば、あれほどの威力を発揮できるようになるのか。それを考えると、眠れなくなった。

剣術の稽古を盗み見るつもりでいたが、沖縄人たちは琉球館を簡単に離れることはできない。ほとんど幽閉されているようなものだ。

どこで剣術の稽古をしているのかも知らない。これでは、技を盗むことなど不可能だ。何か方策はないものか。宗棍は、必死に考えていた。

その機会は、意外と早くやってきた。

ある日、一人の薩摩人が琉球館を訪ねてきて言った。

「先日、酒席で琴を奏でたのはどのっさあかな?」

琴を奏でたのは誰かと訊いているのだ。それを聞いて、宗棍は名乗り出た。

「私です。松村筑登之親雲上宗棍といいます」

「ああ、そのチクドンなんたらとか、オエカタとかいうのがよくわからんが、琉球の役職なのだな」

「はい」

「松村というのか?」

「そうです」

それからその人物は、しげしげと宗棍を見つめた。値踏みされているようで、いい気分ではなかった。

その薩摩のサムレーは、これまで見た連中とはちょっと違っていた。くつろいだ雰囲気で、隙だらけに見えるのだが、なぜか威圧感がある。

彼が言った。

「ちっと、そこずい来っくれ」

ちょっと、そこまで来てくれということだろう。宗棍はこたえた。

「私たち、沖縄人は、琉球館を離れることはできません」

相手は、しばし、宗棍の顔を見入っている。言葉が理解できないのかもしれない。おそらく彼の耳にはこう聞こえているはずだ。

「ワッターウチナンチュは、琉球館あーきいんことーないびらん」

話を聞いていた、居残り組の仲間が話の内容を伝えてくれた。すると、相手は言った。

「気にすっこっはない。オイと来れば心配《せわ》ない」

「はあ……」

要するに、案ずることはないのでついてこいということだと、宗棍は理解し、言われたとおりにしようと思った。逆らうと問題になるかもしれない。それは困る。

琉球館の裏手にちょっとした広場がある。その人物は、宗棍をそこに連れていった。にこにこと笑っている。

「そけ、立っていろ」

そこに立っていろと言っている。宗棍は言われたとおりにした。サムレーは、一間ばかり離れたところで宗棍と向かい合った。相変わらず笑顔だ。

ひゅんという鋭い音がした。

見ると、サムレーは剣を真っ向から振り下ろしていた。いつ抜刀したのか、いつ振りかぶったのか、いつ振り下ろしたのか、まったくわからなかった。

両手で剣を振り下ろした恰好のまま、サムレーは言った。

「ほう……。話に聞いたとおりだ。いや、それ以上か……」

薩摩言葉だが、そのようなことを言ったのだと、宗棍は理解した。

さらに彼は言った。

「片足を引いて、はすになり、なおかつ間合いを外した……」

サムレーは抜いたときと同様に、見事な速さで納刀した。

言われて気づいたが、宗棍は、左足を後ろに引いていた。無意識に体が動いたのだ。

宗棍は、警戒していた。酒宴で恥をかかせたことへの意趣返しかと思った。

向こうは刀を持っている。しかも、かなりの使い手だ。こちらは手を修得しているとはいえ、勝ち目はない。刀というのはそれくらいに恐ろしい武器だ。

サムレーにはまったく緊張した様子がない。抜刀したときも、納めたときも、ずっとくつろいだ恰好のままだった。それが彼の剣の実力を物語っている。

「こいつは、失礼した。話を聞いて面白いやつだと思い、ちっと、試させてもらった。オイの名前は、伊集院《いじゅういん》弥七郎《やしちろう》」

「伊集院弥七郎殿ですか」

「琉球の武術をやっておるのだな?」

どうやら、意趣返しではなさそうだった。

「ウー。ワッターは手と呼んでおります」

「ワッターというのは、オイドンという意味だな。オイは、その手とやらに興味がある」

宗棍はこたえた。

「ワンも、薩摩の剣術に興味があります」

「よか」

伊集院弥七郎は言った。「明日また、迎えに来っ」

「迎えに……?」

「おお。ちょうど今時分でよかな」

「はあ……。どうせ暇ですが……」

「では、明日……」

弥七郎は、宗棍に背を向け歩きかけて、ふと足を止めた。振り向いて彼は言った。

「時に、ワイはいくつや?」

「は? ワンの年ですか?」

「おお、そうじゃ」

「二十一歳になりますが……」

「ふうん、そうか……」

「それが、何か……？」

「いやあ、ワイはヨカニセどんじゃ」

弥七郎は歩き去った。

しばらく、その後ろ姿を見送っていた宗棍は、ぶるっと身震いした。

先ほどの弥七郎の太刀さばきを思い出したのだ。もし、もう一尺、いや五寸ほど間合いが近かったら、宗棍は縦に斬り裂かれていただろう。

弥七郎には斬るつもりがなかった。だから、無事だったのだ。恐ろしい剣だ。宗棍は身をもってそれを感じた。そして、それを学んでみたいと思った。

琉球館に戻ると、二人の仲間が心配して駆け寄ってきた。

「無事だったか？」

「何をされたんだ？」

宗棍はこたえた。

「話をしただけです」

「どんな話だ？」

「ワンは、ヨカニセどんだと言われましたが、どんな意味でしょう」

二人は顔を見合わせた。そのうちの一人は、居残り組なので、薩摩言葉に通じていた。

彼が言った。

「それは、いい男だという意味だ」

なるほどニセは青年の意味で、沖縄でもニーセーあるいはニーシェーと言う。

もう一人の仲間があきれたような顔で言う。

「なんだ？　気に入られたのか？」

「そういうことではないと思いますが……」

本当に、伊集院弥七郎は、明日またやってくるだろうか。宗棍はそれが楽しみだった。


翌日もやはり、宗棍はやることがなかった。そろそろ弥七郎がやってくる頃だと思うと、落ち着かなくなった。迎えに来るというのは、口だけだったのではないか。

薩摩のサムレーが沖縄人に剣術を見せるというのも、なんだか話がうま過ぎると思った。そして、はっと気づいた。

沖縄の手を探る口実なのではないか。

手の稽古は、他人に見られないように、日が暮れてから暗闇の中で行う習わしだった。薩摩に支配されるようになり、その傾向はいっそう強まった。決して薩摩に手を知られてはならない。それが沖縄の武士たちの共通の思いなのだ。

だから、薩摩のサムレーは手のことをよく知らない。国許《くにもと》に報告するために、在番奉行が手について調べたことがあったようだが、沖縄武士たちは表面的なことだけを伝え、本質は決して教えなかった。

弥七郎は、手に興味があると言った。こちらから一方的に手について探り出し、示現流については何一つ教える気などないのではないか。

そう思い当たると、楽しみな気持ちなど吹っ飛んだ。なんとか、誘いを逃れる方法はないものか。そう思う一方で、やはり、示現流の稽古を見てみたいという気持ちもある。

宗棍は珍しく迷っていた。

「ごめん、松村宗棍殿はおいでか」

玄関で声がする。間違いなく弥七郎の声だ。

約束どおりやってきたのだ。

ええい、なるようにしかならん。

宗棍は、開き直った気分で玄関に出た。

「お迎え、恐縮に存じます」

「おお、今日はしおらしかようじゃな。さて、行こうか」

「ウー」

宗棍は、おとなしくついていくことにした。

弥七郎は、相変わらずくつろいだ雰囲気だ。

どこか稽古場に行くのだろうと思ったが、どんどん人里から離れていくような気がする。宗棍は尋ねた。

「どこに向かっているのですか？」

弥七郎は、のんびりした風情でこたえる。

「よかで、ちてきやんせ」

いいからついてこいと言っているようだ。やがて、二人は海岸に出た。広い砂浜だった。

　宗棍は思わず尋ねた。

「海岸で何をするのですか？」

弥七郎は、砂浜の一角を指さした。

「あれが見ゆっか？」

砂浜に太い棒が突っ立っている。宗棍は言った。

「杭《くい》か何かですか？」

「まあ、見ちょれ」

弥七郎が、その杭のようなものに近づいた。そばに棒っきれが落ちている。ちょうど刀ほどの長さだ。それを拾うと弥七郎は、右肩に構えた。

肩から棒が突き出ているように見える。棒の先は天を指している。

弥七郎の口から、奇妙な声がほとばしった。

「チィ、チィ、チィ……。チェストー」

叫びながら、右肩に構えた棒を、砂浜に立っている棒に激しく打ちつける。棒は何度も何度も、すさまじい速さで打ちつけられた。

その様は、迫力というより狂気を感じた。それくらいに、激しい勢いだった。

宗棍は、ぽかんとその様子を眺めていた。ようやく、弥七郎は打撃をやめた。あれほど激しく打撃を繰り返していたのに、息も乱れていなければ、汗もかいていない。

弥七郎が言った。

「こいが、立木打ちだ」

「たちきうち」

「そうじゃ。示現流ん基本や。どら、やってみやんせ」

「この棒で、立木を打つのですね？」

宗棍は棒を握った。ごつごつとした枝でしかない。弥七郎が言う。

「右肩んところに立てて構える。蜻蛉《とんぼ》っちいう」

「トンボですか……。こうですか？」

「ワイは剣術ん心得がなかとな？」

「ウー。手だけで、剣はやりません」

「そうか。まあ、持ち方なんぞは適当でよか。とにかっ、力一杯、打て」

「ウー」

宗棍は、弥七郎がやっていたのを思い出しながら、真似をしてみた。弥七郎の声が飛んでくる。

「もっと、速く、強く」

「ウー」

宗棍は、必死で棒を振り下ろした。たちまち息が上がった。そして、腕が疲れてしまった。だが、やめるわけにはいかない。弥七郎は、もっと速く激しく、しかも長時間、打撃を繰り返していた。音を上げるのは悔しかった。

弥七郎が笑った。

「よかよか。そのへんにしちょけ」

言われて、宗棍は打撃をやめた。棒をだらりと下げて、肩で息をしていた。たちまち汗が噴き出てくる。

「さすがに手ん達人だけあっ」

宗棍は息を切らしながら言った。

「ワンは、達人ではありません」

「琴ん一件では、達人んたたずまいやったち聞いたぞ」

「まだまだ修行中の身です」

「まあよか。まずは、この立木打ちをやれ。朝夕、死に物狂いで斬りつけっとじゃ」

「この立木を使うのですね」

「そうじゃ」

「いつも、こんな砂浜で稽古をされるのですか？」

「ん？　うんにゃ。別にちゃんとした稽古場がある」

「では、どうして、ここで稽古を……？」

「面倒臭い」

「何がですか？」

「琉球人に家中ん御留流《おとめりゅう》を教ゆっんを、ごちゃごちゃ言うやつらもおっ」

「それで、人のいない海岸で……。でも、すぐに誰かに見つかりますよ」

「かまわん。そんときはそんときじゃ」

「はあ……」

細心なのか大胆なのか、よくわからない人だと、宗棍は思った。

「よかか？　このユスノキがぼろぼろになるまで、稽古せえ」

「ぼろぼろになるまで……？」

「まあ、いっき、そうなっじゃろう。明日、何本か持ってきてやろう」

そう言うと、弥七郎は宗棍に背を向けて歩き出した。もと来た道をぶらぶらと戻っていく。

稽古を見ていてくれるわけではないのだ。それが照屋筑登之親雲上とは違うと、宗棍は思った。

弥七郎がユスノキと呼んだ棒を見た。ずっしり重い枝だ。とにかく言われたとおりにやろう。宗棍は蜻蛉に構えた。

沖縄人に御留流の剣術を教えることに文句を言う者たちがいると、弥七郎が言っていた。ワンが立木打ちをしているところを誰かに見られたら、面倒なことになるのではないか。

宗棍は、そんなことを思いながら、ユスノキを蜻蛉の構えから振り下ろしていたが、そのうちにすっかり熱中してしまった。

どうやっても、弥七郎のように鋭く、なおかつ力強く打ち下ろすことができない。宗棍は汗まみれになって棒を振りつづけた。

気がつくと、あたりが薄暗くなっていた。知らないうちにずいぶんと時が経っていたのだ。宗棍は手にしたユスノキの棒をどうしようか迷った。

稽古に使った得物なのだから、持って帰るべきかもしれない。それが武術家としての常識だ。だが、宗棍は浜に置いていくことにした。

持って帰って薩摩の聞役に見つかりでもしたら、面倒なことになる。宗棍は、ユスノキを立木のそばに放置したまま、琉球館に向かった。

戻った宗棍を待ち受けていたように、声をかけてきた者があった。

「また、あの薩摩のサムレーに呼ばれたのだな。いったい何の用だったのだ？」

昨日、弥七郎と宗棍の会話を聞いていた居残り組の男で、名は宮平良世《みやひらりようせい》といい、位は筑登之親雲上だった。

宗棍よりも十歳ほど年上だが、何かと気にかけてくれる。彼は、薩摩での暮らしが長いので、いろいろと教わることができるのでありがたいと、宗棍は思っていた。

宗棍はこたえた。

「ああ、別にたいした話ではありませんでした」

「あなたは狙われているのかもしれない。気をつけることだ」

「命を狙われるようなことをした覚えはありませんが……」

宮平筑登之親雲上は、言いづらそうに表情を曇らせた。

「そういうことではない」

「は……? では、どういうことでしょう」

「薩摩はな、衆道《しゅどう》が盛んなことで知られてる」

「衆道? 男色ですか……」

「衆道はヤマト全体にあるが、薩摩は特に有名だ」

宗棍はあきれてしまった。

「そういうことでもありませんので、ご心配なく」

17

その翌日も、弥七郎が琉球館に宗棍を迎えに来た。

「わざわざお迎えにいらしていただくのは恐縮です。時間をお決めくだされば、こちらから参ります」

「ああ、気にすっことはなか」

「そうは参りません。こちらは教えを請う立場ですから」

「それは違う。交換じゃ」

「示現流と手を互いに見せ合うということですね？」

「そういうことじゃ」

そこで、弥七郎は声を落とした。「国の連中は、どうも頭が固くてな。素手でやる琉球の武技など、取るに足らない。示現流にかなうはずがない。そのように言う者ばかりじゃ。じゃっどん、オイはそうは思わん。琉球の手とやらは、決してあなどれん」

「手を薩摩の士族に伝えたなどということが、沖縄の武士たちに知られたら、えらいことになります」

「そんた、こちらも同じじゃ」

そう言われて、宗棍は考えた。

そうかもしれない。弥七郎も、それなりの冒険をしているということなのだろう。示現流を学ぶための交換条件として、手を教えるのは仕方のないことだ。

実は、弥七郎の太刀さばきを見てから、ずっと考えていたことがある。

沖縄の手は、親国の武術の影響を強く受けている。師の照屋筑登之親雲上も親国の武術を身につけている。

もし、ヤマトの剣術の要素を加味できれば、手はさらに発展するのではないか。示現流を学ぶことで、自分の手をいっそう充実したものにしたい。

そのためには、どうしても示現流を学ぶ必要があるのだ。

「さあ、参ろうか」

弥七郎が言った。二人は、昨日の海岸に向かった。

立木の脇に、三本のユスノキの棒が置いてあった。その中に、昨日宗棍が使ったものもあった。宗棍は、さっそくその棒を手に取り、立木打ちを始めた。

必死で立木を打つ。しばらくすると、弥七郎が「よか」と言った。宗棍は手を止めた。

「蜻蛉は、右手をもう少し外側に向くっのがよか」

「右手を外側に……？」

「そうじゃ。刀の刃が外を向くようにすっ。そこから捻るように打ち込むのじゃ」

言われるままにやってみた。すると、打撃の鋭さ、強さが急に増したような気がした。

「よかよか」

弥七郎が言った。「さすがに、覚えが早かね。それだけん打ち込みがでくっごつなっとに、へたをすっと一年はかかっど」

宗棍は言った。

「手に通じるものがあります。手でも拳で打つときに、捻りを加えます」

「どげんして打つど？　やって見せてくれ」

「はい」

宗棍は、腰を沈めて立ち、右の拳を突き出した。何度かそれを繰り返す。

弥七郎は目を丸くした。

「こんた、すげ」

これはすごいと言ったのだろう。

「手をご覧になるのは初めてではないでしょう？」

「うんにゃ。話には聞いちょったが、見ったぁ初めてだ。どら、やり方を教えたもんせ」

「やり方と言っても、拳を握って、前に突き出すだけですよ」

「ワイん拳が風を切っ音がはっきりと聞けた。ただ、前に突き出すだけじゃなかじゃろう」

「この立木打ちといっしょで、私たちは、毎日拳を突き出す稽古をするのです」

「なるほど、立木打ちと同じか」

弥七郎は、宗棍の真似をして拳を突き出した。「こうか？」

「剣を振るときもそうでしょうが、拳を出すときも腰を使います」

宗棍は、目の前の立木に向かって拳を突き出した。立木がぐらりと傾いてしまった。

「こりゃたまげた。こん立木は倒れんごつ砂を深う掘って埋めてあっ。ユスノキでいくら打っても倒れん。それをたった一撃で……」

「いやあ、昨日の打ち込みで緩んでいたのではないですか？」

そう言いながら、これはいいと宗棍は思っていた。拳で打った感触がなかなかよかったのだ。

拳の威力を養うために、示現流の立木打ちのように、拳で立木のようなものを打ってはどうか。そんなことを思いついて、宗棍はわくわくしていた。

「どれ、オイはその拳を突き出す練習をすっから、ワイは立木打ちをやるがよか」

宗棍は、傾いた立木をまっすぐにして、周囲の砂を踏み固めた。それから、ユスノキの棒を手にして、打ち込みを始めた。立木の左右両側を交互に打つ。

その脇で、弥七郎が腰を落として両方の拳を交互に突き出している。

傍《はた》から見たら奇妙な光景だろうなと、宗棍は思った。

そんな日が何日も続いた。稽古場はいつも海岸だった。やがて、弥七郎は「段のもの」を宗棍に教えた。これは、普通なら何年も修行した者にようやく教えるものだと、弥七郎が言った。

「これは三段磯月《そげつ》という」

手の段のものはすでにいくつか知っている。剣にも、そういうものがあるのを知り、面白いと宗棍は思った。宗棍は、手の段のものは伝えず、その中に含まれる技をいくつか教えた。

弥七郎は、それで満足をした様子だった。

宗棍が修得しているのは、主に照屋筑登之親雲上から習った親国の手だ。弥七郎は、その技術を面白がった。

「武術には、こん柔らかさちゅうか、粘りが大切や。実際の戦いには、力強さや勢いだけではだめだ。こげん柔らかさが重要など」

独り言のようにそんなことを言って、しきりに感心している。宗棍はこたえた。

「示現流の、一撃で相手を倒すという理合いは、逆にワッターの参考になります」

「あげん強力な拳ん打ち込みをすっくせに、さらに力を求むっち言うとな」

「武器を持った者を相手にするには、まだまだ威力が不足していると思います」

「そん、武器を持った者ちゅうたぁ、我々んこっか?」

「そうは申しておりません」

弥七郎が笑った。

「むきになるな。冗談じゃ」

「あ……」

「どげんした？」

「御主加那志にも同じようなことを言われたことがあると思いまして……」

「ウシュ……、何だと？」

弥七郎が聞き返した。薩摩人には耳慣れない言葉なのだろう。宗棍は説明した。

「御主加那志とは、国王陛下のことです」

「なんと。ワイは国王に御目見得しきっ身分なんか？」

「お側にお仕えして、お守り申し上げる役目なのです」

「たまがったなあ。オイは、殿様には滅多なこっで御目見得はかなわん」

「たまがった」は「たまげた」だろう。

「国が違えば、制度も違います」

「違いなか。じゃっどん、ワイがそげん立場やったとは、ほんのこて、たまがった」

「いやあ、その役目を仰せつかったときには、私もたまげました」

「それだけ、ワイが強かちゅうこっじゃろう。オイの眼に狂いはなか」

「恐縮です」

「こうして二人で稽古して、ワイん実力がようわかった。どら、ワイが国に帰っまでに、四段雲耀《うんよう》を伝授しようか」

「それはとてもありがたいことですが、段のものをそんなに安易に教えてよろしいのですか？」

「よかよか。ワイは特別じゃ」

「どうして、ワンが特別なのでしょう？」

「普通、そげんこっは訊かんじゃろう」

「知りたいのです」

「ワイん実力は本物や。オイは本物ん武術家に示現流を伝えよごたっ」

「重ね重ね、恐縮です」

「それにな……」

「は……？」

「ワイはヨカニセどんじゃ」

「あの……」

「ないや？」

「薩摩では衆道が盛んだとうかがいましたが……」

「衆道……？」

「沖縄には、そういう習慣はありません」

「心配すっな。無理強いなどはせん。オイはワイが気に入った。じゃっで雲燿を伝授すっ。それだけんこっだ」

「それは、ありがたいことですが、剣術の偉い先生に叱られたりはしませんか?」

「そんたあり得らん。オイの家が宗家や」

弥七郎の言葉に、宗棍は驚いた。

「えっ。宗家……。示現流の宗家ということですか?」

「正確に言うと、分派の小示現流だがな」

「そうとは知らず、ご無礼いたしました」

宗棍は、すっかり恐縮してしまった。

当初は、誰かの稽古を盗み見て、剣術を学ぼうと思っていたのだ。それが、ひょんなことから、弥七郎に習うことになった。その弥七郎の家が、分派とはいえ示現流の宗家だったとは……。実に理想的な相手に習っていたわけだ。

「別に、無礼はなか。じゃっどん、四段ともなると、楽じゃなかぞ」

「望むところです」

たった六ヵ月の薩摩滞在だったが、結局、宗棍は伊集院弥七郎から、三段磯月、四段雲燿を伝授された。これは、あり得ないほどの幸運だと思った。

宗棍は、示現流の本質を垣間見た。これほど短期間のうちに、そのような境地を味わうことができたのは、弥七郎の指導力の賜物《たまもの》だ。本物の師は、形式ではなく本質を伝える。

沖縄に帰る宗棍に、弥七郎が歌を送った。

面影を見ゆるに名残の増する哉《かな》
君は帰国をすると思えば

なんとも、面映《おもは》ゆい歌だと、宗棍は思った。


帰国した宗棍を待ちかねていたように、坊主御主・尚灝王からお召しがあった。

「おお、カミジャー。薩摩はどうだった？」

「いろいろと勉強になりました」

「どんな勉強をした」

「示現流という剣術を学んで参りました」

「示現流なら知っておるぞ。薩摩から学んで帰ってきたのは、おまえだけではない」

「習った相手がすごいのです。小示現流の宗家でした」

「ふうん……」

御主加那志は、あまり関心がない様子だった。宗棍は、さらに言った。

「示現流で学んだことを、ワンの手に取り入れられないかと考えております。照屋筑登之親雲上にも相談してみるつもりです」

宗棍の手と聞いて、それまでつまらなそうだった御主加那志は、とたんに眼を輝かせた。

「ヤーの手に、示現流を取り入れると言うのか。ヤマトのサムレーみたいに剣を持つということか？」

宗棍はこたえた。

「いいえ、そうではありません。示現流は、一撃の威力を徹底的に鍛えます。まさに、一撃必殺です。手にも、そのような威力が必要だと思います」

「ほう……」

「さらに、触れれば切れる剣で戦うという緊張感は、きわめて重要だと思います」

「剣で戦う緊張感？」

「ウー。ワンもつい、相手の拳が当たっても効かなければそれでいいと思ったりします。それではいけません。相手の技の威力は見かけではわからないのですから……。相手の拳を剣だと思う。それくらいの覚悟が必要なのだと思います」

「なるほど、それを剣術の稽古から学んできたか……」

「ウー」

「武士松村は、ますます強くなるな」

「そうありたいと思います」

御主加那志とそんな話をした夜、宗棍は照屋筑登之親雲上にさっそく相談をした。

「示現流を学んできましたので、それを手に取り入れようと思います」

「ほう……。どの程度やったのだ？」

「三段磯月、四段雲燿を学びました。小示現流の宗家に教えをいただくという幸運がありまして……」

「そうか。剣術が中途半端ならば、手に取り入れることなどやめておけと言うところだが、そこまで学んだとなればよかろう。だがな……」

「何でしょう？」

「手の工夫は、人にしゃべったりせずに、一人密かにやるものだ」

「先生からご指導いただいている立場ですから、一言相談しないと、と思いまして……」

「ワンも、自分の手に親国の手を取り入れた。ヤーもやってみるといい」

「ウー」

「さて、ではいつもどおり、稽古を始めよう」

習っている最中は、ひたすら師の教えに従わなければならない。照屋筑登之親雲上が言ったように、自分の手の工夫は密かに行わなければならないのだ。

宗棍は、それに夢中になった。己の拳を剣と化す。それが目標だった。

薩摩の海岸で、立木を拳で打ったときのことを鮮明に覚えていた。さっそく丸木を手に入れて、自宅の庭に穴を掘って立てた。それを拳で打ってみる。

どうもしっくりこない。丸木もすぐに傾いてしまう。今度は角柱を手に入れて、それを丸木のときよりさらに深く埋めてやってみた。

丸木よりも角柱のほうが、打った感触はよかった。これでいこう。だが、やはり打つと少々心許《こころもと》ないので、穴を大きくして、角柱の周りを大きな石で固め、それを埋めた。

これはたいへんな作業で、見ていたチルーがあきれた顔で言った。

「誰か人を呼んで、手伝わせればいいじゃないですか」

宗棍はこたえた。

「いや。これは人に見られたくないのです。誰かに手伝わせれば、これは何なのか、何に使うのか、と尋ねられるでしょう」

「はあ……。それで、何に使うのですか?」

「手の稽古ですよ」

「そんな道具は見たことがありません」

「そう。新しい工夫です。だから、人に見られたくないのです」

チルーは興味津々の様子だった。

「何のための道具ですか?」

「拳を剣にするための道具です」

「どうやって使うのです?」

「こうやります」

宗棍は、角柱の立木に拳を打ち当てた。それを、何度か繰り返す。チルーは驚いた顔で言った。

「拳を鍛えるのですね」

「そうです。でも、鍛えるのは拳だけではありません」

「拳だけではない……？」

「はい。心も鍛えます。拳が弱いと、打ち込むときに力を加減してしまいます。その加減をなくすのは、つまり心を鍛えることにもなります」

「ワンもやってよろしいですか？」

チルーは、手のことになると宗棍に負けず劣らず熱心だ。宗棍はこたえた。

「もちろんです。この立木打ちでワンもヤーもいっしょに強くなりましょう」

その日から夫婦は、庭で立木打ちを始めた。チルーは、すぐに音を上げた。

「拳が痛くて、何度も打てませんね」

宗棍は考え込んで、独り言を言った。

「示現流では、気が遠くなるほど何度も打ち込む。それくらいやらなければ意味がない……」

それを耳にしたチルーが言った。

「は……？　示現流がどうされたのですか？」

「ああ……。この鍛錬は、示現流の立木打ちから思いついたのです。たしかに、ユスノキで打ち込むのとはわけが違います。拳は生身ですからね……」

「何度も打てるように、何かを巻き付けてはどうでしょう。布とか……」

「やってみましょう」

さっそく手ぬぐいを巻き付けて打ってみた。

「うーん。ティサージ《ティサージ》では、あまり変わりませんね」

チルーが思いついた様子で言った。

「藁の縄を巻いてはどうでしょう」

庭の隅に丸めてあった縄を持ってきて角柱に巻き付けた。そして、打ってみた。

「お、これは悪くないです」

チルーがうれしそうに言った。

「では、藁を巻いて稽古することにしましょう」

宗棍は、その日から毎日藁の縄を巻いた立木を拳で打った。日に百本、二百本と打っているうちに、次第に痛みがなくなり、強く打つことの恐怖感がなくなっていった。生身の拳が武器になっていく実感があった。

これこそが、鉄拳《ティジクン》だ。これこそが、沖縄の手だ。宗棍は、そんな確信を持ちはじめた。

18

御主加那志のもとを訪ねたとき、宗棍は藁を巻いた立木を拳で打つ鍛錬のことを話した。

御主加那志は、思ったとおり興味を示した。

「示現流から、そんなことを思いついたか。どれ、この庭にも立木を用意させよう。藁を巻くのだな？」

「わが家では、いつしか巻藁《マチワラ》と呼ぶようになりました」

「巻藁か。私もそう呼ぶことにしよう」

御主加那志は宗棍の顔を見て、うれしそうに言った。

翌日には、御主加那志の屋敷の庭に巻藁が用意されていた。さっそく御主加那志も、拳で巻藁を打つ稽古を始めた。

「うん。こういう鍛錬をしていると、武術の稽古をしているという実感があるな」

御主加那志が、満足げに言った。もちろん、宗棍ほどの力で打つわけではないし、回数もはるかに少ない。

それでも、やらないよりはずっとましだと、宗棍は思った。攻撃したときに拳を痛める危険が少なくなるし、打つことへの恐れを減らすことができる。手首も丈夫になる。

今や、この巻藁鍛錬は、宗棍にとって不可欠なものになっていた。

さらに、宗棍は、剣術によって学んだ「間合い」の考え方を、手に盛り込もうと考えた。剣術において、間合いはきわめて重要だ。勝負の多くが間合いで決まるといっても過言ではない。

照屋筑登之親雲上から習っている親国の手では、間合いはごく近く、相手に密着するようなことが多い。敵の攻撃を封じようとすると、どうしてもそういう体勢になる。

一方、剣術では、一定の間合いを取りつつ、相手の技の「起こり」を捉える。手においても、そのような間合いが不可欠なのではないかと、宗棍は考えていた。

親国の手と剣術。密着と間合い。それは一見、相対する考え方のように思えるが、実際に体を動かし、いろいろ試してみると、実は同じことなのだということがわかってきた。

つまり、親国の手の密着は、間合いを封じるということであり、剣術の「技の起こりを捉える」のは、親国の手の聴勁と同様のことであることがわかってきたのだ。

宗棍の中で、その双方の要素が嚙み合ってきた。それは、今まで感じたことのない充実感だった。

そうした工夫を続けていると、瞬く間に月日が過ぎた。

相変わらず、坊主御主のもとに通っていた宗棍は、ある日こう言われた。

「カミジャー。永山が、親国から戻ったのを知っておるか？」

「いいえ。お城には参っておりませんので、存じませんでした」

「もう一度、立ち合ってみないか？」

「今度立ち合ったら、三度目です」

宗棍は、御主加那志に言った。

御主加那志がこたえる。

「何度やったって、いいじゃないか」

本来ならば、御主加那志の仰せに逆らうことなど許されない。だが、尚灝王と宗棍の関係は特別だった。隠居して坊主御主になったことも、多少は影響しているだろう。だが、もともとの人柄がそういう関係を作ったのだと、宗棍は思っていた。御主加那志は、いつも気さくに宗棍に接してくれる。

宗棍は言った。

「永山筑登之親雲上は、どうお考えなのでしょう」

「あいつは戦いたがるだろう。前回は引き分けだった」

「そうでした」

「永山は、柔遠駅で武術の修行をしてきた。きっと強くなって帰ってきたはずだ。一方、おまえは薩摩の琉球館で、示現流を学んできて、それを手に取り入れた。もう一度、互いの力を試してみるのもよかろう」

そう言われて宗棍は、ふと思った。

御主加那志のおっしゃることも、まんざらでもないな……。

永山筑登之親雲上が、どれくらい強くなったのか、どんな技を覚えてきたのか、おおいに興味があった。そして、示現流に着想を得た自分自身の手の工夫は、どれくらい有効なのかという不安と期待があった。

ならば、断る理由はないと、宗棍は考えた。

「わかりました。立ち合いましょう」

御主加那志は、ぱっとうれしそうな顔になった。

「おお、そうか。では、すぐに段取りをさせよう」

御主加那志は、こうした楽しみ事に関しては、ずいぶんとせっかちだ。立ち合いの日は、話をした三日後と決まった。それを話すと、チルーが言った。

「手は見世物ではありません。まるで闘鶏ではありませんか」

「御主加那志の仰せなのだから、そういうことを言ってはいけません」

「誰の仰せでも、手をないがしろにすることは許されません」

「ワンは、試してみたいんです」

「試してみたい……？」

「新しいワンの手が、永山筑登之親雲上に通用するかどうか」

チルーは何も言わず、宗棍を見つめていた。

照屋筑登之親雲上にも、同じ話をした。

すると、師は言った。

「永山筑登之親雲上は、本場の武術を学んできたようだな。ワンもそれをこの眼で見てみたい」

「ワンの手には興味はありませんか?」

「親国で修行をしてきた永山筑登之親雲上に、どれくらい太刀打ちできるのかという興味はある」

「はあ……。歯が立たないとお思いですか?」

「知らん。ヤー次第だろう」

親国の手を得意とする照屋筑登之親雲上は、やはり永山筑登之親雲上の手に興味を引かれるようだ。

これは意地でも負けられない。宗棍はそう思った。


やがて、立ち合いの日がやってきた。

これまでと同様に、城内の広場で、日が暮れてから行われる。日暮れ前から、首里王府に勤務する者たちが大勢見物に集まっていた。その中に、照屋筑登之親雲上もいるはずだった。

立ち合いとなると、必ず姿を見せる仲本が、この日もやってきた。

「おいそれと、松村と呼び捨てにできなくなったな。今や、有名な武士松村だ」

「薩摩で示現流も学びました」

「永山筑登之親雲上には、絶対に負けるな」

「はい。任せてください」

やがて、御主加那志が摂政とともに姿を現した。

お馴染《なじ》みの立会人が、永山筑登之親雲上と宗棍の名を呼ぶ。

宗棍は、仲本に言った。

「では、行ってきます」

宗棍は、試合場の中央に歩み出た。永山筑登之親雲上はまだ出てこない。ここでいらいらしたら、相手の思う壺《つぼ》だ。宗棍は、平然と待った。

御主加那志を見ると、うれしそうに摂政と何かを話している。坊主御主のあんな表情を見られたのだから、立ち合いを引き受けてよかったと、宗棍は思った。

元気そうに振る舞っているが、実は御主加那志の容態はあまりよくないらしい。このところ塞《ふさ》ぎ込むことが増えてきたようだ。御主加那志には気晴らしが必要なのだ。

「待たせたな」

永山筑登之親雲上がようやく現れた。少し、印象が変わったかなと、宗棍は思った。

かつては、いつもつまらなそうな顔をしていた。実際につまらなかったのだろう。おそらく当時は、真剣に打ち込めるものがなかったのだ。

間違いなく永山筑登之親雲上には、並々ならぬ武才がある。首里の生活では、その武才に見合うだけの手ごたえがなかったのではないだろうか。

柔遠駅に赴任をして、本場で親国の手に接し、ようやくその手ごたえを得たに違いない。今、彼の表情は活き活きとしていた。

いや、活き活きというより、ぎらぎらしていた。冷ややかな表情を浮かべていた、かつての永山筑登之親雲上ではない。獲物を探している獣のようだと、宗棍は思った。戦いたくて仕方がないのだろう。

それは、宗棍も同じことだ。示現流の理合いを取り込んだ自分の手が、果たして永山筑登之親雲上に通用するか……。それを思うと、不安ながらも、わくわくしていた。

「両者、よろしいか？」

立会人が尋ねる。まず、永山筑登之親雲上がこたえた。

「いつでも……」

宗棍は言った。

「けっこうです」

立会人の「始め」の声がかかった。

永山筑登之親雲上は、腰を落として構えた。どっしりとした安定感がある。それでいて、その場に居着いてはいない。静の中に動を感じる。

宗棍は、右手右足を前にして、自然に立っていた。激しい立木打ちの鍛錬をする示現流も、基本は自然体なのだ。それを意識していた。

永山筑登之親雲上が言った。

「ずいぶん離れているな。ワンが恐ろしいか」

宗棍はこたえなかった。挑発に乗れば、相手の術中にはまる。

永山筑登之親雲上は、宗棍がずいぶん離れていると言った。親国の手の戦い方からすると、そう感じるだろう。そして、これまでの沖縄の手も、親国の手と同じように接近戦が多かった。

剣の世界の間合いについて、永山筑登之親雲上は知らない。それだけ自分が有利だと、宗棍は思った。

「前回の立ち合いのように、睨めっこで終わらせる気か？　そうはいかない。手を出さないのなら、こちらから行くぞ」

いきなり、永山筑登之親雲上の右の拳が飛んできた。そう思ったときには、すでに宗棍の体が動いていた。相手が出てくると同時に、宗棍も前に出た。

前にあった右手を伸ばしていた。顔面を狙っていた。

永山筑登之親雲上は、攻撃を中断して下がった。下がらなければ、宗棍の右の拳がその顔面を捉えていただろう。

「離れているからといって、油断は禁物ということだな。それなら、これでどうだ」

そう言うと、永山筑登之親雲上は左右の拳を矢継ぎ早に繰り出してきた。両手で宙に、くるくると円を描くように攻撃をしてくる。

この技は、宗棍も照屋筑登之親雲上から教わっていた。親国の手で「連環式《れんかんしき》」と言うらしい。

一発でも食らえば、連続して次々と打ち込まれる拳を避けられなくなる。

宗棍は、相手の腹を蹴った。これも、相手の手がまだ届かない距離から、前に出ながらの反撃だった。宗棍の左足が永山筑登之親雲上の腹に当たる。

「何《ヌー》……」

宗棍は、思わずそう声を洩らしていた。永山筑登之親雲上の腹が、立木の幹のように硬かったのだ。柔遠駅にいる間、ずいぶんと鍛錬したようだ。

宗棍の一撃は、永山筑登之親雲上が前に出ようとしたときを捉えたので、大きな威力を発揮した。永山筑登之親雲上が、よろよろと後ろに下がったのだ。

再び間合いを取ることができた。この間合いで戦っている限り、ワンは負けることはない。宗棍はそう思った。

永山筑登之親雲上が言った。

「少し遊びが過ぎたようだ。では、そろそろ本気でやらせてもらおうか……」

永山筑登之親雲上は再び、どっしりと低く構える。

宗棍は、先ほどと同じように、自然体だ。

永山筑登之親雲上が、甲高い奇声を発して打ちかかってきた。右の拳、左の拳、右足、さらに右の拳。

次に左が来るかと思ったら、右の拳から、右の肘《ひじ》へと変化させてきた。さらに、右の肩口を打ちつけてくる。

拳、肘、肩と、順に攻撃することで密着してきた。親国の手の特徴である接近戦だ。密着した位置から、相手の攻撃を封じつつ自分の攻撃をする。宗棍は、永山筑登之親雲上の攻撃をさばこうとした。だが、さばききれなかった。

宗棍は、胸を打たれた。

永山筑登之親雲上の打撃は強烈だった。肺の中の空気がすべて叩き出されたように感じた。

宗棍は、激しくあえぎ、膝をついた。しばらくまともに息ができなかった。

立会人の声が聞こえた。

「これまでか?」

宗棍はこたえた。

「まだまだ」

ようやく呼吸が整い、宗棍は立ち上がった。

「ほう……」

永山筑登之親雲上が、笑みを浮かべて言った。「ワンの打撃を受けて、立ち上がるとは……。さすがに、武士松村だな。だが、次の一撃で終わりだ」

宗棍は、無言だった。永山筑登之親雲上の実力が、はっきりとわかった。前に立ち合ったときより、はるかに強くなっている。

そして、彼はそれを自覚している。誰にも負けない自信があるのだろう。その余裕が見て取れる。今まで彼が出会ったことのある人々には、決して負けないと確信しているのだ。

だが、と宗棍は思った。

永山筑登之親雲上は、薩摩から戻ったワンをまだ知らない。

宗棍は、距離を取って自然体で立っていた。永山筑登之親雲上が、歴史ある親国の手を学んで帰ってきたのなら、ワンは、沖縄の手に新しい歴史を刻むのだ。

宗棍は、少しずつ足を動かして、永山筑登之親雲上との間合いを計っていた。相手からは、動いていないように見えるはずだ。

相手の拳を剣と思え。宗棍は、そう自分に言い聞かせた。触れれば切れる。突かれれば刺さるのだ。

永山筑登之親雲上が動いた。また、矢継ぎ早に左右の拳を打ち出そうとしている。

その瞬間に、宗棍も前に出た。

これが、新しい沖縄の鉄拳だ。

宗棍は、巻藁で鍛えに鍛えた拳を突き出した。その拳は、風を切り、永山筑登之親雲上の攻撃を弾き飛ばした。

そして、永山筑登之親雲上の胸に激突した。先ほど宗棍が打たれたのと同じ場所だった。

永山筑登之親雲上の動きが止まった。渾身《こんしん》の一撃だった。それでも倒れずに立っている。

一撃ではだめか。

剣術で学んだ間合い。そして、巻藁で鍛えた鉄拳。

それでも、永山筑登之親雲上を倒すことができないのか。

宗棍は、永山筑登之親雲上の反撃に備えた。攻撃したときが一番無防備になり、危険なのだ。

だが、永山筑登之親雲上は動かなかった。右の拳を突き出した恰好のまま立っている。

どうしたのだ……。

宗棍は、永山筑登之親雲上の顔を見つめた。その眼にはすでに光がなかった。やがて、くるりと白目になると、永山筑登之親雲上は、その場に崩れ落ちた。

宗棍の一撃で、立ったまま意識が飛んでいたらしい。

見物人たちは、しんと静まりかえっている。おそらく、大半の者には、何が起きたのかわからなかっただろう。

永山筑登之親雲上が倒れると、宗棍は前になっていた右足を引いて構えを解いた。立会人が宣言した。

「勝負あり。勝者、松村筑登之親雲上宗棍」

王の席から声が飛んだ。

「でかしたぞ、カミジャー」

それを合図に、見物人たちが歓声を上げはじめた。

勝ったんだ。宗棍は思った。それはただの勝利ではない。剣の理合いを取り入れた、新しい宗棍の手が、永山筑登之親雲上の伝統的な親国の手に勝利したということなのだ。

宗棍は、ほとんど放心状態で立ち尽くしていた。さまざまな感情が、どっと押し寄せてきて、どうしていいかわからない。

永山筑登之親雲上は、意識をなくしたままなので、戸板で運ばれていった。宗棍は、はっとして、立会人に尋ねた。

「永山筑登之親雲上は、だいじょうぶですか？」

「大事ない。ちゃんと息をしている。少し休めば、目を覚ますだろう」

それを聞いて、宗棍はほっとした。御主加那志に礼をしてから、控えの場に引きあげた。そこには、仲本がいた。

「すごかったたな。たった一発だった」

「永山筑登之親雲上は、強かったです。さすがに、親国で修行してきただけのことはあります」

「その永山に勝ったのだから、ヤーのほうが強いだろう」

「また戦ったら、次はどちらが勝つかわかりません」

「また立ち合う気か？」

「いえ。永山筑登之親雲上とはもう二度と戦いません」

宗棍は、会場を見回した。勝負が終わり、その余韻に浸っている見物人もいるが、すでに引きあげた者たちも少なくない。照屋筑登之親雲上の姿を探したが、見当たらなかった。

19

帰宅すると、すぐにチルーが尋ねた。

「立ち合いはどうでした？」

「こうして無事に戻ってきたのだから、結果はわかるでしょう」

「旦那様の口から、ちゃんと聞きたいのです」

「勝ちました。それも、一撃で……」

「一撃……。それはすごいですね」

「私が考えていたことは、間違いではなかったということです。沖縄の手に新しい時代が来るのです」

「新しい時代？　それを旦那様が切り開いたということですね？」

「まあ、そういうことになりますね」

「立ち合いの様子を、詳しく教えてください」

「いいですとも」

これまでは、試合の内容を詳しく話したりはしなかった。手の立ち合いは、闘鶏や闘牛ではない。そういう思いが強かったのだ。だが、この日は違った。宗棍は、微に入り細を穿《うが》ち、戦いの様子を、そして、そのとき自分が何を考えていたかを、チルーに話した。

チルーは、目を輝かせてそれを聞いていた。

夕食後に、照屋筑登之親雲上の屋敷を訪ねた。庭に回ると、すでにそこに師の姿があった。

「来たか、カミジャー」

「今日の立ち合いは、ご覧になったのですか?」

「見た」

試合について、何か一言あるのではと期待した。だが、照屋筑登之親雲上は何も言わない。

「さあ、では、かかってきなさい」

「はい」

宗棍は、がっかりした。今夜の立ち合いは、宗棍にとって画期的なものだった。それを見たというのなら、何か言ってくれてもいいじゃないか。そう思ったのだ。

稽古は、いつもとまったく変わらなかった。宗棍がかかっていく。照屋筑登之親雲上が技をかけ、宗棍は地面に転がる。何度かそれを繰り返していると、照屋筑登之親雲上が言った。

「どうした。おまえの鉄拳はそんなものか」

「では、本気で参ります」

宗棍は、身構えた。

巻藁で鍛えた鉄拳を、照屋筑登之親雲上相手に打ち込むのだ。

じりじりと間合いを計り、ここだと思った距離から、思いきり拳を突き出した。完全に、照屋筑登之親雲上の胸を捉えたと思った。

だが、結果は同じだった。宗棍はまた地面に転がされていた。打ち込みには自信があった。だが、やはり師には通用しなかった。

宗棍は、地面であぐらをかいて考え込んだ。すると、照屋筑登之親雲上が言った。

「何をしている？」

「考えています」

「考えるのは、稽古の最中にすることではないと言ってるだろう」

「どうしてもわかりません」

「何がわからん？」

「永山筑登之親雲上に通用した拳の打ち込みが、先生には通用しません。その違いがわかりません」

「それは、ワンが永山筑登之親雲上と同じくらいの腕だということか？」

「そうではありません。相手が誰であろうが威力を発揮しなければ、本当の技とは言えません」

「技といっても、ヤーがやろうとしたのは、拳を鍛えただけのことだろう」

「ただ拳を固めただけではありません。示現流のように、一撃で相手を倒せる鉄拳を目指しているのです」

「ふん。鉄砲だろうが大砲だろうが、当たらなければどうということはない」

「当たらなければ……」

「強力な拳や蹴りも、相手に確実に当てなければその威力を発揮することはできないのだ。いいか、カミジャー。相手に自分の技を当てることだ。単純なことだが、これがなかなか難しい。武術はな、その単純なことを可能にするために、長年苦しい努力を続けるのだ」

「ウー」

「永山筑登之親雲上を倒した一撃は、見事だった」

宗棍は、ぱっと明るい表情になった。

この一言が聞きたかったのだと思った。

「なおいっそう、精進することが重要だ」

その日の稽古は、それで終わりだった。

翌日、棚原の屋敷を訪ねると、御主加那志はうれしそうに言った。

「あっぱれだ、カミジャー。よくぞ、永山に勝った」

「永山筑登之親雲上は、だいじょうぶだったのでしょうか？」

「ふん、どうということはない。それより、永山を倒した一撃、あれが、武士松村の新しい手なのだな」

「そうです。巻藁を打つことは、鉄拳を鍛えるだけではなく、全身の筋骨を鍛えることになるのがわかりました。示現流が立木打ちを重視するのもうなずけます。これからは、沖縄の手でも、おおいに巻藁打ちをやるべきです」

「そうか。武士松村は、もう誰にも負けないだろうな」

宗棍はうなずいた。

「仰せのとおり。負ける気がしません」

「よく言った、カミジャー。それでこそ、ワンの守役だ。さあ、では、ワンも巻藁打ちをやろうか」

今日は、御主加那志の体調もよさそうだ。昨日の立ち合いを見て、気分をよくしているからだろうか。御主加那志のためにも、戦ってよかったと、宗棍は思った。

自宅に戻ると、チルーが巻藁を打っていた。宗棍に気づいてチルーが言った。

「あ、すいません。つい、夢中になって……。すぐに、食事の仕度をします」

「照屋筑登之親雲上のお宅にうかがうには、まだ間があります。急がなくていいです」

「旦那様がお帰りなのに、手の稽古などしているわけには参りません」

「いやあ、チルーは普通の妻とは違いますから……」

「そんなことはありません」

「どうです？　巻藁は」

「とても役に立つと思います。ですが……」

「何か？」

「打った後が物足りないというか……」

「物足りない……？」

「もう少し、跳ね返りというか、押し返してくる力がほしいように思います。しなりがあればいいのですが……」

「しなりですか……」

「今は角柱を地面に埋めて縄を巻いているだけですが、上のほうを薄く削ってみてはどうでしょう」

「そんなことをしたら、弱くなって割れてしまうでしょう」

宗棍の言葉に、チルーが言い返した。

「薄い板ならば割れてしまうでしょうが、角柱の上を削るのなら、充分な強さが得られると思います」

宗棍は言った。

「巻藁はワンが工夫したものです。そういうことは、ワンが考えます」

チルーは、ちょっと驚いたような顔をしたが、すぐに気を取り直したように言った。

「すみませんでした。では、夕食の仕度をします」

照屋筑登之親雲上に手を習いに行くので、いつも夕食は早めに済ませる。食事をしながら、チルーが言った。

「照屋筑登之親雲上のところに通いはじめて、ずいぶん経ちますね」

「ウー。七年になるかな……」

「手の修行で七年は、まだまだですね」

「そうかな……。そのうちに、照屋筑登之親雲上より強くなってみせますよ」

チルーが驚いた顔になった。

「師を超えるとおっしゃるのですか？」

「そうです。そう遠い先の話ではないと思います。今日も、御主加那志に問われました。武士松村は、誰にも負けないだろうと……」

「それで、旦那様は何とおこたえになったのです？」

「負ける気がしないと言いました。事実、最近はそう感じるのです」

チルーは、押し黙った。何事か考えている様子だ。

急にどうしたのだろうと、宗棍は思った。

「何を考えているのですか？」

チルーはこたえた。

「何でもありません」

何か様子が変だなと思ったが、宗棍は別に気にしなかった。

その日も、いつもどおり照屋筑登之親雲上の屋敷に手の稽古に行った。その帰り道だった。

稽古が終わるのは深夜になるので、人通りもなく、夜道は真っ暗だ。途中にひときわ暗い四つ辻がある。そこを通りかかったとき、ふと人の気配を感じた。

こんな時間に、誰だろう。宗棍は、警戒した。

行く手にいきなり、人影が現れた。暗くて人相風体はまったくわからない。宗棍は言った。

「ワンは武士松村だが、何か用か?」

宗棍が名乗っても、相手は何も言わない。

物盗りの類《たぐい》ではないな……。宗棍は思った。

相手は、こちらの隙をうかがっている。暗い辻で、待ち伏せをしていたのだろう。

「武士松村を相手に、腕試しか? やめておけ。怪我をするだけだ」

相手は、それでも何も言わない。じりじりと近づいてくる。宗棍は身構えた。

「ばか《フリムン》。武士松村に勝てると思うか?」

宗棍が、そう言ったとたんに、相手の右拳が飛んできた。拳が風を切る音が、はっきりと聞こえる。

「ふん、なかなかやるじゃないか」

宗棍は、相手の拳をかわした。すぐ次の攻撃が来るはずだ。宗棍はそう思って、身構えていた。

突然、胸に激しい衝撃を受け、宗棍はよろよろと後方に下がった。

「なに……」

何が起きたのかわからなかった。右拳の攻撃は、間違いなくかわした。次に来るのは、左の拳か、蹴りか……。そう思っていたのだが、まったく予期していないところから攻撃が来た。

宗棍は、息を整えて考えた。なるほど、そういうことか。相手は、右の拳で打ってきて、それがかわされるとすぐに、右の肘打ちに変化させたのだ。

親国の手にある技だ。

こっちは、本場仕込みの永山筑登之親雲上の手に勝っているんだ。親国の手など恐れるに足らない。

宗棍は、落ち着いて相手の動きを見ようとした。だが、相手はずいぶんとすばしっこい。しかも、闇に紛れて動きがよく見えない。

相手は再び攻撃してきた。やはり右の拳だ。宗棍は余裕で受け外す。また肘打ちに変化するのではないかと、警戒した。

今度は、脇から膝を蹴り下ろされた。関節を痛めたわけではないが、片膝を地面につく恰好になってしまった。そこに、相手の拳が飛んでくる。

またしても、空気を切る音が聞こえた。

この鉄拳は……。

宗棍は、地面に転がり、相手の攻撃を避けた。すでに余裕などなくなっていた。本気で反撃しないとやられる。宗棍は、起き上がりざまに、拳を突き出した。

巻藁で鍛えに鍛えた鉄拳だ。

だが、その拳はさらりとかわされた。化勁だ。やはり、相手は親国の手を使う。

宗棍の拳をかわすと同時に、相手は反撃してきた。宗棍はそれを辛うじて防いだ。

相手の拳を左腕で防御したのだが、ひどい衝撃を受けた。

「くそっ」

宗棍は、右の拳を相手の影に打ち込んだ。それが相手を捉えた。浅かった。だから、一撃で倒すには至らなかった。だが、確実に損傷を与えたはずだった。

相手は、道の脇の暗闇に飛び込んだ。そこは松林になっている。それきり、気配が消えた。

宗棍は、しばらく身構えていた。逃げたと見せかけて、再び攻撃してくることも考えられる。

やがて、彼は構えを解き、大きく息をついた。どうやら狼藉者《ろうぜきもの》は逃走したようだ。宗棍は、左腕を押さえていた。打たれたところが腫れてきたようだ。たいした威力だったと、宗棍は思った。

自宅に戻ると、宗棍はチルーに言った。

「帰り道で、ワンにかかってきた者がいます」

「おや、それはたいへんでしたね。それで、どうなさいました」

「それより、ヤーはどうしました。腹でも痛いのですか？」

チルーは、脇腹に手をやっていたのだ。

「ああ、何でもありません……」

「何でもないことはないでしょう。なにせ、ワンの拳が当たったのですから……」

チルーは笑みを浮かべた。

「やはり、お気づきでしたか……」

「親国の手を使い、なおかつ鉄拳をかなり鍛えていることがわかりました。そんな手を使うのは、チルー、ヤーしかいません。しかし、いったい、なぜ……」

「旦那様の鼻っ柱を折ってやろうと思ったのです」

「ワンが思い上がっていると言うのですか？」

チルーは正座をして、まっすぐ宗棍を見て言った。

「ウー。旦那様の言葉には慢心が感じられました。このままでは、いつか旦那様がつまずき、大怪我をすることになりかねない。ワンはそう思って、懲らしめてやろうと……」

そこでチルーは笑った。「でも、やっぱり武士松村にはかないませんでしたね」

「いや、危ないところでした。運が悪ければ、やられていたかもしれません」

「いえ、結局は負けたのです。ワンは、旦那様と二回勝負をして、二度とも敗れました。旦那様の慢心を諫《いさ》めようとしたのですが、これでは逆効果ですね。かえって自信をお持ちになったでしょう」

宗棍はかぶりを振った。

「とんでもない。チルーの気持ちは、充分に伝わりました。慢心を妻に戒められるなど、なんと情けないことでしょう」

チルーの表情が明るくなった。

「では、ワンのやったことは、無駄ではなかったのですね？」

「肝に銘じます」

「それはよかった」

「それにしても、拳から肘打ちへの変化には恐れ入りました」

「普通の男《イキガー》は、あれでもう立ってはいられないのですが……。さすがは武士松村です」

「それはやめてください。また慢心しますよ。それより、脇腹はだいじょうぶですか？」

「あばらは折れてはいないようです。しっかりかわしたと思ったのですが、よけきれませんでした」

「悪いことをしました。しかし、本気で鉄拳を出さなければならないほど追い詰められたということです。勘弁してください」

「大事ありません。ワンも鍛えていますから」

「さすがにチルーだと、今宵はあらためて思いました」

「また慢心するようなことがあれば、容赦しませんよ」

「二度とこのようなことがないと誓います」

そう言いながら宗棍は、照屋筑登之親雲上はどう感じていただろうと思った。チルーが気づくくらいだから、当然、照屋筑登之親雲上も宗棍の慢心に気づいていたに違いない。

明日は、そのことを話さなければならない。宗棍は、そう思った。

20

翌日の稽古の折に、宗棍は照屋筑登之親雲上に言った。

「実は昨日、夜襲にあいまして……」

「夜襲だと？」

「襲撃してきたのは、チルーだったのです。このところ、私が慢心しているのを戒めるために……」

照屋筑登之親雲上が、宗棍を睨みつけた。

宗棍は、叱られるのではないかと覚悟をしていた。

睨むように宗棍を見つめていた照屋筑登之親雲上が、ふっと息を吐いた。

それから、声を上げて笑い出した。宗棍は、きょとんとしてその様子を眺めていた。

やがて、照屋筑登之親雲上が言った。

「チルーが、夜襲をかけたと……」

「はい。危うくやられるところでした」

「すぐに気づいたのか？」

「戦っている最中は夢中だったのでわかりませんでしたが、家に戻る途中で気づきました」

「それで、チルーはどうした？」

「ワンに脇腹を打たれましたが、夜が明けるとけろりとしていました」

「大怪我をしなくてよかった」

「ワンは、思い上がっておりました。チルーに戒められ、ようやくそれに気づきました」

「ふん。それならば、ワンは何も言うまい。だが、チルーがやらなければ、ワンが夜討ちをかけていたかもしれん」

つまり、照屋筑登之親雲上も宗棍の慢心に気づいていたということだ。

「まことに、お恥ずかしいかぎりです」

「それに気づいてからが本物だ」

「は……？」

「いいか、カミジャー。世の中には強いやつはいくらでもいる。勝った負けたと一喜一憂するのは、闘鶏に等しい。武術というのは、そういうものではない。自分の中に絶対的な強さを培っていくものだ」

「絶対的な強さを……」

「それを求めるには、一生はあまりに短い。他人に勝つの負けるのと遊んでいる暇などない」

「勝負は遊びだということですか？」

「言っただろう。闘鶏と同じだ」

宗棍は、心を打たれた。武術とはそれほど深遠なものなのか。慢心している場合ではない。自分はまだ、その入り口に立っているに過ぎない。

照屋筑登之親雲上が言った。

「カミジャー、本物の武士になれ」

「ウー」

宗棍はその言葉を噛みしめていた。


その翌日、棚原を訪ねた宗棍は、坊主御主に言われた。

「カミジャー。もう、誰にも負ける気はしないと申したな」

宗棍は頭を垂れた。

「申し訳ございません。思い上がったことを申しました」

「いやいや、ワンもおまえの言うとおりだと思う。永山筑登之親雲上を倒した、あの戦いっぷりを見れば、もう誰もカミジャーに挑戦しようとは思うまい」

「そうだとよろしいのですが……」

「もう、武士松村に勝てる人間はいない。だとしたら、人間以外と戦うしかない。そうだろう」

「いえ……。照屋筑登之親雲上からも言われました。武術とは勝ち負けではない、と……」

「戦って負けるようなら、武術の意味はなかろう」

「もちろん、負けてはいけません。ただ、勝ち負けを競うのが武術ではないと、ご理解いただきたいのです」

「牛と闘ってみないか?」

宗棍は一瞬、何を言われたのか理解できず、きょとんとした顔になった。

「は……? 何と仰せになりました?」

「ワンは、闘牛用の牛を持っておる。天竜號《てんりゅうごう》という牛だ。どうだ、カミジャー。これと闘ってみないか」

「さあ、どうでしょう……。牛と闘うことなど、これまで考えたこともありませんので……」

「さすがの武士松村も、牛を相手にするのは無理か」

そう言われると、断りづらくなる。

牛と人が闘うなど、武術ではなく見世物の類だ。武士のやることではない。そう思う一方で、どうすれば牛に勝てるか、考えはじめていた。興味はあるのだ。

まともに闘って勝てるはずがない。おそらく、どんなに拳を鍛えても、牛の頑丈な頭蓋骨や、分厚い腹の脂身を突き破ることはできないだろう。

宗棍が黙って考え込んでいるので、苛立ったように御主加那志が言った。

「どうした、カミジャー。返事をせんか」

宗棍は顔を上げて、御主加那志を見た。

「上様の仰せとあらば、お断りすることはできません」

御主加那志が、ぱっと笑顔になった。

「おお、やってくれるか」

御主加那志の病には気欝がよくないらしい。そのためにも、引き受けるべきだと、宗棍は思った。

「お引き受けはいたしますが……」

宗棍は、御主加那志に言った。「一つ、お願いがございます」

「何だ?」

「七日の猶予をいただきたいのです」

「七日だと……。すぐにでも闘ってほしいのだがな……」

「ワンにも心の準備が必要です」

「まあ、仕方がなかろう。わかった。勝負は七日後だ」

その日、御主加那志のもとを辞すると、その足で闘牛・天竜號の牛舎へ向かった。牛舎の場所は御主加那志の屋敷を出るときに、従者から聞いたのだ。

そこには、王府の役人と牛飼いがいたが、皆武士松村の名前はよく知っており、すぐに天竜號のところに案内してくれた。

一目見て、宗棍は唸った。天竜號は黒毛の巨大な牛だった。鼻息が荒く、その赤く大きな目は闘気に満ちている。

案内をした役人が言った。

「どうして天竜號をご覧になりたいとおっしゃるのですか？」

宗棍はこたえた。

「闘えとの、御主加那志の仰せです」

「は……？」

役人は目を見開いた。「闘う……？　誰と誰がですか？」

「天竜號とワンが、です」

「それは、いくらなんでも無理というものです。ご覧になればおわかりでしょう。この巨大な牛と闘うのは、いくら武士といえども……」

宗棍は、しばらく天竜號の巨体を見つめていたが、やがて言った。

「ワンはこれから毎日ここに参りますので、そのときは人払いをお願いします」

「人払い……？」

「天竜號とワンだけにしていただきたいのです」

「はあ……。それはかまいませんが……」

「お願いします」

帰宅した宗棍は、チルーに天竜號のことを話した。

チルーは、それほど驚いた様子もなく言った。

「人でかなう相手がいないとなると、今度は牛ですか」

「ワンだってやりたくはありません」

「勝てますか？」

「人が牛に勝てるはずがありません。しかも、ただの牛ではなく、闘牛です」

「では、どうなさるのです」

「負けなければいいのです」

「それはそうですが、相手は巨大な牛でしょう？　たちまち負けてしまいますよ」

「手とは人がやるものです」

「どういう意味でしょう？」

「勝ち負けを競うのは、闘鶏と同じことだと、照屋筑登之親雲上がおっしゃっていました。ワンにも、それがようやくわかってきました。人がやる手とは、そういうものではない」

「何か考えがおありなのですね？」

「はい」

「では、ワンは結果を楽しみにしております」

宗棍は、ふと思い出して言った。

「そうだ。チルーが言っていた巻藁の工夫ですが、ぜひやってみようと思います」

「上のほうを薄く削るという話ですね」

「さっそく、やってみましょう」

宗棍は、チルーが夕食の仕度をする間、庭に出て角柱の上半分ほどを削ってみることにした。上に行くほど薄くなるようにする。それに縄を巻き、地面に立てた。

拳を当ててみると、適度なしなりがあり、心地よい反動がある。

縁側から上がると、宗棍はチルーに言った。

「実にいいです。打つと巻藁がしなって押し返してくるので、体の締めにも役立ちます」

「それはよかったです」

チルーはほほえんだ。


その翌日、宗棍は言葉どおり天竜號の牛舎に出かけた。黒っぽい着物に、茶色の帯を締めていた。その帯には鉄扇を差している。

約束どおり、役人は人払いをしてくれた。宗棍は牛舎の柵の中の天竜號と向かい合った。天竜號は、威嚇するように荒い息をはいている。

宗棍は帯から鉄扇を抜いた。それで、天竜號の額を打ち据えた。巨牛は怒りを露わにして暴れた。宗棍は、二度三度とその額に鉄扇を振り下ろした。

次の日も、同じように牛舎に出かけた。前日とまったく同じ着物に帯だ。そして、同様に鉄扇で天竜號の額を打ち据える。天竜號は、怒り、暴れた。

また次の日も、同じ着物と帯で牛舎に行き、鉄扇で天竜號を打つ。天竜號はやはり怒りを露わにする。

翌日も同じ着物と帯で牛舎に出かけ、同じことをした。天竜號に変化が見えたのは、鉄扇で打ちはじめて五日目だった。それまで、打たれると怒り狂っていたのだが、この日は明らかに怯《おび》えていた。

その日の夜、照屋筑登之親雲上の屋敷に、手の稽古に行くと、こう言われた。

「ヤーは、牛と闘うのか？」

宗棍は聞き返した。

「どうしてそれをご存じなのですか？」

「噂になっているぞ。武士松村の相手になる者がいなくなって、ついに牛と闘うのだと……」

「御主加那志のご命令です。逆らえないのです」

「坊主御主にも困ったものだ……」

「いい機会を与えられたと思っています」

「牛と闘うのが、いい機会か？」

「手がどういうものか、御主加那志にご理解いただけると思います」

「何か考えておるな」

「もちろんです。考えなしで闘うなら、牛と同じです」

「それにしても、相手は闘牛だ。負けたら命はないぞ。無謀にも牛と闘い、死んだとなれば、末代までの恥となろう」

「そうならないように、頭を使います。それが牛と私たち人間との違いです」

照屋筑登之親雲上は、深くうなずいた。

「どれ、武士松村がどうやって牛と闘うか。ワンもその日を楽しみにしていよう」

その翌日は、御主加那志からもらった猶予の最後の一日だ。やはり同じ着物と帯で牛舎に出かけ、天竜號の前に立った。

天竜號は、すっかり怯えて逃げようとする。宗棍は鉄扇を取り出し、牛の額を打つ。これが最後の仕上げだと思った。

翌日は、いよいよ宗棍と天竜號の闘いの日だ。円形の闘牛場の周りに、幾重にも見物人の人垣ができていた。噂が広まり、多くの人が集まっていた。

特別な席が設けられ、そこに御主加那志の姿があった。御主加那志も民衆も、期待に目を輝かせている。

宗棍は、控えの場で椅子に腰かけていた。黒っぽい着物と茶色の帯。牛舎を訪れたときとまったく同じ恰好だ。腰には鉄扇を差している。

牛飼いに引かれ、天竜號が闘牛場に現れた。観客席から歓声が上がり、指笛が響く。

天竜號は蹄《ひづめ》で地面をかき、闘志をむき出しにしている。その巨体の周囲に土埃が立っている。見物人たちの興奮が高まる。

天竜號が雄々しく地面を蹴り、見物人たちが騒ぐほど、宗棍の気持ちは静まっていった。

「さて、行くか……」

宗棍は立ち上がった。そして、闘牛場に下り立った。

牛同士の闘いのときと同様に、牛飼いが綱を放つ。

歓声を上げていた、見物人たちが静まりかえった。今、まさに天竜號が、宗棍目がけて突進しようとしている。宗棍は、御主加那志のほうをちらりと見た。

御主加那志は、身を乗り出さんばかりにして、闘いを見つめている。

天竜號が角で突きかかり、ワンは腹を引き裂かれて死ぬ。観客の多くはそう考えているだろう。宗棍は、そう思いながら、天竜號のほうに向かって一歩近づいた。

観客席がどよめいた。

宗棍は、さらに一歩近づく。

天竜號は前足の蹄で地面をかいている。

さらに一歩。

この距離で牛の突進を食らったらよけられない。きわめて危険な間合いだ。だが、宗棍はまた一歩前に出た。

するると、天竜號がひるんだように頭を上げた。宗棍は仁王立ちになり、腰の鉄扇を抜いた。

天竜號は明らかに怯えていた。宗棍は、鉄扇を振り上げたまま動かない。

天竜號が後ずさりを始めた。宗棍が前に出ると、ついに声を上げて逃げ出した。

観客席には、戸惑いの沈黙があった。次の瞬間、これまでを上回る歓声が上がる。宗棍の勝利を讃《たた》える歓声だった。

牛飼いが逃げ惑う天竜號の綱を取る。そして、闘牛場を去っていった。歓声の中、宗棍だけが立っていた。

御主加那志を見ると、満面の笑みで手を叩いていた。宗棍は御主加那志に向かって深々と礼をすると、闘牛場をあとにした。

家に戻ると、チルーだけでなく、両親までが宗棍を待ち構えていた。宗棍は言った。

「何事ですか」

父の宗福《そうふく》が言う。

「カミジャーが闘牛をやるというから、驚いてすっ飛んでいった。何の見世物かと思ったが、まさか、牛が逃げ出すとは……」

チルーが言った。

「話をうかがって驚きました」

「別に驚くほどのことではありません」

宗棍はそう言うと、手の内を明かした。

父と母は、それを聞いて笑い出したが、チルーは感心したように言った。

「それが旦那様の武術なのですね」


翌日、棚原を訪ねると、御主加那志はすっかり興奮した様子だった。

「カミジャー。昨日は驚いたぞ。まさか、天竜號が逃げ出すとは……。さすがに武士松村だ。牛にもヤーの強さがわかるのだな」

宗棍は言った。

「わからせたのです」

「ん……？　わからせた？　それはどういうことだ？」

「どんなに強かろうが、人が牛とまともに闘って勝てるはずがありません」

「夢を壊すようなことを言うなよ」

「ですから、牛に負けない方法を考えました。それで、七日間の猶予をいただいたのです」

「何をした」

宗棍は、同じ着物と帯で、毎日天竜號の額を打ちつづけたことを話した。

御主加那志は、笑い出した。

「それでは、さすがの天竜號もたまらんな」

宗棍は言った。

「人が牛と同じ土俵で闘うことはありません。人には人の戦い方があります。手とはそういうものだと考えております」

ひとしきり笑った後、御主加那志は真顔になって言った。

「あっぱれだ。それでこそ武士松村だ。ワンは感服したぞ」

「恐れ入ります」

宗棍は頭を垂れた。


いつものように稽古に行くと、照屋筑登之親雲上が言った。

「牛が逃げ出すとは、たいしたものだな」

「負けないために知恵を絞りました」

「何をやった？」

宗棍は牛舎での六日間の出来事を語った。照屋筑登之親雲上は深くうなずいた。

「手がどのようなものか、御主加那志にご理解いただくと、ヤーは言っていたな」

「お褒めいただきました」

「ヤーはいくつになった？」

「は？　年ですか？　二十四になりますが……」

「その年ですでに武士の風格だ。ワンはもう教えることはないかもしれない」

「そんな……」

宗棍は慌てた。「まだまだ先生にはかないません。ワンは未熟者です。先生からお教えいただかないと……」

「カミジャー」

照屋筑登之親雲上は、しみじみとした口調で言った。「いずれヤーは、一度はワンのもとを離れねばならない。そして、さらに立派な武士となって、多くの弟子を育てることだろう」

「何をおっしゃるのです。ワンは一生、先生の弟子です」

「もちろんそうだ。それでも、ワンのもとを離れねばならないのだ。それが修行というものだ」

宗棍は、その言葉のせいで急に淋《さび》しくなった。黙っていると、照屋筑登之親雲上が言った。

「今すぐ離れろと言っているわけではない。まだまだ楽はさせないぞ。さあ、稽古だ」

21

御主加那志《ウシュガナシ》の体調が思わしくないと聞いたのは、それからほどなくのことだった。部屋に閉じこもっていることが多くなり、お呼びがかかることもだんだんと減っていった。そのうち、床に伏していることが増えたというので、宗棍《そうこん》は気が晴れなかった。思えば、宗棍が天竜號《てんりゅうごう》と立ち合ったときが、御主加那志の元気なお姿を拝見する最後の機会だったのかもしれない。

いや、そんなことはない。御主加那志はまだ四十代半ばだ。きっとまた元気になられるに違いない。宗棍は、そう思った。祈るような気持ちだった。

久々にお呼びがかかったのは、道光十四年（一八三四年）のことだった。宗棍が訪ねていくと、御主加那志は椅子に座って宗棍を出迎えた。宗棍は言った。

「起きていらっしゃって、だいじょうぶなのですか？」

「今日は具合がいい」

そう言ってほほえむ御主加那志は、すっかり痩せてしまっていた。

四月になったばかりで、気候もいい。

「このまま元気になられたら、また手《ティー》の稽古を始められます」

宗棍がそう言うと、御主加那志はほほえみを浮かべたまま言った。

「そうだなあ。手の稽古のおかげで、思ったより長生きできたようだ」

「まだまだ長生きできます」

「カミジャー。今日は礼を言いたくて呼んだのだ。いや、礼というより詫びか」

「何の礼でしょう？」

「永山《ながやま》との勝負や、天竜號との立ち合い。いやあ、楽しませてもらった。思えば無茶なことばかりやらせたが、おかげでずいぶんと気が晴れた」

「この亀千代《かめちよ》は、まだ二十六歳です。上様の仰せなら、これからも、誰とでも戦います」

「そうか。それは楽しみだなあ……」

その言葉は、宗棍の心にひどく悲しく響いた。

「そうです。ですから、上様には早くお元気になっていただかないと……」

「そうだな、カミジャー。おまえの言うとおりだ」

「今度は、私《ワン》が誰と戦えばいいのか、ゆっくりとお考えください」

「そうしよう。今日は大儀だった」

「いつでも参ります」

「ヤー《ヤー》の手のおかげで、ワンは本当に楽しかった。ヤーはきっと、その手で多くの人をワンのように幸せにするだろう」

「もったいないお言葉です」

「カミジャー《ウー》」

「はい」

「礼を言うぞ」

宗棍はただ、無言でひれ伏した。

尚灝王《しょうこうおう》崩御の知らせを、宗棍が聞いたのは、その一ヵ月ほど後のことだった。武士松村《まつむら》は泣き崩れた。

四月に、御主加那志が自分を呼んだのは、別れを言うためだったのだと悟り、宗棍は悲しくて、悔しくて、どうすることもできなかった。

翌、道光十五年（一八三五年）、尚育王《しょういく》が即位した。長い間摂政《せっせい》だったので、政権交代もきわめて円滑だった。王府の中にもまったく混乱はなかった。

ただ、宗棍はどうしていいのかわからずにいた。喪に服する間は、何の沙汰もなかったが、御側守役としてお仕えする相手がいなくなったのだ。つまり、宗棍には仕事がなくなったということだ。

任を解かれて、暇を出されるかもしれない。それはそれで、仕方のないことだと、覚悟をしていた。

登用されてほどなく、御主加那志に御目見得できる立場になった。これは、いくらなんでも恵まれ過ぎだと思っていた。御主加那志が代わった今となっては、そんな待遇は望めないだろう。宗棍は、そう考えていた。

しばらく棚原《たなばる》に通っていたので、内城の控えの間にやってくるのも久しぶりだった。

その部屋で一人、椅子に座っていると、やはり尚灝王のことが思い出される。淋しさに耐えていると、そこに東風平親雲上《こちんだペーチン》がやってきた。宗棍は立ち上がり、挨拶をした。

「ご無沙汰をしておりました」

「無沙汰はお互い様です」

「東風平親雲上殿には、いろいろとお教えいただきました。ひとかたならぬお世話になり、感謝しております」

東風平親雲上は、怪訝そうな顔をした。

「感謝するのはいいが、なんだかあなた《ウンジュ》がいなくなるような言い方ですね」

「もう御側守役ではなくなったわけですから、ワンが内城におる理由がありません」

「たしかに、ウンジュは、先代の御主加那志に仕える身ではなくなりましたが……」

「ですから、ワンはかつてのように外城に行くことになるのではないでしょうか」

「ああ、そのことで会いに参ったのです」

「ワンに会いに、ですか？」

「引き続き、お側にお仕えして武術指南などせよとの、上様の仰せです」

東風平親雲上の言葉に、宗棍は驚いた。

「それは、新しい上様の仰せですか？」

「当たり前です。上様はただお一人です」

宗棍は、ぽかんとした顔で東風平親雲上の顔を見た。

「ワンが上様の武術指南……」

「そうです。なにせウンジュは、今や有名な武士松村ですからね。猛牛が逃げ出すほど強いと評判じゃないですか」

「いやあ、あれは……」

「上様のお側にお仕えするとなると、ウンジュにはまだまだ覚えてもらわなければならないことがあります」

「はあ……」

「先代の御主加那志は、ああいうお方でしたから、ウンジュはずいぶんと甘やかされていました」

「まあ、それは否めません」

「今後はそうは参りません。しっかりと礼儀作法を身につけていただきます」

「それは望むところです。どうぞ、よろしくお願いいたします」

宗棍はもう二十七歳だ。もはや若造《ニーセー》ではない。武士松村の名に恥じぬように、礼儀作法や教養を身につけなければならない。

「その言葉を忘れないように……。さて、さっそくですが、上様に拝謁することにしましょう」

「拝謁……。今からですか？」

「そうですよ。ウンジュは、引き続き御側守役なのです。いつ何時上様のお召しがあるかわかりません。いつでも、お目にかかれるように心の準備をしておいてください」

二人は、拝謁の間に行き、御主加那志が現れるのを待った。やがて、お付きの親方《ウエーカタ》の声が響いた。

「上様のお成りである」

宗棍と東風平親雲上はひれ伏した。衣擦れの音が聞こえる。やがて、御主加那志が腰を下ろしたのだろう。声が聞こえた。

「そのほうが武士松村か？」

宗棍は手をついたままこたえた。

「ウー。松村宗棍でございます」

「面を上げなさい」

宗棍は顔を上げた。御主加那志は、色白の若者だった。宗棍より若い。まだ二十三歳なのだ。

「先王同様に、朕をよろしく頼む」

「恐悦至極にございます」

御主加那志の言葉に、宗棍は再び頭を下げた。

御主加那志がさらに声をかける。

「そのほうに手を習えば、朕も強くなれるか？」

宗棍は手をついたままこたえた。

「稽古次第でございます」

相手が国王であっても、こと手については、宗棍は嘘をついたりごまかしたりはしない。

「そうか。では、稽古に励むとしよう。王が弱くてはこの沖縄《ウチナー》を守ることができないからな」

そのとき、東風平親雲上が言った。

「まことにお見事なお心がけでございます」

「東風平。ヤーのお世辞は聞き飽きた」

父親でもおかしくないくらい年上の東風平親雲上を呼び捨てだ。御主加那志なのだから、当然かもしれないが、このとき宗棍は「先王とは違うな」と感じた。

坊主御主《ボージウシュー》が呼び捨てにしたとしても、親しみを感じたはずだ。この御主加那志は、若いが苦労をしてきた。十六歳で摂政となり、事実上の国王としての重責を担ってきたのだ。

辛いことも多かっただろう。ならば、これからは自分が力になって差し上げよう。宗棍はそう思った。

そう言うと、若い御主加那志は退席した。

「では、よしなに」

帰宅すると宗棍は、チルーにお役目のことを告げた。チルーは、あっけらかんとした口調で言った。

「おや、そうですか」

「驚いたり、喜んだりはしないのですか?」

「だって、御主加那志の武術指南役でしょう? 旦那様をおいて他にあり得ないでしょう」

「お暇を出されるのではないかと思っていたのですが……。どうやら、ワンよりもチルーのほうが、腹が据わっているようですね」

「武士松村の妻ですから」

その夜、同じことを照屋筑登之親雲上《てるやチクドゥンペーチン》にも伝えた。すると、彼は言った。

「そうか。ヤーは首里《しゅり》城に残るわけだな。それはよかった」

「ウー。ほっとしました」

「ところが、ワンが首里を離れることになった。八重山《やえやま》在番だ」

「えっ……」

「そんな顔をするな」

目を見開いて、言葉を失っている宗棍に向かって、照屋筑登之親雲上が言った。「ワンのめでたい門出だぞ」

「しかし……」

「転勤は宮仕えの常だ。いつまで首里にいるかわからないと、ヤーがワンのところに通いはじめる前に、言っておいたはずだ」

「たしかに、そう言われましたが……」

「以前ワンが言ったことを覚えているか？」

「以前おっしゃったこと……？」

「一度は師のもとを離れなければならないという話だ」

「もちろん、覚えています。しかし、それが現実になるとは思ってもいませんでした」

「それは覚悟が足らんな。ヤーは一人でも稽古ができるほど上達した。いいか。師のもとを離れている間、どういう修行をするかが大切なのだ」

「何をしていいのかわかりません」

「再び、上様の指南役を仰せつかったのだろう」

「ウー」

「これも、いつか言ったことだがな。教えることは、すなわち教わることだ。それをよく考えるのだ」

「ウー……」

が……」

宗棍は力なく言った。「坊主御主にお教えするときに、いろいろと頭を使いました

「それだ。ヤーの手は、頭を使う手だ。並の武士は剣術を習ってそれで終わりだが、ヤーはそれを手に取り入れることを考えた。たいしたものだ」

照屋筑登之親雲上に褒められることなど滅多にないので、宗棍は何を言っていいのかわからず、黙っていた。

照屋筑登之親雲上が言った。

「八重山在番を機に、中城間切佐久川《なかぐすくまぎりさくがわ》の姓を賜った」

「名島《なじま》ですか。それは、おめでとうございます」

領地をもらったわけではないが、姓をもらうのはそれと同じくらいに名誉なことだ。それを名島と言ったりする。

「これからは、ワンは佐久川寛賀《かんが》だ」

照屋改め、佐久川筑登之親雲上は、八重山に旅立った。残された宗棍は不安だったが、落ち込んでもいられない。新しい御主加那志の尚育王が手の指南をお求めだ。それにおこたえしなければならない。

ある日、お召しがあり、御主加那志のもとに参上すると、その場に見知らぬ若者がいた。

御主加那志が言った。

「板良敷《いたらしき》のマサンルだ。板良敷家は、朕と同じ尚氏の出でな。マサンルも、ゆくゆくは親雲上になる」

宗棍よりもはるかに家柄がいいということだ。マサンルは真三良で、三男によくある童《ワラビナー》名だ。

宗棍は頭を下げた。

「松村宗棍でございます。お見知りおきを……」

「松村が頭を下げることはない。マサンルの師となるのだからな」

「師……？」

「この者に手を教えてやってほしい。朕の謝恩使が親国に行くときに、この板良敷に同行させようと思っている」

冊封《さくほう》謝恩使は、国王が即位した際に、宗主国に対して謝恩のために送る使節団だ。

「手を学びたいと……？」

「旅には危険が付きものだ。強くしてやってくれ」

「手は一朝一夕で身につくものではありません。いつ親国にお発ちになるのですか？」

「さあな。二、三年先のことだろう」

王が即位すると、宗主国はそれを認めるための手続きを取る。謝恩使を送るのはその後になるので、それくらいの月日が経ってしまうのだろう。

「三年ならば、なんとか……」

「すぐに始めてくれ」

「上様の稽古はどうされますか？」

「もちろん、板良敷の稽古は、朕の後だ」

まず御主加那志の手ほどきから始めた。坊主御主のときと同じく、向かい合って攻撃をさせる。すぐに御主加那志の息が上がった。

「今日はこのくらいでいいだろう」

御主加那志が言った。「あとは、板良敷をよろしく頼む」

「かしこまりました」

御主加那志が退出すると、宗棍は板良敷に言った。

「親国においでになるために、手をおやりになるということですね」

「上様のご命令ですから……」

「本当はやりたくないのですか？」

「二、三年ではどうしようもないでしょう」

「たしかに、おっしゃるとおりです。普通は二、三年で強くなどなれないでしょうね」

「ならば、やっても無駄です」

「普通ならと申しました。普通でない努力をすれば、強くなれます」

「武士松村になら、それができるということですか？」

「ウンジュ次第でしょう」

板良敷はしばらく何事か考えている様子だった。

「では、習うことにしましょう」

宗棍はうなずいて言った。

「上様が仰せになったとおり、私《ワッター》たちは師弟ということになります」

「ウー」

「まずは、お名乗を教えてください」

「朝忠《ちょうちゅう》といいます。でも、上様のように童名で呼んでくれていいです」

家柄の違いが、宗棍にそれを躊躇《ちゅうちょ》させた。

「いえ、ワンは板良敷殿とお呼びすることにしましょう」

「ワンは弟子ですから、それでは変でしょう。呼び捨てにしてください」

「わかりました。ではそうしましょう」

宗棍が数えで二十七歳、板良敷が十八歳のときのことだった。

御主加那志は、武術にはあまり熱心ではなく、進歩もそれなりでしかなかったが、一方で、板良敷の成長は目覚ましかった。

稽古を始めた当初は、御主加那志とそれほど違わなかったのだが、次第に稽古に熱中しはじめた。もともと、武術の素質があったようだ。

三ヵ月も経つと、急速に力をつけてきた。そうなると、弟子としての態度も変わってくる。初めて会ったときは、ぶっきらぼうで気位が高そうだったが、いつしか宗棍の言うことは何でも聞くようになっていた。

板良敷は特に、巻藁稽古に熱心だった。彼は言った。

「巻藁は、よそでは見かけません。こんなにすばらしい鍛錬法なのに」

宗棍はこたえた。

「今にきっと、誰もがやるようになりますよ」

「先生は、薩摩《さつま》の剣術からこの巻藁を考え出されたそうですね」

「もとになったのは示現流《じげんりゅう》の立木打ちです」

「ワンにも示現流を教えていただけませんか?」

「手だけでは不足ですか?」

「示現流が、先生の手の奥義の一つと心得ております。ですから、それを学びたいのです」

「いいでしょう。沖縄にもユスノキが生えていますから、それを切ってきて稽古をしましょう」

もともと宗棍が半年で学んだ剣術だ。必死になれば短期間でも、ものになるはずだ。板良敷には武才がある。そして、きわめて熱心だ。きっと、示現流の使い手にもなるだろう。

宗棍はさっそく、板良敷に立木打ちをやらせてみた。案の定、やめろと言わない限り、彼は延々と打ち込みを続けた。体力が限界に来てもやめない。ふらふらになって倒れたこともある。

あるとき、宗棍があきれて言った。

「そんなに無茶な稽古を続けていると、体を壊しますよ」

板良敷はきょとんとした顔で言う。

「ワンはそんな無茶をしていますか？」

彼には自覚がないのだということに、宗棍は気づいた。きっと辛いとも思っていないのだろう。やらされる稽古は辛い。だが、自ら進んでやる稽古は辛さを感じない。板良敷は常に、武術に興味を持ち、それを身につけることしか考えていないのだ。彼はワン以上の武術家になるかもしれない。

宗棍はそう思った。

もともと板良敷は、沖縄の最高学府である国学で学んだ秀才だ。その優秀さが認められて謝恩使の一員に選ばれたのだろう。並外れて優秀で、しかも尚氏の血を引いている。上様の覚えがめでたいのも当然だと、宗棍は思った。

22

尚育王即位の三年後、すなわち道光十八年（一八三八年）、謝恩使節団が親国に向けて旅立った。御主加那志の言葉どおり、板良敷も同行した。

海路でまず福州に向かい、それから陸路北京《ペキン》を目指す。長い旅だ。福州には柔遠駅《じゅうえんえき》があり、そこまで行く者は少なくないが、北京まで行く者はごく限られている。板良敷はまさに特別に選ばれた人材なのだ。

宗棍は、板良敷のようなきわめて優秀な若者を弟子に持つことができて、自分は幸せだと思った。そして、その大切な弟子が親国に行ってしまったことを淋しく思った。

そんな宗棍のもとに、うれしい知らせがあった。佐久川筑登之親雲上寛賀が、八重山在番の任務を終えて首里に帰ってくるというのだ。

宗棍は師の帰りを、今か今かと待ちわびた。

佐久川筑登之親雲上到着の知らせを聞くと、宗棍は鳥小堀の屋敷に駆けつけた。

宗棍と同じように佐久川筑登之親雲上の帰りを知り、駆けつけた人々で、屋敷は賑やかだった。佐久川筑登之親雲上はすっかり日焼けしていた。前よりも元気そうに見える。

「あい、カミジャーか」

宗棍に気づくと、佐久川筑登之親雲上が言った。

「お久しゅうございます。お元気そうで何よりです」

「ああ《ウー》。八重山の三年など、あっという間だった。おまえも元気そうだな」

「ウー」

次から次へと人が訪ねてきて、ゆっくり話などできる状況ではない。宗棍は、言った。

「今日は失礼して、あらためてうかがうことにします」

「そうか。また、稽古に来るがいい」

「ウー」

その日は引きあげ、翌日から稽古を再開した。三年の空白などあっという間に埋まり、宗棍はまったく昔のようだと思った。

首里王府では、御主加那志の武術指南を務め、以前のように毎日ではないが、佐久川筑登之親雲上のもとで手の稽古をする。そんな平穏な日々が続いた。

佐久川筑登之親雲上が首里に戻って一年ほどが過ぎた頃のことだ。

「妙な噂が立っている」

佐久川筑登之親雲上が宗棍に言った。

「妙な噂？　どのような噂です？」

「ヤーが私の遺骨を、北京から持ち帰ったという噂だ」

「何ですか、それは……」

「さあな……。ワンは北京など行ったことがないのだが……」

「ワンだって行けるはずがありません。北京に行けるのは、御殿《ウドゥン》の人たちや特に選ばれた人たちですから……」

そこまで言って、宗棍は、はっと思い当たった。

「ワンの身近で北京に行った者がおります」

宗棍が言うと、佐久川筑登之親雲上は眉をひそめた。

「ほう……。それは何者だ？」

「板良敷朝忠という若者で、謝恩使の一員です」

「板良敷家のことなら知っておる。朝忠というと、おそらく三男坊だな」

「はい。上様はマサンルと呼んでおいででした」

「上様が……？　どういうことだ？」

「板良敷に手を教えるようにとの、上様の仰せでした。それで、謝恩使が出発するまでの三年ほど、手と示現流を教えました」

「なるほど……。それで、その板良敷がどうした？」

「市井《しせい》では、ワンが北京に行ったという噂になっているのでしょう。それは、おそらく弟子の板良敷のことと勘違いされたのではないでしょうか？」

「いくらなんでも、そんな勘違いをするものだろうか」

「噂というのは、そういうものです。先生が八重山に行かれていたのも、いつしか北京に滞在していたということになってしまったのでしょう」

「誰かが勘違いをしてそういう話をでっち上げ、それが世間に広まったということか……。しかし、ヤーが北京からワンの遺骨を持ち帰るとは……。ワンは、こうして生きているのにな」

「市井の者たちには、士族《サムレー》の日常生活のことなどわからないでしょうから……」

「人々は、武士の伝説を作りたがる。武士松村が北京に行ったとなれば箔《はく》がつく。さらに師の遺骨を持ち帰ったとなれば、義に篤《あつ》い立派な人物ということになる」

「なんとか間違いを正さなければなりませんね」

「放っておけ。噂など気にすることはない」

「はあ、そうでしょうか……」

佐久川筑登之親雲上は器が大きい。小さいことは気にしないのだ。宗棍は師の言うとおりにしようと思った。


やがて、その板良敷が北京から戻ってきた。宗棍は、彼が一回りも二回りも大きくなったように感じた。実際に体が大きくなったわけではない。まとっている雰囲気が大きくなったのだ。

板良敷が不在の間に、新たに宗棍の弟子となった者がいた。富村《とみむら》という若者だ。家柄は筑登之親雲上だということだ。

それを伝えると、板良敷は言った。

「ワンにも弟弟子ができたということですね」

宗棍はほほえんで板良敷に尋ねた。

「北京はどうでした？」

「親国の言葉を学ぶのが忙しく、ほとんど他のことはできませんでした」

「いろいろなものを見聞きしたのでしょう？」

「紫禁城《しきんじょう》が立派で大きいのには驚きました。那覇《なは》の町より広いのではないかと思いました」

それはいくらなんでも大げさだろう。だが、板良敷にとっては、それくらいの印象があったということだ。

「親国の言葉が話せるようになったのですか？」

「ウー。必死で学びましたから……」

板良敷ならそれが可能だと、宗棍は思った。彼には人並み外れた集中力がある。

「ワンの師の佐久川筑登之親雲上は、親国の手が得意です。ワンも本場でそれを見てみたかった……」

「そうそう、そのことです。親国の手」

板良敷は、興奮した面持ちで言った。「親国の役所には武官もたくさんいるので、きっと武術を見せてくれるものと思っていたんです」

「どうでした？」

「北京にいる武官は、武術などやりません」

「どういうことです？」

「彼らに必要なのは、操兵術です。つまり、軍隊を動かす能力なのです。何万という兵を自在に操る能力。それが皇帝のおわす北京で必要な武官の力なのです。武術が見たければ、大道芸を探すか田舎へ行けと言われました」

親国の皇帝は今でも臨戦態勢だということだろう。おそらく、沖縄も国を分けて戦っていた三山時代には、個人の手などそれほど重視はされなかったに違いない。集団で戦う手段が重要だったはずだ。

沖縄の手は、薩摩に支配されるようになって進化した。皮肉なことに、戦わずにいられる時代に、戦いの技術が研ぎ澄まされるのだ。おそらく、ヤマトの剣術にも同じことが言えるのではないだろうか。

「では、北京では親国の手を見られなかったのですね？」

「ウー」

「それは残念でした」

「ところが、行きと帰りに寄った福州には、立派な武術家がいたのです。そこで、套路《とうろ》を見せてもらいました」

「なるほど、永山筑登之親雲上も福州に赴任したときに、本格的な親国の手を学んだということでした」

宗棍の言葉に、板良敷がうなずいた。

「ウー。柔遠駅に滞在するわが国の者たちの多くが、そうした武術家に親国の手を習っていました」

「ウンジュも、習ってきたのですか?」

「ウー。十三歩という手を習ってきました。親国の人はセーサンと呼んでいましたが……」

「ほう、それはいい。見せてもらえますか?」

「喜んで……」

板良敷は得意げに段のものを演じはじめた。学んできたものを師に見てもらうのがうれしいのだろう。

なるほど、セーサンはいかにも親国の手らしく、深く力強い呼吸とともに動くのが特徴のようだ。板良敷が演じ終えると、宗棍は言った。

「見事な手です。大切にしてください」

板良敷は、さらにうれしそうな顔になって、うなずいた。

何日かぶりに佐久川筑登之親雲上の屋敷を訪ねた。今では昔のように厳しく鍛えられることもなくなっていた。師の気が向いたときに手合わせをする程度で、あとは縁側に座って話をすることが多かった。

「カミジャー。また何か考えているな？」

佐久川筑登之親雲上にそう言われて、宗棍は笑った。

「わかりますか。先生にはかないません」

「話してみろ」

「段のもののことです。親国の人は套路と呼んで、段のものを大切にするそうですね」

「そうだな。ヤマトの剣術でも型稽古《かたげいこ》を大事にする」

「板良敷が、福州で套路を習ってきました。それを見るだけでどんな手なのかがわかりました」

「だがな、カミジャー。套路を稽古してちゃんと使えるようになるには、何年もかかる。それよりも、その中に含まれている技を一つ一つ伝授したほうが早い」

「ワンもそう思っておりました。師と弟子が一対一ならば、それが一番いいと……」

「そうか……」

佐久川筑登之親雲上は、吐息を洩らした。「ヤーは、多くの弟子を育てたいと言うのだな？」

「『ヤーはきっと、その手で多くの人を幸せにするだろう』。坊主御主にそう言われました。ワンはそのお言葉に従いたいのです」

佐久川筑登之親雲上は、宗棍の言葉に深くうなずいた。

「それがヤーの手だと言うのなら、よかろう」

「段のものなら、手を多くの人に、また時代を超えて伝えられるのではないかと思います」

「それも一つの考え方だ」

「ですから、段のものをお教えいただきたいと思っていたのですが……」

「それなら、ワンよりもいい師がいる。佐敷《さしき》間切の屋比久《やびく》村《むら》に、屋比久の主《しゅ》と呼ばれる武士がいる」

「屋比久の主」

「ワンよりも古伝の手に通じているから、段のものを習うなら、この人を措《お》いて他にはなかろう。訪ねてみるといい」

「ありがとうございます《ニフェーデービル》」

宗棍は立ち上がり頭を下げた。「さっそく明日にでも、佐敷間切まで行ってみることにします」

「ああ。手を覚えてきたら、ワンにも見せてくれ」

「かしこまりました」

佐敷間切は、首里から南東へ二里半ほどのところにある。棚原に通うこともなくなった宗棍にとっては、久しぶりの遠出となる。

下城してから、徒歩で出かけた。

村に着くと、屋比久の主の家はすぐにわかった。なにせ脇地頭なのだ。村で一番立派な家を探せばいい。

ここまでの道中、宗棍はどうやって指南を頼もうか、あれこれ考えていた。古伝の手は大切なものだ。おいそれと教えてくれるとは思えなかった。

平身低頭、誠意を尽くして頼むしかない。追い返されたら、何日でも通い詰める覚悟だった。

屋敷を訪ねると、庭で鶏に餌をやっている日に焼けた老人がいた。

「すみません。屋比久の主なるお方にお目にかかりたいのですが……」

老人は、目を瞬いた。

「ワンがそう呼ばれているが、何か用か？」

「これは失礼いたしました。ワンは、松村宗棍と申します。首里から参りました」

すると、屋比久の主は、目を丸くした。

「これは驚いた。まさか、武士松村が訪ねてくるとは……」

「手の段のものをお教えいただきたく、参上いたしました」

屋比久の主の表情が引き締まった。宗棍は、その顔を見て思った。

やはり、断られるのだろうか。

まあ、そう簡単に事が運ばないことは覚悟の上だ。宗棍は屋比久の主の言葉を待った。

厳しい表情のまま、屋比久の主が言った。

「ワンから古伝の手を学びたいと……？」

「ウー。ぜひともお願いしたいのです」

屋比久の主がしみじみとした口調で言った。

「なんとありがたいことか……」

「は……？」

意外な言葉だったので、宗棍は一瞬何を言われたのか理解できなかった。

屋比久の主の言葉が続いた。

「手は沖縄の宝だ。正しく受け継いでいかなければならない。ワンは、手を継いでくれる者を探し求めていたのだ」

「では、教えていただけるのですね？」

「伝える相手は、誰でもいいというものではない。邪《よこしま》な者に伝えたら、手を悪用されてしまう。また、怠惰な者に伝えたら、修練を怠って、手は情けないものに変わり果ててしまうだろう。その点、武士松村なら、申し分ない」

「もったいないお言葉です」

「さあ、すぐに始めよう」

「あの……。ご先祖様にご挨拶を……」

「あい、そうだな。まず、それが先だ」

宗棍は、仏壇に線香を上げた。

屋比久の主が言った。

「いやあ、武士松村が手を習いに来たとは、なんと光栄なことか。村人たちに自慢できるぞ」

「こちらこそ、先人の手をお教えいただけるなんて、光栄なことだと思います」

「さあ、まずはナイファンチだ」

稽古が始まった。

段のものは踊りのようなものだと、軽く考えている者もいるようだが、それは大きな間違いだ。言われるままに繰り返していると、汗でびっしょりになり、手足が重くなってきた。

屋比久の主はそれを見て言った。

「手順を覚えるまでは力を入れる必要はない。ちゃんと覚える前に力むと、正しい形が身につかない」

「ウー。わかりました」

気がつけば、あたりはすっかり暗くなっている。

屋比久の主が言った。

「どれ、今日はこれくらいにしておくか」

「まだやれます」

「あせったところで、身につくものではない。田舎の村だからたいしたものはないが、夕食を食べていくか？」

「いえ、これでおいとますることにいたします」

「遠慮はいらないぞ」

「妻が夕食の仕度をして待っておりますので……」

「そうか。ご妻女は、与那原《よなばる》のチルーさんだったな。チルーさんも有名な女武士《イナグブサー》だ」

「明日もまた、うかがってよろしいでしょうか？」

「あい、首里から毎日やってくる気か？」

「手のためなら、苦労は厭《いと》いません」

「さすがは武士松村だな。だが、勤めもあろう。毎日来ることはない。来られるときに来ればいい」

「勤めの後に馳《は》せ参じます」

「まあ、ワンは隠居の身だから、いつでもここにおる。好きにするといい」

それから宗棍は、ほぼ毎日、佐敷に通った。勤めを終えるとまっすぐに稽古に行き、帰宅してから夕食だ。時にはそれから、佐久川筑登之親雲上の屋敷を訪ねることもあった。

チルーがさすがにあきれたように言った。

「あまり無理をすると、倒れてしまいますよ」

宗棍はこたえた。

「無理をしているつもりはありません。ワンはまだまだやれます」

この言葉は嘘でも強がりでもない。宗棍は三十歳を過ぎたばかりで、心身ともに充実しており、いくらでも稽古ができるような気がしていた。

屋比久の主から古伝の手の段のものを教わるのがうれしくて、疲れなどまったく感じていなかった。

佐久川筑登之親雲上のもとに通いはじめた頃のようだと、宗棍は思った。当時はまだ十七歳で若かった。だが、明らかに今のほうが体力があると感じていた。

ある夜、佐久川筑登之親雲上のところに行くと、こう尋ねられた。

「屋比久の主のところはどうだ？」

「古伝の段のものの手順を覚えているところです」

「どれ、やって見せてくれ」

宗棍は覚えたてのナイファンチをやることにした。

ナイファンチは真横に一歩移動するだけなので、広い場所を必要としない。庭でやるにはもってこいだ。

やり終えると、佐久川筑登之親雲上が言った。

「ワンが見ているので、力んだな」

「そうかもしれません」

「最初から力んでは、いい手にならない」

「同じことを屋比久の主にも言われました」

「だが、なかなかできておる。その調子で続けるといい」

「ウー」

充実した日々は早く過ぎていく。気がつけば、佐敷に通いはじめて一年が過ぎていた。

「ウンジュの上達の早さには驚かされる。普通、一つの手に三年はかかるのだが、一年で立派なナイファンチになった。では、次にパッサイをやろう」

「ニフェーデービル」

「パッサイは、ワンが泊《とまり》武士から教わったものだ。実戦に役立つ手だから、よく覚えるように」

「ウー」

パッサイはナイファンチに比べて長く、動きも複雑だ。佐久川筑登之親雲上もそうだが、師は手取り足取り教えてくれるわけではない。師の動きを必死で見て、段のものを覚えなければならない。

難しいパッサイの手を覚えるのに、宗棍は夢中になった。泊のパッサイは、以前も見たことがあった。屋比久の主のパッサイは、それとは少し違っているように感じた。

泊のパッサイに比べて、舞うように美しい手だ。宗棍はこのパッサイが気に入った。

宗棍は、学んだ古伝の手を御主加那志と板良敷に教えた。御主加那志は相変わらず、それほどやる気がなさそうだったが、板良敷はたちまち夢中になった。

「親国の套路ともちょっと違って、とても味わい深いです」

板良敷の言葉に、宗棍はうなずいた。

「沖縄の手は親国の影響を受けてはいるが別のものだと、ワンは考えている。先人が工夫を重ねた沖縄独自の武術なのだ」

「ウー。段のものをやることで、手への理解が深まるように感じます」

さすがは才人・板良敷だと、宗棍は思った。

親国の言葉を学んで帰った板良敷は、今度は英語通事の安仁屋政輔《あにやせいほ》について英語を学んでいるという。彼は手の修行だけでなく、学問にも貪欲だ。

道光二十四年（一八四四年）、首里城内は騒然となった。外国の巨大な軍艦が那覇にやってきたのだ。フランスの軍艦で、デュプラン提督が乗る船だった。デュプランは首里王府に強く通商を求めた。

事実上沖縄を支配している薩摩は、表には出てこなかった。ヤマトは外国との関わりを禁止している。薩摩がフランスと交渉をするわけにはいかなかったのだ。

若い御主加那志は、連日たいへんなご苦労をされていた。フランスは通商を申し入れるが、薩摩の基本姿勢は攘夷《じようい》で、御主加那志はそれに逆らうことができない。完全な板挟みだった。

このとき、板良敷が通事に抜擢《ばつてき》されて、おおいに御主加那志を助けたのだ。板良敷が、二十七歳、宗棍は三十六歳だった。

フランスに対する首里王府の外交は見事だったと言われている。何を言われても当たり障りのない返答でのらりくらりと相手の要求をかわした。結局、デュプラン提督は、何の成果もないまま帰国せざるを得なかったのだ。

23

フランスの軍艦が那覇を去って、城内がようやく落ち着きを取り戻した頃、内城の控えの間にいた宗棍を、永山筑登之親雲上が訪ねてきた。

宗棍は驚いて言った。

「これはご無沙汰をしておりました」

「ふん。私が城を去ったとでも思っていたか」

「いえ、そうではありませんが、しばらくお姿を拝見しませんでしたので……」

「ワンはずっと、平等方《ひらほう》にいた」

平等方は司法や犯罪の取り締まりを担当している部署だ。

「平等方は、あなたにはまことにふさわしいと思います。それで、今日はどんなご用で……」

永山筑登之親雲上は、廊下のほうを見て言った。

「入れ」

その言葉にうながされて、一人の若者が入室してきた。

永山筑登之親雲上が言った。

「安里《あさと》のカミという。十七歳だ」

若者は丁寧に礼をした。

「安里安恒《あんこう》と申します。童名は、思亀《ウムカミ》です」

永山筑登之親雲上《トウンチ》が言った。

「カミの家は殿内だ。ゆくゆくは、カミも親雲上になる。私たちより偉くなるんだ」

やはりそうかと、宗棍は思った。仕草や言葉づかいから育ちがいいに違いないと思っていたのだ。

宗棍は尋ねた。

「それで、この若者が何か……？」

「手を教わりたいと言う。教えてやってくれ」

宗棍は驚いた。

「ウンジュがおやりになればいい」

「おまえはワンより強い」

「そんなことはありません。勝負は時の運じゃありませんか」

「それに、ヤーは上様の指南役だ。それに巷《ちまた》では、武士松村と呼ばれて有名だ。ヤーが教えたほうが箔《はく》がつく」

「箔がつくとかいう問題ではないでしょう。永山殿は、間違いなく強い。ウンジュがご指南されるべきではないですか？」

「いいか、松村。ワンはヤーを見込んでこのカミを連れてきたのだ。余計なことは言わずに、一言引き受けると言えばいいんだ」

永山筑登之親雲上のこの一言に、宗棍はさらに驚いていた。彼は、自分を憎んでいるに違いないと思っていた。だが、彼は宗棍を「見込んで」と言った。つまり、宗棍のことを高く評価しているということだ。

宗棍は戸惑いながらも、永山の言葉をうれしく思った。

「そういうことであれば、喜んでお引き受けいたします」

永山はぶっきらぼうにうなずいた。

「では、頼むぞ」

彼は部屋を出て行こうとした。宗棍は呼び止めた。もう少し話がしたいと思った。

「板良敷という者が、謝恩使に同行して北京に行ってきました」

永山が足を止めて言った。

「板良敷なら知っている。それがどうかしたのか？」

「行き帰りに福州で、親国の武術を習ってきました。彼はセーサンという手を持ち帰ったのです」

「セーサンか……」

「ウンジュも、柔遠駅におられるときに、本場の親国の手を学んだそうですね」

永山が怪訝そうな顔で宗棍を見た。

「そのために柔遠駅に滞在していたようなものだ」

「套路も習ってきたのですね」

「当然だ。親国で武術の稽古といえば、まず套路だ」

「ワンは今、古伝の手の段のものを学んでいます。親国の套路にも興味があります」

「ふん……。見たければ、いつでも見せてやる」

「本当ですか？」

「ワンは嘘は言わん」

永山はそう言うと、くるりと背を向けて部屋を出ていった。

宗棍は思った。もしかしたら永山筑登之親雲上は、ワンとの交流の機会を求めていたのではないだろうか。月日が人の心を変えるということもある。今はもう、昔の永山ではないのかもしれない。

「あの……」

一人残された安里が言った。「ワンは、どうすればよろしいのでしょう」

宗棍は尋ねた。

「王府に登用されているのですか？」

「いえ。まだ勉強中の身です。来年か再来年にはなんとか……」

「では、城内で稽古するわけにもいきませんね。ワンの自宅でやりましょう」

「わかりました。さっそく今夜からうかがいます」

宗棍は慌てた。

「いや、もう少し待ってほしい」

「は……？」

「実は今、佐敷の屋比久の主という方から古伝の手を習っている。ほぼ毎日、下城したら佐敷まで通っている。戻ってきて夕食を済ませたら、佐久川筑登之親雲上のお屋敷にうかがうこともある。とてもウンジュに教える時間がない」

「いつまで待てばよろしいのでしょう？」

「いつまでとは約束はできない。だが、そう長くは待たせない」

「わかりました」

安里は、がっかりした様子でそう言った。

屋比久の主のもとでは、パッサイの稽古が終わり、クーサンクーを教わっていた。宗棍はその手もすでに修得しており、屋比久の主から「もう教えることはない」と言われていた。あとは、いとまの許しを得るだけなのだが……。

手を覚えたのでおいとまいたします、とは言いにくい。

稽古をいつまで続けるかは、弟子が決めることではない。師が決めるのだ。だから、宗棍は自分から屋比久の主のもとを去ることなどできない。

稽古を続けていれば、安里を指導する時間もない。

安里が王府に登用されるのを待つしかないかと、宗棍は思った。板良敷や富村は王府に勤務しているので、城内で稽古をすることができる。安里が城に通うようになれば、板良敷といっしょに稽古することができるだろう。

そういうわけで、宗棍は佐敷での稽古を続けていた。ある日、屋比久の主が言った。

「あい、カミジャー。ヤーは、クーサンクーも覚えてしまったな」

いつしか屋比久の主も、宗棍のことを坊主御主や佐久川筑登之親雲上と同じく「カミジャー」と呼ぶようになっていた。

宗棍は言った。

「手順を覚えただけです。まだちゃんとした手になっていません」

「手が自分のものになるには、何年もかかるさ」

「気づいたことがあります」

「何だ？」

「パッサイは泊の手ですね？」

「そうだ」

「そして、クーサンクーは中部のほうでやられていた手だとか……」

「北谷《ちゃたん》の武士がやっていたと言われている」

「なのに、やってみると二つの手は似ているような気がします」

屋比久の主は笑顔になって言った。

「それがわかるとは、たいしたものだ。ワンがやるパッサイは、泊のパッサイとはちょっと違っている。泊のパッサイはもっとクーサンクーに似ている」

「それはなぜでしょう?」

「ワンにもわからんが、パッサイもクーサンクーも古い手だ。もしかしたら、元は同じ手だったのかもしれない。それが、片や泊に伝わり、片や北谷に伝わり、そこで変わったのかもしれない」

「古い手が、どこでどうやって作られたのか、とても興味があります」

「カミジャー。もういいだろう」

屋比久の主の言葉に、宗棍は思わず聞き返した。

「もういいとおっしゃいますと……?」

「これまで、パッサイとクーサンクーが似ているなどと言った者はいない。ヤーはそこまで深く手のことを理解しているということだ。これまでよく毎日、佐敷まで通ったものだ。もうその必要はない。稽古は今日で終わりだ」

宗棍は複雑な気持ちになった。時間ができれば、安里の指南もできる。だが、師と別れるのは淋しい。

佐久川筑登之親雲上が、八重山に赴任したときもそうだったが、放り出されたようで辛かった。

宗棍が黙っていると、屋比久の主が言った。

「何という顔をしておるのだ。ワンはずっとここにいる。会いたければ、いつでも会いにくればいいのだ」

宗棍は頭を下げた。

「先生に教わった手は、いずれも私の宝です。大切にいたします」

「ウー。そうしてもらわんと、困る」

時間ができたので、安里に手を教えることにした。自宅に招き、仏壇で線香を上げてもらう。

手は、日が落ちて暗くなってからやるものだという伝統があったが、宗棍は下城してまだ日が暮れないうちから稽古を始めることにした。もうこっそり隠れて手をやる時代ではないと思いはじめていた。

安里は実に真面目な若者だった。実直なだけでなく、情けもある。聞けば、貧しい友人をよく助けているという。家に招いていっしょに科《コウ》のための勉学に励んでいるのだ。

宗棍は尋ねた。

「その友人の名は?」

「糸洲《いとす》といいます。名乗はワンと同じく安恒」

「いつか、連れてくるといい」

安里は、ぱっと顔を輝かせた。

「手の稽古に呼んでよろしいのですか?」

「ウー。ウンジュの友人で、科を目指しているというのなら、問題はないでしょう。だが、まずはウンジュが手の基本を学ぶことです」

「ウー」

指導を始めてみると、安里には並外れた武術の素質があることがわかった。まるで砂が水を吸うように宗棍の教えを身につけていった。

安里の動きは鋭かった。そして、身をかわすことがうまい。これは剣術が向いていると、宗棍は思った。

「安里さん。示現流をやってみましょう」

安里はまた、うれしそうな顔をする。

「え……。手だけではなく、剣術も教えていただけるのですか?」

「王府の士族の中にも示現流をやっている者は少なくありません。きっとウンジュの役に立つでしょう」

「あの……。先生……」

「何でしょう?」

「安里さんではなく、思亀と呼んでください。永山筑登之親雲上のように、カミだけでもいいです」

「しかし、ウンジュの家は殿内でしょう。将来ウンジュは、親雲上になるわけですし……」

「ですが、ワンは弟子なのです」

「わかりました。では、カミと呼ばせていただきましょう」

宗棍の予想は当たった。示現流を教えてみると、安里の動きはいっそう鋭くなった。これは将来、すばらしい武士になるに違いない。宗棍はそう思った。

その頃、板良敷はどんどん公務が忙しくなっていた。清国《しんこく》語に加えて英語を操り、通事として頭角を現した。

御主加那志は、あるときから、ぱたりと稽古をしなくなった。もともと武術よりも、書や学問に熱心だったので、手に興味をなくしたのかと、宗棍は思っていた。

だが、そうではなかった。御主加那志は、重い病にかかっていたのだ。そして、道光二十七年（一八四七年）に崩御した。三十五歳の若さだった。

翌、道光二十八年（一八四八年）に、尚泰《しょうたい》王が、数え年六歳で即位した。宗棍はまた、御側守役を仰せつかった。だが、満でいうとまだ四歳の御主加那志に、手を指南するのは、いくらなんでも無理だった。しばらくお側にお仕えして、時が来るのを待とうと思った。

新王の世になっても、板良敷の忙しさは変わらない。まだ三十一歳の若さだが、外国船がやってくるたびに交渉の場に立たされた。

この頃には、すでに安里も首里王府に登用されていたが、手の稽古は相変わらず宗棍の自宅でやっていた。そして、糸洲も稽古に加わっていた。

糸洲は安里とは対照的だと、宗棍は思っていた。敏捷《びんしょう》な安里に比べると、糸洲はずいぶんと動きが緩慢に見えた。

宗棍は、佐久川筑登之親雲上のやり方を踏襲していた。弟子にかかってこさせて、技をかける。弟子は、地面に転がされながら、学んでいくのだ。

屋比久の主から習った段のものも大切に教えた。稽古の内容は、段のもの三に対して、立ち合いが七くらいだろう。実際に技を使ってみることを重視した。

そういう稽古だから、弟子の力量や個性が手に取るようにわかる。安里の進歩は著しい。手の実力も剣術の腕も上がっている。

だから、安里の打ち込みは鋭く、こちらの技をかわすのも巧みだ。一方で、糸洲はなかなか上達しない。安里に比べると、攻撃も防御も心許ない。

性格がきわめて温厚なところが、取り得といえば取り得だが、武術家として温厚過ぎるのも考えものだと、宗棍は思っていた。

糸洲は宗棍のもとで、安里とともにしばらく稽古を続けた。いつか糸洲も安里に追いつくものと、宗棍は考えていた。だが、その実力差は大きくなる一方だった。

同じことを教えていても、このように力の差が生まれてしまう。どうしたものかと思案し、ある夜、佐久川筑登之親雲上に相談した。

話を聞いた佐久川筑登之親雲上が言った。

「沖縄の手には二つの系統があってな。一つは首里でやられているものだ。こちらは力より技だ。俊敏な者に適している。もう一つは、那覇のほうでやられているもので、体が太くて力があるものに向いている。誰にでも向き不向きはあるものだ。もしかしたら、その糸洲というのは、那覇のほうの手が向いているのかもしれない」

「しかし、糸洲も私のもとに習いに来ているのです。どうすればいいでしょう」

「昔から出稽古はよくある話だ。ヤーも、ワンの弟子でいながら、屋比久の主に習いに行っただろう」

「はあ、そうですが……」

「長濱《ながはま》という那覇の武士を紹介してやろう。糸洲はしばらくそこに預けたらどうだ？」

「わかりました」

翌日、安里と糸洲がやってきたので、長濱の話をした。すると、糸洲ではなく、安里が言った。

「ここで修行を続けるわけにはいかないのですか？」

糸洲はただ困ったような顔をしているだけだった。

安里の言葉に、宗棍はこたえた。

「糸洲は見てのとおり、肉付きがいい。ワンの手よりも長濱の手が向いているかもしれません。これは糸洲のためなのです。自分に合わない手をいくら稽古しても上達はしません。長濱の手を試してみるのがいいと、ワンは思います」

安里が、さらに反論しようと身構える。すると、糸洲が言った。

「お心遣い、まことにありがたく存じます。先生の仰せのとおりにいたします」

そして、糸洲は長濱のもとで稽古をすることになった。安里はいっしょに稽古ができないのが、残念な様子だった。だが、彼も糸洲のためだと宗棍に言われて、納得したはずだった。

その頃から、板良敷もたまに宗棍の家にやってくるようになっていた。城にいる間は忙しくて手の稽古どころではないのだ。だから、下城してから宗棍の家を訪ねてくるようになった。

板良敷はますます役人としての風格が増していた。通事の実力はおそらく一番だろう。板良敷と安里がそろうと、手だけでなく示現流の稽古もいっしょにできるので、効率がよかった。

あるとき、板良敷が言った。

「示現流をやっていると言うと、薩摩のサムレーに喜ばれました」

「ほう……」

宗棍は言った。「沖縄人がなまいきに、とは言われませんでしたか?」

板良敷はきょとんとした顔になった。

「は?　ワンはそんなことを言われたことは、一度もありませんが……」

「そうですか。ウンジュは特別ですよ。ウンジュの通事の実力には、誰もが一目置いていますから……」

西洋船がやってくるたびに、板良敷が通事を命じられる。その際に、薩摩は護衛と称して監視の眼を光らせている。板良敷の見事な働きが、その薩摩のサムレーたちの眼に留まって、ずいぶんと評価されているという話を聞いていた。

板良敷には、このままどんどん出世してほしいものだ。そして、ワンはその板良敷と安里に、ずっと手を教えていきたい。筑登之親雲上の自分が、上様のお側に仕える立場でいられるのも手のおかげだ。宗棍はそう思った。

24

咸豊《かんぽう》元年（一八五一年）のことだ。

板良敷が、その働きを薩摩から褒賞された。首里王府の者が薩摩島津家の名のもとに正式に賞賛されるというのは、きわめて珍しいことだ。

沖縄人だけではなく、ヤマトンチュからもその実力を評価されたということは、たいへん喜ばしいことだと、宗棍は思った。だが、王府内にはそうは思わない者もいるようだ。

安里が言った。

「私は心配です」

宗棍は聞き返した。

「何が心配なんですか？」

「板良敷親雲上《ペーチン》です。ヤマトに近づき過ぎるような気がします」

安里がそんなことを言うのは、意外だった。

「評価されることは名誉なことじゃないですか」

「それはそうですが、薩摩は沖縄を支配しているのです。仲間ではありません」

宗棍には、あまりそういう意識はなかった。薩摩の琉球館に滞在したときに、伊集《いじゅう》院弥七郎《いんやしちろう》から特別に示現流を教わったりしたせいかもしれない。その示現流を自分の手に取り入れたという思いもある。

安里が言った。

「板良敷親雲上が、ヤマトにおもねっている。そう言っている者もいます。ヤマトに近づいたおかげで出世をしている、と……」

「それはとんだ思い違いです。板良敷さんが出世をしたのは、彼の実力です」

「ワンもそう思います。ですが、噂があるのは事実ですし、ワンが心配しているのは、板良敷親雲上が薩摩にうまく利用されているのではないかということです」

「まさか、そんなことはないと思いますが……。いずれにしろ、私たちは、板良敷さんを助けてやらなければならないと思います」

「はい。そうですね。もちろん、ワンもそう思いますが……」

安里との間で、板良敷の話をするのはそれきりになり、宗棍は不穏な噂のことなど忘れかけていた。

その年、アメリカから一人の日本人が帰国するということで、沖縄で取り調べが行われた。それに板良敷が立ち会うことになった。アメリカ側と薩摩の間に立って通事をするので、板良敷もその帰還者の話を聞いた。

宗棍は、そのときのことを板良敷から聞いた。

「その者の名前は、ジョン万次郎《まんじろう》といいます。土佐の漁師で、時化《しけ》に遭って遭難し、伊豆の鳥島という無人島で百四十三日間を生き延びたそうです。そこで、アメリカの捕鯨船に救助され、ハワイ経由でアメリカ本土に行き、長らく彼の地で暮らしたのだといいます」

「ほう、それはまたたいへんな経験をしたものです」

「ワンが驚いたのは、そのジョン万次郎から聞いたアメリカの様子です。アメリカでは鉄道が敷かれて、人や荷物を一度に大量に運べるのだそうです。産業も発達しています。そして、何より驚いたのは、国の元首を庶民が入れ札で選ぶということです。御主加那志を庶民が選ぶようなものです」

それを聞いても、宗棍はぴんとこなかった。

「御主加那志を人々が選ぶなどということは考えられません。わが沖縄も親国も、王になる者は決まっています」

「ですから、アメリカはすごい国なのです。軍艦もたくさん持っているし、ヤマトの近くまで来て捕鯨をやっているそうです」

「海の向こうに、そんな国があるのですね」

「行ってみたいです」

「親国に行くのもたいへんなのです。とても無理でしょう」

「アメリカの船はこちらまで来ているのです。いつかはきっとワッターもアメリカへ行けると思います」

「海の向こうはニライカナイだと思っていたのですが、その海の彼方《かなた》から異国人がやってくるようになったのですね」

「ああ、それでもニライカナイはありますよ。ワンはそう思います」

そう言って、板良敷は笑った。


その二年後の咸豊三年（一八五三年）、ペリーが艦隊を率いて那覇にやってきた。このときも、通事は板良敷だった。あらかじめ、ジョン万次郎から話を聞いていたおかげで、板良敷のアメリカについての知識が、ペリー提督一行を驚かせたということだ。

それらの功績により板良敷は、咸豊五年（一八五五年）に、読谷山間切大湾《ゆんたんざ》《おおわん》の地頭となり、さらに、咸豊八年（一八五八年）には、牧志《まきし》地頭となった。

このときから、板良敷は牧志親雲上を名乗るようになる。

その頃には、牧志親雲上の出世の陰には薩摩があるという噂が、宗棍の耳にも届くようになっていた。

好事魔多しという。このまま板良敷……、いや、牧志親雲上に何事もなければいいが……。

ずいぶん前に安里が言っていたことが、今さらながら気になりはじめた。

その心配は現実のものとなった。薩摩の当主島津斉彬《なりあきら》が亡くなり、事態が急変した。

斉彬は、沖縄とフランスを交易させてその利益を得ようと計画していた。それで、親薩摩派で首里王府内を固めようと図った。

斉彬の死で、王府内の反薩摩派が報復に乗り出した。疑獄事件や国王への謀反等のかどで、親薩摩派とされる重鎮たちが投獄された。その中に、牧志親雲上も含まれていた。

牧志親雲上投獄の知らせを聞いて、宗棍は悪い予感が的中してしまったと思った。御主加那志になんとか取りなしてもらえないものかと思案したが、この間、首里城内は混乱しており、宗棍も御主加那志に近づけなかった。

そして同治元年（一八六二年）、牧志親雲上が自害した。結局、宗棍は、牧志親雲上の投獄以来会うこともなかった。

聞けば、薩摩が英語教師に迎えると主張し、牢獄《ろうごく》から無理やり連れ出して、国許に迎えようとしたらしい。牧志親雲上は、その船から海に身を投げたのだそうだ。

その年、宗棍はすでに五十四歳になっていた。

牧志親雲上自害の知らせが、ひどくこたえた。年のせいかもしれないと、宗棍は思った。そんな宗棍を気づかったのだろう。稽古に来た安里が言った。

「先生、お気をたしかにお持ちください」

「ワンはだいじょうぶです」

「とてもそうは見えません」

そう言う安里は、もう三十五歳だ。すっかり一人前の武士だ。牧志が一番弟子だったが、今は富村が一番弟子、そして安里が二番弟子ということになる。すでに安里は親雲上を名乗っており、宗棍より位は上だ。

宗棍は無理にほほえんで言った。

「弟子は子供も同然です。先立たれるのは耐えがたい。順番は守らなければな……」

「おっしゃるとおりです。ワンも兄を失ったような気持ちです。ですが、弟子も増えましたので、その者たちのことを考えていただかないと……」

たしかにこの何年かで弟子も増えた。その中に、安里と同じ殿内《トゥンチ》の家柄の者がいた。喜屋武朝扶《きゃんちょうふ》という名だった。按司の本部《もとぶ》御殿《ウドゥン》の分家である本永《もとなが》家から喜屋武家の養子になったのだという。

喜屋武朝扶は、数えで二十歳の若者だが、御殿の血筋で殿内の家柄らしく、すでに士族の気骨を身につけていた。彼は、どんな厳しい稽古にも決して音を上げない。安里がずいぶんとかわいがっているようだった。

「そうですね。ワンも子供が増えたということです。時に、糸洲はどうしているでしょう？」

「長濱先生のところで、元気にやっているようですが……」

「何かありましたか？」

「長濱先生が、お体を悪くされたという話を聞いております。床に伏せることが多くなってきたとか……」

「そうですか……」

長濱のもとに行かせてから何年経つだろう。見ようによっては、進歩が遅い糸洲を追い出してしまったとも取れる。あるいは、自分にそういう気持ちがあったのではないだろうかと、自問した。あの頃は、安里と糸洲をつい比較してしまった。安里は四つ年上だ。そして、安里ほど武才に恵まれた者はいない。その安里と比較される糸洲はかわいそうだったと、今になれば思う。

宗棍は安里に言った。

「何かあれば、遠慮なくワンに相談するように、糸洲に伝えてください」

安里がうれしそうな顔でうなずいた。

「かしこまりました」


その翌年、長濱が亡くなったと糸洲が知らせに来た。

「そうでしたか。まことに残念なことです。わざわざ知らせに来てくれて、ありがとうございます」

「長濱先生を紹介していただき、感謝しております」

「長濱さんの手は、あなたに向いていると思ったので……」

「ウー。いい勉強になりました。実は、長濱先生が亡くなる前に、言われたことがあります」

「何でしょう？」

「松村先生のもとに戻れと……」

宗棍は、一瞬言葉に詰まった。糸洲は心配そうにしている。断られると思っているのだろうか。

宗棍は言った。

「ワンは、ウンジュに長濱さんを紹介してから、少々後悔しました。まるで、ウンジュを追い出したようだったので……」

糸洲は、無言で困ったような顔をしていた。

「ウンジュが望むなら、すぐにでも戻ってきてください」

糸洲が頭を下げて言った。

「ありがとうございます。では、さっそく通わせていただきます」

宗棍は、長濱の家を訪ねて線香を上げ、仏壇に向かい糸洲が自分のところに戻ることを報告した。

さて、稽古を始めてみると、糸洲にはすっかり那覇のほうの手が染みついていた。那覇には三戦《サンチン》という段のものがあり、それを鍛錬のためによくやるそうだ。

首里の手とはまったく違う立ち方をするし、体が真正面を向いている。宗棍は、体面を斜めにすることを強調した。それは剣などの武器を持った者を相手にすることを想定しているからだ。

糸洲にナイファンチをやらせると、つい立ち方が三戦のようになる。これは時間がかかりそうだと思った。だが、昔のように誰かと比較して劣っていると考えるようなことはなかった。それは糸洲の特徴なのだ。

そう思って糸洲を見ていると、いいところがたくさん見えてくる。かつては動きが緩慢だと思っていたが、見方を変えればそれは重厚だということだ。どっしり構えて相手を待つ戦い方なのだ。

そして、武術家として温厚過ぎるのは考えものだと思っていたのだが、その性格が三十代半ばになると実にいい方向に作用しているように見える。

糸洲は言わば出戻りで、稽古の内容は後輩の喜屋武などより遅れている面もある。そうすると、まるで後輩のような態度で、喜屋武に教えを請うたりするのだ。

喜屋武も糸洲が先輩であることを知っているから、恐縮しながら丁寧に教える。糸洲の性格がそういう雰囲気を作っているのだ。

これはワンにもできない芸当だな……。

宗棍は、糸洲を見ながら、いつしかそんなことを思うようになっていた。

技の修得には時間がかかるかもしれない。糸洲は亀のようにゆっくり歩む武術家なのだ。将来は立派な大器となっていくだろう。そして、手を身につけた糸洲は、きっと多くの弟子を育てるに違いない。自分よりも弟子を育てることに向いているのではないだろうか。

もし、そうなれば糸洲を通じて手が人々の間に広まっていくことになる。そのためにも、自分の手を辛抱強く糸洲に伝えなければならない。宗棍はそう思った。

同治六年（一八六七年）、御茶屋御殿《ウチヤヤウドウン》において、尚泰王の冊封を祝う演武会が開かれた。

御茶屋御殿は、来賓を歓待するための施設で、首里で一番豪華で格調高い場所だった。首里崎山の見晴らしのよい土地にあり、王府の役人でも滅多なことでは立ち入ることはできない。

来賓をもてなす施設としてはもう一つ、見事な庭園の識名園《しきなえん》がある。御茶屋御殿は東苑、識名園は南苑と呼ばれている。それぞれ、首里城から見て東と南にあるからなのだが、これは実際の方角ではない。

御茶屋御殿は首里城の南東にあるし、識名園は南西だ。東苑、南苑という言い方は、風水上の方角なのだ。

尚泰王即位からすでに十九年も経っての冊封祝賀演武会だ。冊封の手続きと儀式がすべて終了するのに十八年もかかってしまったのだ。

これにはいくつか理由がある。まず、尚泰王の年齢だ。数え年六歳で即位したのだが、慣習として元服するまで冊封ができないということになっていた。

それで時期を待っているうちに、清国の情勢がきわめて不安定になった。太平天国の乱で混乱を極め、さらにその後、外国人排斥運動が昂じてイギリス・フランスの連合軍と戦争になってしまった。これでは、冊封どころではない。

それやこれやで、十八年もの月日を費やすことになってしまったのだ。ともあれ、同治五年（一八六六年）には、無事に冊封の式典が終わった。

演武会では、親国からの賓客に、御主加那志、王族、上級士族らが、見物席に並んだ。その席に、宗棍も招かれていた。筑登之親雲上の宗棍がこんな高貴な場に出席できるのは、きわめて異例のことだ。

なぜ出席を許されたのか自分でもわからなかった。たぶん、宗棍が、御主加那志の御側守役であることと、弟子が演武会に出場するというのが、招待の理由だろうと思った。

演武会を前に、若い喜屋武朝扶が、こんなことを言った。

「どうして、先生が出場されないのでしょう」

宗棍は驚いてこたえた。

「親国の賓客を迎えての国事ですよ。ワンのような者が出られるはずがありません」

「失礼ながら、先生はご自分のことをよくわかっておいでではないようです。沖縄を代表する武術家といえば、武士松村を措いて他にはいないでしょう」

宗棍は、喜屋武の言葉にほほえんだ。

「こんな老人では、演武になりません。親国のお客さんや御主加那志には、もっと活きのいい手を見せてさしあげないと……」

宗棍は五十九歳、満で五十八歳だ。

　喜屋武が言った。

「先生の技には、まったく衰えなど感じません」

「使うのと見せるのとは違うのですよ」

「しかし……」

「弟子が出場しているのです。ワンはそれで満足です」

当日の演目は、以下のとおりだった。

籐牌《テインベー》　真栄《まえ》里《さと》筑《チク》親雲上《ペーチン》

鉄尺《サイ》並《ならびに》棒　真栄里筑親雲上／新垣《あらかき》通事

十三歩《セーサン》　新垣通事

棒並唐手　真榮田《まえだ》筑親雲上／新垣通事親雲上

ちしやうきん　新垣通事親雲上

籐牌並棒　富村筑親雲上／新垣通事親雲上

鉄尺　真榮田筑親雲上

交手　真榮田筑親雲上／新垣通事親雲上

車棒　池宮《いけみや》秀才

壱百〇八歩《スーパーリンペイ》　富村筑親雲上

喜屋武に言った「弟子」というのは、富村筑登之親雲上のことだ。演目には「富村筑親雲上」と記されている。出場するのは安里でもいいと、宗棍は思っていたのだが、富村は、安里の兄弟子に当たるのだ。

もし、牧志親雲上が生きていたら、文句なく出場を推薦するのだが、その次に修行歴が長いのが富村だった。籐牌というのは、亀の甲羅を楯《たて》として使う武器術だ。こうした演武会では、武器術の多彩さが重宝される。

演武出場者の中で、通事、あるいは通事親雲上とあるのは、久米村《クニンダ》の武士だ。佐久川筑登之親雲上や妻のチルー、そして、永山筑登之親雲上もそうだが、久米村なくしては、沖縄の手は発展し得なかっただろうと、宗棍は思う。

久米村の手は、親国の手だから沖縄の手とは違うと言う者もいる。だが、宗棍は決してそうは思わない。こうして、演武を見ていてもわかる。

久米村の住人はもともとは、親国から移り住んだ者たちだ。だから、その武術も親国のものだった。だが、時代を経るに従い、沖縄の土地に馴染み、吸収されていった。

どんなものでも取り入れて、自分たちのものにしていく。それが沖縄の文化だ。手もそうだ。親国の手が次第に沖縄独特のものに変わっていった。

そして、宗棍は示現流をも手の中に取り入れたのだ。それはまた、時が経てば、沖縄の手の中にごく自然に溶け込んでいくはずだった。宗棍はそう信じていた。

屋比久の主から習ったナイファンチ、パッサイ、クーサンクーなどの手と、佐久川筑登之親雲上寛賀から学んだ親国の手の用法、そして、伊集院弥七郎から学んだ示現流。

宗棍の中ではすでにそれらが、渾然一体《こんぜんいったい》となっていた。それを若者たちに伝えることにより、首里に広まっている。

演武の会場に、佐久川筑登之親雲上の姿はなかった。老齢のため、このところ外出するのもままならない様子だった。

師にこの演武会を見せてやりたかった。宗棍は、しみじみとそう思った。

そして、その年、佐久川筑登之親雲上寛賀は他界した。八十一歳だった。

25

また大切な人が一人、この世を去った。宗棍は淋しく思ったが、板良敷が亡くなったときほど重い気分ではなかった。やはり、順番を守るというのは大切なのだ。

葬儀の雰囲気も、大往生とあってそれほど暗くはない。墓庭《ハカヌナー》に小屋を建てて、親戚や親しかった知人が集まって酒を酌み交わすのだが、皆の表情も温かく穏やかだ。

葬儀から帰宅した宗棍に、チルーが言った。

「恩師が逝ってしまわれましたね」

「こればかりは仕方がありません。だが、淋しいものです。先生が誰もいなくなってしまいました」

屋比久の主もすでにこの世にいない。

チルーが言った。

「何をおっしゃいます。旦那様が皆の先生なのですよ」

その言葉に、宗棍はほほえんだ。

「どんな指南役でも、自分の師がいなくなるのは不安で淋しいものなのですよ」

宗棍は、佐久川筑登之親雲上に手を習いはじめた頃のことを思い出していた。あの頃は、がむしゃらだった。体が動かなくなるまで稽古をさせられた。

だが、不思議なことに辛いと思った記憶がほとんどなかった。佐久川筑登之親雲上の手を身につけることに夢中だった。興味が尽きないので、肉体の辛さをあまり意識しなかった。

あの頃の熱い思いが懐かしかった。

チルーが言った。

「でも、佐久川筑登之親雲上の手は、旦那様の中で生きているじゃありませんか」

「そういう考え方もあるか」

「そうですよ。そして、旦那様もお弟子さんの中で生きつづけるのです」

「そうだな」

宗棍は、再びほほえんだ。「チルーが言うとおり、弟子のことを考えなくてはな……」

最初は、安里をはじめ弟子は二、三人でいいと思っていた。だが、このところ宗棍のもとに習いに来る若者が増えつつあった。

手の稽古は、人目を忍んで師と弟子が一対一で行うものだった。だが、もうそういう時代ではないのかもしれない。

何人かの稽古をまとめて見なくてはならないのだ。そうなると、自宅の庭ではどうにも手狭だった。一人二人なら充分だ。だが、四、五人集まると段のものをやるにも広さが足りない。

なんとかしなくては、と宗棍は考えていた。

近頃、知花朝章《ちばなちょうしょう》という若者が習いに来はじめていた。宗棍のもとにやってくる若者は、御殿の縁者や殿内といった由緒ある家柄の者が多いが、知花の家も殿内だった。

喜屋武が知花といっしょにいるところをよく眼にした。

知花が二十一歳で、喜屋武が二十五歳と年が近く、また同じ殿内の家柄なので、知花をかわいがっているようだった。二人はいっしょに稽古することも多いらしい。

宗棍が若い頃には考えられなかった修行のやり方だが、それも時代なのだろう。これからは、稽古のやり方も考えなければならないと、宗棍は思った。


ある日、城から帰宅すると、安里が渋い顔をしていた。宗棍は尋ねた。

「何かありましたか?」

「とにかく、庭をご覧ください」

すぐに庭に行ってみて驚いた。十人ほどの若者がいた。狭い庭なので、皆身動きが取れない様子だ。その中には、糸洲や喜屋武、知花など見知った者がいるが、知らない者もいた。

宗棍は安里に尋ねた。

「これはどうしたことですか」

「どうしたも、こうしたも……。みんな先生に手を習いたくてやってきたのです」

「顔も知らない者に、手を教えるわけにはいきませんよ」

「しかし、無下に追い返すわけにもいきません」

「それはそうですが……」

これでは稽古にならない。どうしたものかと、庭を眺めた。すると、糸洲が言った。

「いくつかの組に分けて、順番に稽古をしましょう。先生がご指南されている間、ワンと安里さんが別の組に巻藁の突き方などを教えておきます」

「なるほど。では、そのようにしましょう」

それぞれの稽古時間が短くなるが、それは仕方がない。ともあれ、稽古を始めた。


そんなことがあった数日後、宗棍は城内で上役に相談を持ちかけた。

「そろそろお暇をいただきたい」

上役の者は、きょとんとした顔になった。位は宗棍より上だが、年はずいぶんと若い。気がつけばもう、周囲に宗棍より年上の者はいなくなっていた。

「暇とおっしゃいますと……？」

「私ももうじき還暦です。お役御免でもよろしいのではないでしょうか」

「あ……。いや、松村筑登之親雲上には、上様のお側にお仕えするお役目が……」

年若い上役は、どうしていいかわからない様子だ。宗棍はさらに言った。

「つきましては、上様にお願いの儀がございます」

「は……？　どのような……？」

「手の指南のために、御茶屋御殿を使わせてはいただけないかと……」

上役の者は、見開いた目をぱちぱちと瞬いた。

後日、御主加那志から呼び出しがあり、結局、宗棍が直接奏上することになった。

御主加那志が言った。

「御茶屋で手を教えたいと……？」

「左様にございます」

「松村」

「はい」

「手は誰のものだ？」

「は……？」

「手は沖縄のものだな」

「仰せのとおりにございます」

「沖縄は朕のものだ。ならば、手も朕のものか」

「畏れながら……」

「なんだ。違うと申すか」

「手は沖縄を守るためのものと心得ます。したがって、沖縄を守ろうとするすべての人々のものだと愚考いたします」

「そうか……」

御主加那志は、しばらく考えてから言った。「沖縄を守るためのものか。ならば、それを教えたいというおまえの願いを断るわけにはいかんな」

「どうか、お許しいただきたいと存じます」

「御茶屋が空いているときは、いつでも使えばいい」

「ありがたき幸せに存じます」

御主加那志が立ち上がった。宗棍は頭を下げた。

「なあ、松村……」

宗棍は頭を下げたままこたえた。

「は……」

「手は沖縄を守るためのものと申したな」

「申しました」

「では、沖縄がなくなったら、手はどうなる？」

宗棍は驚いて顔を上げ、慌てて再び頭を下げた。宗棍がこたえる前に、御主加那志は部屋を出ていった。

宗棍は、今の御主加那志の言葉に戸惑っていた。

沖縄がなくなるとはどういうことだろう。いくら御主加那志といえども、言っていいことと悪いことがある。冗談にも程があるというものだ。

冊封も無事に済んで、王国は安泰のはずだ。薩摩が在番奉行所を置いているものの、首里王府はずっと存続してきた。いったい、御主加那志は何を言いたかったのだろう。宗棍にはまったく理解できなかった。

ともあれ、御主加那志の許しが出て、御茶屋御殿を使うことができるようになった。ただし、お役御免とはならなかった。先代、先々代と御主加那志に仕えた宗棍を、そう簡単に退職させてはくれない。

公の施設である御茶屋御殿を使うためにも、王府の役人の身分が必要だというのだ。それもそうだと思い、宗棍は承知した。

御茶屋御殿に弟子たちを集め、稽古を始めようとすると、安里が言った。

「本当にここで稽古をしてよろしいのでしょうか」

宗棍はこたえた。

「御主加那志の許しを得ているんです。問題はありません」

「しかし、物を壊しでもしたら……」

「庭を使うのです。物を壊したりする心配はありません」

「庭が傷みませんか?」

宗棍は笑った。

「庭が傷むほど稽古してみることですね」

安里は、御茶屋御殿があまりに立派で豪華なので、すっかり気後れしているのだ。他の弟子たちも同様だ。殿内など高貴な家柄の者が多いが、それでもおいそれと御茶屋御殿に出入りできるわけではない。

だが、いざ稽古が始まれば、安里や糸洲はたちまち熱中した。喜屋武や知花も同様だった。

大勢の弟子を、いくつかの組に分けて稽古をするという糸洲の案を、御茶屋御殿でも採用していた。宗棍の指導を待つ組の者たちは、巻藁を打ったり、基礎的な鍛錬を行う。やがて、順番が来ると、直接宗棍が稽古をつけるのだ。富村、安里、糸洲の三人は、よく後輩たちの世話をした。中でも、糸洲は特に面倒見がよかった。

彼は物腰が柔らかく、後輩にも丁寧に接する。一方、安里は、厳しさが前面に出る性格だ。若い後輩たちは、自然と糸洲の周りに集まるようになっていた。

あるとき、宗棍は安里に言った。

「糸洲はすっかり人気者ですね」

安里の表情が和らぐ。

「あいつは昔からああでした」

安里が糸洲のことを妬んだりしていないか、少々気になっていたのだ。だが、それはまったくの杞憂だった。安里は糸洲を実の弟のように思っている。糸洲が若者に慕われることを、一番喜んでいるのが安里なのだった。

日が経つにつれ、弟子たちは御茶屋御殿に慣れてきた様子だ。安里、糸洲、喜屋武、知花といった者たちに、もう気後れする様子はなかった。

御茶屋御殿での稽古がすっかり定着した頃、喜屋武がこんなことを言った。

「糸洲筑登之親雲上と安里親雲上は、古くからのお付き合いなのですね」

「そうです。子供の頃から仲がよかったということですが、それが何か……？」

「どちらが強いのだろうと、皆が話し合っています」

宗棍は驚いた。

「どちらが強いか……？」

「ウー。安里親雲上の動きは、まさに電光石火。ですが、糸洲筑登之親雲上のほうは……」

やはり、喜屋武の眼には糸洲の動きは緩慢に見えるらしい。それにしても、安里と糸洲のどちらが強いか、などということを話題にするとは……。若い者たちのことだから、仕方がないのかもしれない。

そう思いながらも、宗棍は言った。

「手の修行は、強さを競うものではありません」

「しかし、先生も、これまで多くの勝負をなさったのでしょう？」

「それはそうですが、手の本質はそういうものではないのです」

そう言いながら、あまり説得力がないなと、宗棍は思っていた。手をやるからには強くなりたい。若者たちは皆、そう思っているに違いない。

そして、強さに憧れる者は、誰が強いのかに大いに関心があって当然なのだ。

「先生は、どちらが強いとお考えですか？」

「わかりません」

それは本音だった。二人の強さは比較できるものではない。安里の手と糸洲の手はまったく違うものだ。

「そうですか」

「余計なことを考えずに、稽古に励んでください」

「ウー」

そう言いながら、実は宗棍も興味が湧いてきていた。あの二人はいったい、どういう戦い方をするのだろう。あれこれ想像を巡らせているうちに、それを確かめてみたくなった。

宗棍は安里を呼んだ。安里はすぐにやってきて言った。

「何でしょう」

「ウンジュは、糸洲と立ったことがありますか？」

安里は、きょとんとした顔になった。いつも表情を引き締めている安里が、こんな顔をするのは珍しい。

「糸洲とですか？　稽古で立ち合うことはありますが……」

「試合ったことはないのですね？」

「ありません。そんな必要はありませんでしたから……」

「一度やってみませんか？」

「は……？　どうしてです？　ワンと糸洲が何かいけないことでもしましたか？」

「いや、そうではありません。実は、若い者たちの間で噂になっているようで……」

「噂……？　何の噂です？」

「ウンジュと糸洲のどちらが強いかという……」

安里はあきれたように言った。

「そんなつまらんことを言うのは、誰です」

「実は、ワンも、あなたたち《ウンジュナー》がどういう戦いをするのか興味がある」

たちまち、安里の表情が厳しくなる。

「先生がそうおっしゃるのなら、いつでも立ちます」

「そうですか。では、糸洲の了承も取らないとなりませんね」

「いえ、その必要はありません」

「どうしてです？」

「糸洲が、先生のお言葉に逆らうようなことは決してありません。立てと言われたら、黙って立ちます。糸洲は、そういうやつです」

宗棍はうなずいた。

「そうですか」

「いつやりますか？　私たちはいつでもいいです」

宗棍は言った。

「すぐにやりましょう。武士はいついかなるときも、戦う心構えができていなければなりません」

「望むところです。では、糸洲を呼んで参ります」

一度、宗棍のもとを去った安里は、すぐに糸洲を連れて戻ってきた。糸洲が言った。

「話は聞きました。では、さっそく始めましょう」

あっけらかんとした口調だった。宗棍は、糸洲にうなずいてから、喜屋武を呼んだ。

やってきた喜屋武に、宗棍は命じた。

「若い者たちを集めなさい。これから、安里親雲上と糸洲筑登之親雲上が、立ちます」

喜屋武は驚いた顔になり、すぐに若い弟子たちのもとに駆けていった。

「さて……」

宗棍は、安里と糸洲に言った。「では、私が立会人をやりましょう」

二人を庭の中央に連れていった。喜屋武や知花をはじめとする若い弟子たちが集まってきた。彼らは、期待に眼を輝かせている。

宗棍は両者の間に立って言った。

「二人の腕前を、若い後輩たちに存分に見せてやってください」

二人は「ウー」とこたえる。

宗棍の「始め」の声で、試合が始まった。

26

二人は互いに、相手の出方をうかがっている様子だ。

先に仕掛けるのは安里だろうと、宗棍は読んでいた。安里は俊敏さを重んじる。性格からしても先に手を出すだろうと考えたのだ。

だが、その予想は外れた。先に動いたのは、糸洲だった。

大きな気合いとともに、右の拳を安里の胸のあたりに飛ばした。安里は、さっと後ろに下がった。ぎりぎりで糸洲の拳をかわしていた。そこから、即座に反撃した。

うまい、と宗棍は思った。

未熟な者だったら、相手の攻撃に過剰に反応して大きく後ろに下がってしまっただろう。だが、安里の後退は最小限だった。

反撃のために間合いを外しただけだ。安里の左拳が糸洲の腹を捉える。だが、浅いので糸洲はびくともしない。

さらに糸洲が左、右と連続で鉄拳《ティジクン》を突き出す。安里は、余裕を持ってそれをかわした。

再び二人は間合いを取って対峙した。今のは前哨戦だと、宗棍は思った。どちらもまだ、本気で技を決めようとはしていない。これからが本番だ。

安里は、じりじりと少しずつ足を動かして、間合いを計っている。剣術の得意な安里ならではの戦い方だ。一方、糸洲はどっしりと動かない。安里は細身で、糸洲は樽のようにたくましい。その体格の差も、おのずと戦い方に表れる。

突然、安里が動いた。右の拳を素速く糸洲の顔面に飛ばす。それが牽制《けんせい》だということが、糸洲にはわかっているようだった。うかつに下がったりはしない。

続いて安里は、すり抜けるように糸洲の側面に出て、左肘を鉤《かぎ》のように曲げて、腹に拳を打ち込んだ。

この連続攻撃の速さには目を見張るものがあった。周囲で見ている若い弟子たちも、驚いた様子だった。だが、さらに宗棍が驚いたのは、打たれた糸洲の振る舞いだった。まったく意に介さない様子で、脇にいる安里を捕まえようとした。安里は、持ち前の素速さでそれを避けた。

再び両者は距離を取る。これは、安里の間合いだ。

また、安里が仕掛けるだろうと、宗棍は思った。探り合いの時間は終わった。これからはそれぞれが本領を発揮する場面だ。

案の定、先に安里が動いた。膝のあたりを蹴る振りをして、そのまま、右拳を糸洲の腹に打ち込む。糸洲は、安里の速さに対処できないようだ。

だが、次の瞬間、今度は糸洲の右拳が安里の腹を捉えた。

「ぐ……」

安里はそんな声を洩らして、後ろに下がった。

危ない……。宗棍は思った。まっすぐ下がったら、追い討ちをかけられる。

しかし、糸洲は動かなかった。安里は再び距離を取って構えている。だが、うかつに仕掛けられない様子だ。糸洲の一撃が相当にこたえているのだ。

体に衝撃が残っていて、まだ動けずにいるのだろう。それくらいに、糸洲が追い討ちをかけていたら、勝負は決まっていたかもしれない。糸洲の一撃は強烈なのだ。

糸洲は、最初に先手を取ったものの、それ以降は自分から動こうとはしなかった。どっしりと構えている。

逆に安里は、自分の間合いをよく知っており、仕掛けるのがうまい。その速さに対処できる者はいないだろう。事実、糸洲も防ぎきれずにいるのだ。

安里がじりじりと間を詰めはじめた。どうやら衝撃が癒えたらしい。次の一手に勝負をかけるつもりだなと、宗棍は思った。先手を取って、一気に決めるのだ。

安里が飛び込んで、左の拳を出す。飛燕《ひえん》の速さだ。そして、続けざまに右の拳だ。その右が、どんと糸洲の腹に決まる。速さが乗った強烈な攻撃だ。

決まったな。そう思った次の瞬間、宗棍は、あっと思った。

ゆっくりとその場に崩れていく。

倒れたのは糸洲ではなく、安里のほうだった。

間違いなく、安里の拳は糸洲の腹に打ち込まれた。だが、糸洲は立っており、安里が倒れた。

これ以上やると、双方が大怪我をしかねない。そう判断した宗棍は言った。

「やめ。それまでです」

安里が身を起こして膝をついた。彼は言った。

「参りました」

大事はなさそうだ。

そのとき、糸洲が慌てた様子で言った。

「いや、私は何度も安里さんに打たれました。ワンの負けです」

安里が言う。

「何を言うか。こうしてワンは倒れたではないか」

「ワンは安里さんの速さについていけませんでした」

「だが、結果は結果だ」

「もし、安里さんの拳が刃物だったら、ワンは今頃生きてはおりません。だから、安里さんの勝ちです」

二人に言わせておくときりがない。宗棍は割って入った。

「なるほど、糸洲筑登之親雲上が言うことにも、一理あります。安里親雲上の技が、常に先に決まっていたのは確かです」

糸洲がうなずく。

「そうです。ですから……」

糸洲の言葉を遮り、宗棍は続けた。

「そして、もし相手が糸洲筑登之親雲上でなければ、倒れていたのは相手のほうだったかもしれません。しかし、糸洲筑登之親雲上が倒れず、安里親雲上が倒れたことも事実です。実際の戦いでは、打たれても倒れない者が勝ちとなります」

糸洲は樽のようにたくましい体格をしている。その頑強な体は、生半可な攻撃にはびくともしない。鍛錬の賜物だろう。

宗棍は続けて言った。

「聞くところによると、那覇のほうでは、打たれてもこたえないように体を鍛えるそうですね。糸洲筑登之親雲上も、そういう鍛錬をしているのでしょう。それが糸洲筑登之親雲上の手です。そして、糸洲筑登之親雲上が言ったように、安里親雲上の拳がもし刃物なら、どんな相手も勝てないでしょう。それが安里親雲上の手なのです。それぞれに一長一短がある。それが手というものです。ですから、皆さんは自分に合った手を見つけてそれを磨くことを心がけてください」

若い弟子たちは、宗棍の言葉に聞き入っている。

今しがた戦いを終えたばかりの安里と糸洲も、神妙な顔をしている。

勝ち負けではなく、もっと大切なことをわかってほしい。宗棍はそう思った。

「いたた……」

そのとき、糸洲が言った。「安里さんに打たれたところが、今になって痛みはじめました。やはり、ワンの負けですね」

間の抜けたその口調が妙におかしくて、宗棍は笑い出した。


翌日、安里と糸洲が稽古にやってきたので、宗棍は尋ねた。

「どうです？　打たれたところはまだ痛みますか？」

安里がこたえた。

「いやあ、昨夜一晩苦しみました。熱まで出ましたが、今はもうだいじょうぶです」

糸洲はけろりとした顔をしている。

「ワンはもうまったく痛みません」

さすがに鍛錬した頑強な体だ。那覇のほうの手には、そのような効用があるのかと、宗棍はあらためて感心した。

「安里さん。弟弟子にやられて悔しいですか？」

宗棍がそう尋ねると、安里は生真面目な顔でこたえた。

「悔しくはありません。うれしいです」

「ほう、うれしい……」

「はい。幼い頃から面倒を見ていたこいつが、これほど立派になるとは……」

糸洲は黙って照れた顔をしている。

安里がさらに言った。

「ワンは将来弟子を取るつもりはありません」

この言葉に、宗棍は驚いた。

「それはどうしてですか？」

「ワンは人に何かを教えるのが得意ではありません。それよりも、自分自身の手を磨くことを考えたいと思います。将来、多くの弟子を育てるのは、この糸洲に任せようと思います」

糸洲が驚いた顔で言った。

「ワンはとても、人の指導などできない」

安里が糸洲を見て言った。

「いや、おまえはきっと将来、多くの弟子を育てることになると思う」

それを聞いて、宗棍は言った。

「ワンも、安里さんと同じ思いです」

宗棍と安里の言葉に、糸洲はすっかり困った顔をしている。宗棍は、そんな糸洲に言った。

「佐久川筑登之親雲上は、教えることも学ぶことだと、ワンにおっしゃったことがあります。もし、多くの者たちに教えることがあれば、それだけ多くのことを学べるでしょう。しかし、まあ、それはずいぶん先の話だと思いますが……」

「おっしゃるとおりです」

糸洲が言った。「今は先生から学ぶだけで、精一杯です」

安里がうなずいた。

「段のものも変手《ヒンディー》も、ただ覚えただけでは役に立ちませんからね。特に段のものは難しいです」

糸洲が言った。

「最近は段のものを、ヤマトの武術で言うように、『型』と言ったりするようですね」

宗棍は言った。

「型ですか……。実はその型のことで考えていることがあるのですが……」

安里が聞き返す。

「それは、どのようなことでしょう」

「ご存じのとおり、ワンは佐久川筑登之親雲上から親国の手を学びましたが、その折に、親国の段のものである套路を習っておりません」

「套路よりも重要な、技の使い方を学ばれたのですね」

「そうです。しかし、断片的に技を伝えていては、いずれ散逸して失伝するものも出てくるのではないかと思います」

糸洲が目を丸くして言う。

「そんな……。先生の教えをおろそかにするような者はおりません。ですから、散逸や失伝などといったことはあり得ないと思います」

宗棍はそれにこたえた。

「ワンは、十年、二十年先、いや百年先のことを考えています。今はちゃんと伝わっていても、それが百年先に残っているという保証は何もありません。ワンは、屋比久の主から段のものを習ってわかったのです。時を超えて手を伝えるためには、段のものが一番なのです」

安里がうなずく。

「はい。それはよくわかります」

「ですから、ワンは、佐久川筑登之親雲上から教わった親国の手を、段のもの、つまり型にまとめてみようと思うのです」

安里と糸洲は、宗棍を見つめ、力強くうなずいた。

「それは、とても楽しみです」

安里が言うと、糸洲もそれに同調した。

「ウー。早くその型を見せていただきたいと思います」

宗棍は、その日からさっそく、新たな段のものの構成を考えはじめた。指導を終えた後の御茶屋御殿で、あるいは自宅の庭で、実際に動いてみては考えた。

食事をしていても、新しい段のもののことを考えていて、つい上の空になってしまう。

「どうかしましたか？」

そうチルーに尋ねられ、宗棍は話した。すると、チルーは目を輝かせた。

「佐久川のおじいさん《タンメー》から教わった親国の手を段のものに……」

「ウー。だが、これがなかなか難しいのです。あれもこれもと盛り込んでいくと、段のものがとてつもなく長くなってしまいます」

「そういうときは、得意技を選ぶのです」

「得意技を……。しかし、それでは失伝する技も出てきます」

「旦那様がお作りになる段のものなのでしょう？　それでいいのではないかと思います。それに、親国の技には、一見違って見えても実は理屈が同じというものがたくさんあります。そういうものを省いていけば……」

「そうか。本質的に似ている技がたくさんあるということですね。なるほど、さすがは親国の手に通じているチルーです。おおいに、参考になりました」

毎日、夢中になってそのことだけを考えていたので、新しい型ができるまで、それほど日数はかからなかった。できあがってから、何度も自分自身でやってみて、さらに修正を加えた。

満足する型ができたと感じた宗棍は、さっそく御茶屋御殿にやってきた富村や安里、糸洲にそれを伝えた。

富村が言った。

「それは、なんとしても拝見しとうございます」

「では、やってみよう」

宗棍はそう言うと、新たな型を演じて見せた。長い型だが、三人の弟子たちは身動《みじろ》ぎもせず食い入るように見つめている。

演じ終えると、富村が言った。

「なんと見事な段のものでしょう」

すると、糸洲が宗棍に尋ねた。

「型の名前は、何というのでしょう」

「名前か……」

段のもの、つまり型を作ることで精一杯で、名前のことまで頭が回らなかった。

宗棍は、三人の高弟たちに言った。

「名前はまだ考えていません。何かいい名前を思いつきませんか?」

富村、安里、糸洲の三人は、互いに顔を見合った。

安里が言った。

「先生が作られた段のものに、我々《ワッター》が名前を考えるなど、畏れ多いことです」

宗棍はそれにこたえた。

「呼び名など、どうでもいいという考え方もありますが、どうせなら末代まで受け継がれる段のものであってほしい。だから、名前もちゃんと考えないとと思いまして……。ワン一人の頭では足りません。力を貸してください」

三人は、一様に考え込んだ。やがて、口を開いたのは、糸洲だった。

「親国の手をまとめた型なのですね。ならば、呼び名も親国風がいいですね」

安里が糸洲に言った。

「親国風と言うが、沖縄の手はパッサイとかクーサンクーとか、みんな親国風だぞ」

「でも古い型の名前は意味がわからなくなっています。那覇のほうの型は、まだ意味がわかります」

「なるほど、数字が多いな。十三歩とか、三十六戦《サンセールー》とか……」

安里の言葉を受けて、糸洲が富村に言った。

「そう言えば、この御茶屋御殿で開かれた演武会で、富村筑登之親雲上は、スーパーリンペイを披露されたのでしたね」

「ウー、そうだ」

糸洲が宗棍に言う。

「那覇のほうでは、スーパーリンペイは高度な型と言われております。先生の型も、そのような名前がいいですね」

宗棍はこたえた。

「スーパーリンペイは、壱百〇八歩ですね。では、それにあやかって、五十四歩《ごじゅっしほ》というのはどうでしょう。百八の半分です」

糸洲が深くうなずく。

「なるほど……。それで、読みは親国風にウーセーシーとなりますか？」

「いえ、わが国の発音で、ゴジュッシホがいいと思います」

三人の弟子は、うれしそうに再び顔を見合わせた。


さっそく宗棍は、五十四歩を弟子に教えはじめた。……と言っても、教える相手は限られている。結局、それを習うことができるのは、今のところ、富村、安里、糸洲の三人だけだった。

教えながら、修正を加えていった。安里には楽々とできる動作が、糸洲がやるとうまくいかない。また、その逆もある。そうしたところを、宗棍は自分で動いてみて直していったのだ。そうして、五十四歩は完成していった。

27

同治七年（一八六八年）に、宗棍は六十歳になった。

もう、とっくに暇をもらってもいい年齢なのだが、まだ宗棍は首里王府で働いていた。

もっとも、王府内での仕事はほとんどなく、実際には、御茶屋御殿で手の指導をするのが日課となっていた。

久しぶりに王府の内城に上がってみると、東風平親雲上の姿を見かけた。宗棍は、声をかけた。

「ご無沙汰しております。お元気そうで何よりです」

「あい、松村筑登之親雲上。何が元気なものか。すっかり年を取ってしまった」

「とうに隠居されたと思っておりましたが、お城においでとは……」

「ああ。隠居しておるさ。だが、ヤマトがえらいことになっており、わが王国もただでは済まないという話でな……。御主加那志に呼び出された。おそらく、これが私の最後の出仕だろう」

「ヤマトがえらいことに……？」

「戦をしているのだ。徳川将軍の世が終わり、ヤマトの天皇が政《まつりごと》を行うのだそうだ」

「薩摩はどうなるのでしょう?」

「さあ、ワンにもわからん。だが、在番奉行はいなくなるかもしれんな。とにかく、御主加那志のお召しだ。行ってくる」

「はあ……」

徳川将軍の世が終わった……。どうも、宗棍にはぴんとこなかった。ヤマトの将軍よりも、親国の王のほうが近しく感じられる。実際に、沖縄は親国の年号を使っているし、親国の話はよく聞くが、ヤマトのことはほとんど聞いたことがなかった。

宗棍たちにとって、ヤマトと言えば薩摩のことだ。それ以外のことはほとんどわからない。だから、ヤマトで戦をしていると言われても、対岸の火事としか思えなかった。

夕食時に、チルーにその話をしても、「ああ、そうですか」といったこたえしか返ってこなかった。それが普通の沖縄人の反応だ。チルーは言った。

「親国みたいに、イギリスと戦争をしているわけではないのでしょう?」

親国がイギリスに負けた。そのほうが、ヤマトの将軍がいなくなったことよりもずっと大きなことだったのだ。

だから、宗棍の生活も当初は何も変わらなかった。御茶屋御殿で弟子たちに手を教えて暮らしていた。だが、年を追うごとに、やはり安穏としてはいられなくなってきた。

何より、親国の年号を使っていたのが、明治というヤマトの年号を使うようになっていた。明治五年（一八七二年）のことだ。喜屋武朝扶が、宗棍のもとにやってきた。手を習いに来はじめた頃は、まだ二十歳くらいの若者だったが、喜屋武も今ではすっかり立派になり、王府で重職を任される立場になっていた。

「どうしました？」

「江戸上りです」

江戸上りは、これまでに十八回行われていた。御主加那志が即位したときの謝恩使と、将軍即位の慶賀使があった。もう江戸ではないので、東京上りと言うべきなのだろう。

「天皇への慶賀使節ということですか」

「ウー。伊江《いえ》王子が正使、宜野湾《ぎのわん》親方が副使をお務めになります。ワンは、それにお供することになりました」

「それは、名誉なことです」

「王子御一行の警護も仰せつかっております」

「あなたならそのお役目を充分に果たすことができるでしょう」

自分の弟子が大役を仰せつかったことを、宗棍は純粋に喜んだ。

しかし、今回の慶賀使節団は、これまでの江戸上りとは事情が違った。琉球王国を琉球藩とし、尚泰王を藩王とするという詔書を持ち帰ることになったのだ。

琉球王国がなくなり、ヤマトの藩となるのだ。そして、国王もいなくなる。これは、沖縄人にとって、地面が崩れ落ちるほどの衝撃だった。国がなくなるという絶望は、そのまま使節団に対する怒りに変わった。

それ以来、喜屋武家では、外で名乗ることを避けるようになったという。喜屋武が悪いわけではない。だが人々は彼らを王国に対する裏切り者と見なしたのだ。

沖縄は王国ではなく、ヤマトの藩になった。そして、御主加那志もヤマトの華族にされてしまった。沖縄人にとってこんな屈辱はなかった。

チルーが不安気に言った。

「これから、どうなるのでしょう」

宗棍はこたえた。

「わかりません」

「でも、まあ、なるようにしかなりませんね」

「そう。チルーの言うとおりです」

宗棍の暮らしは変わらなかった。藩のものとなった御茶屋御殿で、弟子たちに手を教えていた。

御主加那志から藩王になった翌年、尚泰は事実上隠居となり、伊江王子が摂政となった。それから混迷はさらに続き、明治九年(一八七六年)には、秩禄制《ちつろくせい》が廃止された。下級武士は、仕事も住むところも失い、親類などを頼って地方に移住した。

本人たちはもちろんたいへんだが、転がり込まれた親類もたいへんだ。落ちぶれた士族は「屋取《ヤードゥイ》」と呼ばれ、厄介者扱いされた。

沖縄の人々は、明日をも知れない不安にすっぽりと包まれていた。そして、さらに明治十二年（一八七九年）には、琉球藩が廃止され、沖縄県が置かれることになった。

かつての御主加那志は、藩王ですらなくなり、首里城を追われた。沖縄の人々はさらなる混乱と絶望に陥った。

安里と喜屋武が、宗棍のもとにやってきた。

安里が言った。

「御主加那志が、首里城を離れ、東京に住まわれることになりました。ワンと喜屋武もごいっしょいたします」

すでに尚泰は御主加那志ではない。藩王ですらないのだ。だが、安里がそう呼びたい気持ちは、宗棍にはよくわかった。宗棍にとっても、尚泰は御主加那志だった。

「そうですか……」

喜屋武が言った。

「家扶《かふ》を命じられました。向こうで落ち着いたら、妻と子供を呼び寄せようと思います」

宗棍はうなずいた。喜屋武家の人々は沖縄にいると何かと辛いことが多い。東京に出たほうがいいかもしれない。

秩禄制が廃止され、さらに沖縄県が置かれてから、人々は親ヤマトの開化党と親清国の頑固党に分かれて、激しく対立を始めた。ひどく物騒な世の中になった。

清国の福建省にあるかつての柔遠駅が、頑固党の一つの拠《よ》り所となっていた。彼らの中には、清国に渡り「琉球王国再興」を主張する一派もいたのだ。

世の中は騒然としていたが、それよりも宗棍は、安里と喜屋武が沖縄を去っていくことが淋しかった。宗棍のもとには、次から次へと若者が手を習いにやってきている。

それでもやはり、昔からの弟子を大切に思っていた。彼らは実の子供も同然だった。その弟子たちが離れていくのは淋しいものだ。

一方で宗棍は、どこか芝居でも見ているような気分で毎日を過ごしていた。悲しみや淋しさや怒り。そういった感情もそれほど切実ではない。現実感がないからだろうか。あるいは、年のせいかもしれないと思った。

宗棍は、すでに七十一歳、満で七十歳だ。これまで多くのことを体験してきた。そのおかげだろうか。動乱期にあっても落ち着いていられた。

騒いだところで仕方がない。宗棍はそう思った。

安里と喜屋武が東京へ行って二年ほど経ったある日のことだった。糸洲がやってきて言った。

「先生、ご相談があります」

糸洲は、廃藩置県後は、沖縄県庁の書記として働いていた。

宗棍は聞き返した。

「相談？　何でしょう？」

「実は、本部御殿から手を教えてくれないかと請われまして……」

「本部御殿……。それはすごい」

首里王府はなくなったが、かつての身分がすぐに消えてなくなるわけではない。沖縄においては、王族や高級士族はやはり尊ばれる。本部家は按司で、王子に次ぐ家柄だ。

「長男の思樽金《ウミタルガニ》さんに手ほどきをしてくれと言われたのですが、私などが行ってよいものでしょうか」

思樽金は、朝勇《ちょうゆう》の童名だ。

「もちろん、かまいません。行ってさしあげてください」

それまで不安気だった糸洲の表情が、ぱっと明るくなった。

「ありがとうございます。それでは、さっそく明日からでも参ろうと思います」

やはり、糸洲は人に教える縁があるのかもしれない。それにしても、習いに来るのではなく、先生を家に呼ぶというのは、さすがに御殿だと、宗棍は思った。

28

長い間、宗棍は御茶屋御殿で弟子たちに手を教えていたが、廃藩置県で御茶屋御殿も明治政府のものとなった。宗棍が続けてそこを使うことは許されなかった。

山川《やまがわ》から識名園の近くに移転していた宗棍は、自宅で手の指導を続けていた。

安里も喜屋武もいなくなった。秩禄制の廃止に続く廃藩置県で、首里を去った士族も多い。富村もその一人だった。

一時期は、御茶屋御殿の庭にたくさんの若者たちが稽古に来ていたが、今では宗棍の自宅の庭でちょうどいい人数になっていた。

糸洲も宗棍のもとに通うかたわら、自宅で手の指導を始めた。本部御殿にも教えに通っている。

糸洲が指導している若者たちが、宗棍のもとにやってくることもある。だが、さすがにかつての活気はない。

私も、もう七十三歳だ。そろそろ後進に道を譲ってもいいのではないだろうか……。

時折、そんなことも思う。

ある日のこと、庭で弟子たちの指導をしていると、チルーがやってきて告げた。

「お客様です」

「客？　誰でしょう……」

「県庁からいらしたということですが……」

「県庁……」

その場にいた糸洲が、宗棍たちのやり取りを耳にして言った。

「どこの部署の者でしょう。ワンの知り合いかもしれません」

「とにかく、行ってみます。糸洲さんもいらしてください」

「はい」

玄関に出てみると、相手は一人ではなかった。役人風の者が二人、そして、軍服を着て立派な髭《ひげ》を蓄えた人物がいた。糸洲がそっと言った。

「ワンの知っている人ではありません。何やら剣呑《けんのん》な雰囲気ですね」

糸洲が言ったとおり、役人風の男たちも軍服の人物も、一様に険しい表情をしている。

役人風の男たちの一人が言った。

「松村宗棍というのは、そのほうか？」

「ウー。私が松村ですが、どういったご用件でしょう」

その問いにはこたえず、軍服姿の人物が言った。

「武士松村と呼ばれているらしいな。沖縄で武士というのは、侍のことではなく、立派な武術家のことだそうだな」

「こちらは名乗りました。まず、お名前とどこのどなたなのかをお聞かせいただきたい」

軍服姿の人物が言った。

「オイは、帝国海軍大佐の有村大三郎《ありむらだいさぶろう》というモンじゃ」

薩摩の訛《なま》りがあると、宗棍は思った。

最初に声をかけてきた役人風の者が言った。

「私は、文部省の佐々木《ささき》と申します」

最後にもう一人の役人風の男が言う。

「私は、県庁の高田《たかだ》です」

「文部省に、帝国海軍……」

宗棍は言った。「これはいったい、何事ですか?」

佐々木が言った。

「首里王府はもうなくなった。なのに、沖縄の武術を稽古している者たちがいると聞いた」

宗棍は言った。

「おっしゃるとおり、我々は手の稽古をしています」

「沖縄はもう王国ではない。日本の県なのだ。だから、政府の方針にすべて従っていただかなければならない」

「逆らうつもりはありませんが……」

そうは言ったが、何かあったら徹底的に戦う心づもりだった。「その政府の方針というのがわかりかねます」

「大日本帝国の臣民には、それにふさわしい武術があるということだ」

「ほう……。それはどんな武術ですか？」

その問いにこたえたのは、有村大佐だった。

「剣術に柔術。オイは示現流と鞍馬楊心流《くらまようしんりゅう》をやっておる。それこそが日本男児の武術じゃっど」

宗棍も示現流の心得があるが、それは言わないでおくことにした。

「示現流は薩摩の御留技ですね。鞍馬楊心流も鹿児島に伝わる柔術と聞いております。それぞれの土地で行われる武術があります。手もその一つではありませんか」

佐々木が言う。

「あなたがたがティーと呼ぶ武術は、唐手ともいうそうですね。つまり、清国伝来の武術なのでしょう。それは、大日本帝国の臣民がやるべき武術ではない」

宗棍はきっぱりと言った。

「手は、清国の武術ではありません。沖縄で生まれた武術です」

有村大佐が言った。

「清国伝来じゃろうが、沖縄発祥じゃろうが、関係なか。役に立たんもんなやっ必要はなか」

「役に立たないものは、やる必要がない……？」

宗棍は聞き返した。「どうして、役に立たないと……？」

「オイは鹿児島《かごんま》におったで、唐手んこっは知っちょっつもりだ。唐手は示現流にはとうていかなわん。じゃっで役に立たん」

「それは修行次第でございましょう」

有村大佐が不敵な笑みを浮かべて言った。

「きさまらん唐手ごときが、オイん示現流に勝つっもんか。もし、勝つっなら、唐手を日本男児ん武術と認めてやってんよか」

宗棍は言った。

「これは、後には退《ひ》けませんね」

糸洲が驚いた顔で言った。

「先生、これは挑発ですよ」

すると、文部省の佐々木が言った。

「挑発ではない。理を説いているのだ。あなたがた沖縄県民も新しい時代に対応しなければならない」

ここで妥協したら、手の未来はなくなる。宗棍はそう思った。沖縄から手がなくなるなど、絶対にあってはならないことだ。

「ワンの手が、示現流に勝てばよろしいのですね？」

有村大佐が笑みを浮かべたまま言う。

「ああ。オイの言葉に嘘はなか」

「では、庭に参りましょう」

弟子たちを全員端に寄せ、場所を空けた。佐々木と高田は何事かひそひそと話をしている。

糸洲が宗棍に言った。

「先生、ワンが行きましょう」

宗棍はかぶりを振った。

「いいから、下がっていなさい」

肉を切らせて骨を断つのが糸洲の戦い方だ。それでは勝っても怪我をしてしまうだろう。

有村大佐が言った。

「戦おうにも、木剣はおろか、棒っきれもなかね」

宗棍は言った。

「腰のサーベルは飾りですか？」

宗棍の言葉に、有村大佐は目をむいた。

「真剣で戦えちゅとな」

「本気で戦わなければ、手の真価はわからないでしょう」

有村大佐は、うなずいた。

「よかじゃろう。アタがそうゆとなら、サーベルでやろう」

さすがに佐々木と高田の顔色が変わった。まさか、こんなことになろうとは思っていなかったのだろう。

宗棍は本気だった。明治政府や県庁が手を認めないということになれば、生きていても仕方がない。命をかけるつもりだった。

だが、簡単に死ぬつもりはない。示現流のことを知り尽くしているという強みがある。

さらに、サーベルは抜かない限りは恐ろしくはない。

有村大佐が言った。

「年寄じゃっでって容赦はせんぞ」

たしかに宗棍はもう年寄だ。若い頃のようには動けない。だが、武道の技の速さは肉体的な速さではない。意識の速さであり、技を出す拍子の速さなのだ。

宗棍は言った。

「こちらも、容赦はしません」

「ぬかせ」

二人は庭の中央で対峙した。剣で戦うには手狭だろう。だが、宗棍にとっては充分だ。

まだ、有村大佐はサーベルに手をかけない。本当に抜いていいものかどうか戸惑っているのだろう。それが宗棍を有利にした。

宗棍はじりじりと間合いを詰めていく。有村大佐が真顔になった。次第に追い詰められた表情になる。

宗棍がさらに間を詰めようとしたとき、有村大佐はたまりかねたように、右手をサーベルのつかに持っていった。

その瞬間に宗棍は一歩前に出て、左手で有村大佐の右手を押さえた。同時に、右の拳を相手の顎に突き上げていた。パッサイの技だ。

その拳は相手に触れるか触れないかのところで、ぴたりと止まっていた。

そのまま時が止まったように、両者は動かなかった。

有村大佐の顔から汗が滴った。

「なんのっ」

有村大佐が大きく後方に飛び退き、サーベルを抜いた。

こうなると素手ではおおいに不利になる。だが、宗棍は落ち着いていた。

示現流なら蜻蛉に構える。宗棍はそう読んでいた。

案の定、有村大佐は、サーベルを右肩の上に振り上げようとした。

宗棍は、その瞬間を待っていた。

有村大佐がサーベルを蜻蛉に構えようとしたその瞬間に、再び宗棍は飛び込み、左手で相手の頸《くび》を押さえていた。

有村大佐がどんと背中をついた。その背後には雨戸があった。有村大佐は苦悶している。だが、頸をしっかりと押さえられているので身動きが取れない。

「くそ……。離さんか……」

有村大佐はうめくような声を洩らす。

宗棍は左手で大佐を押さえたまま、右拳を突き出した。それが有村大佐の顔面をかすめ、雨戸に激突する。

すさまじい音がして、雨戸には見事に穴が空いていた。有村大佐は、ぴたりと身動きを止めていた。

どれくらいそのままの姿勢でいただろう。やがて、ガシャリという音がした。有村大佐がサーベルを取り落としたのだ。宗棍が左手を離し、後ろに下がった。

有村大佐は辛うじて立っているという有様だった。しばらくすると、ようやく彼は言った。

「おじか……」

恐ろしいという意味だ。「手ちゅうたぁ、なんとおじかもんじゃろう」

宗棍は地面のサーベルを拾い、有村大佐に差し出した。有村大佐は、慌てて姿勢を正すと、それを両手で受け取った。

宗棍は言った。

「手の真価をおわかりいただけましたか？」

有村大佐は大きく目を見開き、がくがくとうなずいて言った。

「充分にわかった。いや、勝負が始まったときから、オイは蛇に睨まれた蛙んようやった」

佐々木と高田は言葉もなく、驚愕《きょうがく》の表情で立ち尽くしていた。

「いやあ、肝を冷やしました……」

糸洲が言った。「しかし、あの連中の驚いた顔は、実に愉快でした」

宗棍は言った。

「手の未来がかかった、一世一代の勝負でした」

糸洲が真剣な顔になって言った。

「有村大佐たちだけでなく、ワンも手の真価をあらためて知った思いです。首里王府のサムレーはいなくなりましたが、これからは身分の分け隔てなく、多くの人に手を広めていこうと思います」

宗棍は、うなずいてほほえみを浮かべた。

その後も、明治政府によって手が禁じられることはなかった。

宗棍は手の指導を続け、多くの弟子を育てた。糸洲はその言葉どおり、後年、師範学校などで手を広めた。

空手の歴史は、この二人から始まったと言っても過言ではない。その歴史と伝統は今も沖縄の地にしっかりと息づいている。

解説

関口苑生

さて、いよいよ松村宗棍である。

今野敏のライフワークと言えば、まず誰もが思い浮かべるのは警察小説だろう。日本におけるミステリーの市場に、警察小説というジャンルがしっかりと根付いていったのに彼の多大なる貢献があったのは間違いない。各種インタビューでも、自分のライフワークは警察小説だと語っているし、二〇二四年の第二十七回日本ミステリー文学大賞を受賞したときの受賞の言葉にも「今回は、私がというより、日本の警察小説が賞をいただいたのだと思っています」と述べていたものだった。

だが、彼にはもうひとつ、正真正銘、生涯をかけて書き継いでいこうと決意しているものがある。それが一九九七年に刊行された『惣角流浪《そうかくるろう》』を第一作とする、いわゆる武道家小説シリーズである。大東流合気柔術の祖といわれる武田惣角の生涯を描いたこの作品と、続いて二〇〇〇年に刊行された、姿三四郎のモデルになった講道館四天王のひとり西郷四郎を描いた第二作『山嵐』は、それまで今野敏が書いてきた伝奇アクションや格闘活劇小説とは明らかに一線を画していた。

格闘技の試合というのは、相撲や柔道をはじめ、ほかにも空手、ボクシング、プロレス……といろいろあるけれど、そのときの模様を描くとすると、たとえ一瞬で決着がつく勝負でも思った以上に情報量があるものだ。たとえば相撲で考えてみようか。両者が見合って手をつき、立ち上がるまでの短い時間でも、互いに相手の先の先を読み、自分に有利なように持っていこうとする心理戦がある。立ち上がってからも一方は肩でぶちかまし、右を差して下手をとり、左で押っつけ、頭をつけ、全身の力を込めて一気に前へと足を運ぶ動きを、またもう一方は……という具合に、描こうと思えば力士の動きの情報はいくらでもある。いや、動きだけではない。息の弾み具合、筋肉の躍動、汗の飛び散るさま、観客たちの声援など、わずかな時間の攻防であってもこれらの〝事実〟を積み重ねて文章にすると相当な量になるし、迫力もいや増してくることだろう。

今野敏は自身が空手家であり、実戦も数多く経験しているだけに、そうしたことは百も承知だろうし、書こうと思えばいくらでも書けるのは間違いない。実際に、初期の彼の作品は事細かに闘いの模様を描写していたものだった。ところが、ある時期からこれでは書き込みすぎだと感じてきたそうなのだ。書き込むとは、つまるところ説明をするということであり、これが過ぎるとかえって物語としての面白みとダイナミズムが損なわれてしまうのだった。

それと視点の問題もある。ひとりの人物の視点で書いていると、相手がどんな技を仕掛けてきたか、細かいところまでは本当はわからないはずなのだ。また自分が意図的にこういう技を使おうなどということも、闘っている瞬間瞬間では多分考えてはいない。それらをどうやって描写していくか。けれども、つい闘っている相手の意図を書いてしまいがちになるというのだ。視点というのはこちらにしかない。相手が何をしてくるかはわからず、何をしてきたかも瞬時に、正確にはわからない。しかし、そこでああしようこうしようという相手の意図をつい書いてしまうことがあるという。そうすると視点の混乱が始まっていくのだった。そうならないためには、たとえば「相手の体がゆらりと揺れた。次の瞬間、いきなり頬に衝撃がきた」というような描写しかできないのであった。自分がどんな痛みを感じているか、どんな衝撃を受けたかを書くしかないのである。結局は自分のことは書けるが、相手のことまではわからないのだった。

それらのことを反省し、踏まえた上で、新たに挑戦を始めたのが『惣角流浪』であった。というのも、合気柔術とは極端に言うと触れるだけで相手を投げ飛ばすという合理的な動きの集大成の技であり、続く『山嵐』で嘉納治五郎が目指し西郷四郎も追求した柔道は、相手を〝崩す〟ことで初めて成り立つ技であった。それらの技は一見すると超自然的なものに見える場合があり、これに下手に説明を加えると小説ではなく、技術指南書になってしまいかねない。しかし自分が書いているのは、読者に面白がってもらえる「小説」なのである。そこで今野敏は、徹底的に無駄を排除し、なおかつ超自然的な技を可能にするというか、こんな技が本当にあるんだと思わせる描写の技術を磨いていったのだ。

そして二〇〇五年、琉球空手を本土に伝えた富名腰義珍《ふなこしぎちん》を活写した武道家シリーズの第三作『義珍の拳』から、彼にとっても真の意味でのライフワークが始まっていく。さらに二〇〇九年の第四作『武士猿』は、孤高の人と呼ばれた伝説の空手家・本部朝基《もとぶちょうき》の波瀾に富んだ生涯を。二〇一四年の第五作『チャンミーグヮー』は、明治から太平洋戦争までの激動の沖縄を生きた漢・喜屋武朝徳《きゃんちょうとく》を。二〇一七年の第六作『武士マチムラ』は、幕末、示現流を使う薩摩藩士の刃に手拭いひとつで立ち向かった松茂良興作《まつもらこうさく》をと、琉球空手の存続、発展、興隆に寄与貢献してきた人物たちの足跡を辿る評伝物語が描かれていくのだった。

しかしこれが並大抵の作業ではなかったという。まず名前だけは知られている彼らの一次史料、それも信頼に値する文献や史料が思ったほどなかったというのだ。その多くは口伝、伝え聞きであり、噂話をまとめた聞き書きであり、もはや伝説というほかないものばかりだったとも。それらをこつこつとひとつずつ拾い上げ、取材し、ようやくまとめ上げたのが本シリーズなのである。

今野敏がなぜそこまでのめり込むようになっていったのかは、ひとつは少年時代にテレビで見たカンフーに憧れ、見よう見まねで始めた武術への思いがある。その思いは大学に入ってから空手同好会に入会し、本格的に空手の修行を行うようになるとより一層強くなっていった。それは就職して会社員になり、さらには作家となってからも長く続いて、やがて一九九九年、ついには自らが主宰する空手道「今野塾」を立ち上げるまでになる。そうした中で、彼は次第に自分の求める空手は、発祥の地で長く育まれてきた〝琉球空手〟にあると確信するようになったのだ。琉球空手はいつ頃生まれ、その目的はいかなるものだったのか、またどんなふうに受け継がれてきたのかといった歴史・精神史的なことをはじめとした、空手の本質を探っていきたいとの思いである。

そうしてここに――本書『宗棍』では冒頭にも記したように、いよいよ松村宗棍が登場する。宗棍は今日の首里手系空手中興の祖として、同じく泊手の祖である松茂良興作とともにつとに名高い存在だ。多くの弟子を育てあげ、これまでのシリーズ作品にも彼の名前は何度も登場していた。糸洲安恒《いとすあんこう》、喜屋武朝徳、本部朝基らはことに有名だ。琉球空手を語るには絶対に外せない存在と言っていいだろう。空手の歴史は彼から始まったと言う人もいるほどだ。

そんな宗棍が本格的な「手」に目覚めたのは十三歳のときである。その頃すでに手の遣い手として知られるようになっていた彼は、ある日、友人をいじめる乱暴者を倒したところを、士族（サムレー）の恰好をした人物に見られ、ちょっと遊んでみないかと誘われる。このときの描写が凄い。彼はいきなり相手の腹に拳を叩き込もうとした。目上の人の顔面を殴るわけにはいかないからだ。すると――

「あれ……。

空が見えた。自分が地面に倒れていると気づいた。

松村は、何をされたのかわからなかった。

そんな、ばかな……。」

ほとんど何も書かれてはいないのだ。にもかかわらず、その場の状況がはっきりと見えるような気がするのである。格闘場面の描写でこんなにもさまざまなことを省いた、思い切りのいい文章はまずお目にかかることはないだろう。しかしこれが今野敏が目指していた、徹底的に無駄を排除した格闘描写なのであった。

ともあれ、こうしてそのサムレー、高名な武術家・照屋寛賀《てるやかんが》（佐久川寛賀）の知遇を得た宗棍は彼の仮弟子となる。またほぼ同時期に、女性ながら手の遣い手として名を馳せていた人物と闘い、これに勝利して彼女を妻に迎えることになる。数年後、元服した宗棍は王府への登竜門である「科」に合格し、正式に照屋のもとでの入門を許されるのだった。だが役人として王府に出仕した早々、強さが評判を呼んでいた宗棍は御前試合への参加を命じられる。参加者はいずれも琉球屈指の武術家たちだった。しかし彼はここでも並いる強豪を退け優勝する。かくして国王の指南役に取り立てられた宗棍は、空手の道をきわめるため、歩みを止めることなく前へ前へと進んでいくのだった。その間には猛牛と闘い、薩摩へと出向した際には示現流を学び、素手で剣と闘う工夫を凝らして琉球の手に剣術の要素を加味し、より手の発展に繋がることを考案するなど、好奇心と進取の精神を持ち続けたのだった。

そもそも空手の目的とは何なんだろう。単純に自分が強くなるため、自分を護るためのものだったのか。自分を護るとは、同時に信じる者を護ることでもある。剣でも手でも同様に、武術は突き詰めれば本質はひとつだ。また沖縄の歴史は圧迫の歴史、差別の歴史でもあった。沖縄の人々の薩摩への反感の歴史でもある。

宗棍の稽古法は実戦（組手）を重視したものだったという。型を幾度か繰り返した後の真剣での練習試合、組手を主体としたやり方である。しかしながら、一方的な力ばかりのものではなく、柔軟性も重んじ、どんなものでも取り入れ、型の分解や敏捷性に工夫を凝らすなど運用自在であったとも。だが決して勝った負けたで一喜一憂するものではなかった。武術とは自分の内に絶対的な強さを培っていくものだという師匠の教えと悟りが、常に心の中にあったのだ。とはいえ絶対的な強さを求めるには、一生はあまりにも短い。他人に勝つだの負けるだのと遊んでいる暇などないのである。そのためにはどうしたらよいか。空手に一生をかけた宗棍は、そうした思いを後に迎える弟子たちにも伝えていく。本書は、それら宗棍の思いが詰まった傑作だ。あだやおろそかには読めない、貴重な書なのであった。

（せきぐち・えんせい　文芸評論家）

本書は、二〇二一年六月、集英社より刊行されました。

初出　「琉球新報」二〇二〇年一月～十月

本書は史実をもとにしたフィクションです。

今野　敏の本

惣《そう》角《かく》流《る》浪《ろう》

会津の戦塵がおさまり、武士の世が終焉を迎えた頃、少年は武術に生きる決意を固めた。触れるだけで相手を投げ飛ばす奇跡の武術、大東流合気柔術の中興の祖・武田惣角の波瀾の青春。

集英社文庫

今野　敏の本

義珍の拳

琉球の下級武士の家に生まれた富名腰義珍《ふなこしぎちん》は、かつて武家の秘伝であった唐手を教育に取り入れることを考え、古伝の精神を本土に普及させようと努めた。空手の原点に迫る長編。

集英社文庫

今野　敏の本

武士猿《ブサーザールー》

明治初期、琉球王朝の末裔として生まれた本部《もとぶ》朝基《ちょうき》。命のやりとりの中で〝真の強さとは何か〟を追求した伝説の唐手家が、戦いの果てに辿りついた真理とは……。武闘小説の真骨頂。

集英社文庫

今野　敏の本

チャンミーグヮー

平和は武によって保たれる。首里士族、喜屋武家の三男として生まれた朝徳。手と呼ばれる武術の鍛錬を続けた彼は、やがてその伝道に力を注ぎ……。琉球が生んだ伝説の空手家の一代記。

今野　敏の本

武士マチムラ

琉球王朝に実在した伝説の空手家、松茂良興作。薩摩藩と清国の間で揺れる激動の時代に、空手の真髄と琉球のあるべき姿を追い求めた男の、波瀾万丈の生涯を描く一代記！

集英社文庫

集英社文庫

宗《そう》　棍《こん》

2024年4月25日　第1刷　　定価はカバーに表示してあります。

著　者　今野《こんの》　敏《びん》

発行者　樋口尚也

発行所　株式会社　集英社

東京都千代田区一ツ橋2-5-10　〒101-8050

電話　【編集部】03-3230-6095

【読者係】03-3230-6080

【販売部】03-3230-6393（書店専用）

印　刷　大日本印刷株式会社

製　本　大日本印刷株式会社

フォーマットデザイン　アリヤマデザインストア　　マークデザイン　居山浩二

ISBN978-4-08-744634-0 C0193